万花为春

清词二十讲 上

马大勇 著

中国社会科学出版社

图书在版编目（CIP）数据

万花为春：清词二十讲：全二册／马大勇著.—北京：中国社会科学出版社，
2023. 12

ISBN 978 - 7 - 5203 - 9879 - 4

Ⅰ. ①万…　Ⅱ. ①马…　Ⅲ. ①词（文学）—诗词研究—中国—清代

Ⅳ. ①I207. 23

中国版本图书馆 CIP 数据核字（2022）第 040838 号

出 版 人　赵剑英
责任编辑　张　潜
责任校对　王丽媛
责任印制　王　超

出　　　版　中国社会科学出版社
社　　　址　北京鼓楼西大街甲 158 号
邮　　　编　100720
网　　　址　http://www.csspw.cn
发 行 部　010 - 84083685
门 市 部　010 - 84029450
经　　　销　新华书店及其他书店

印刷装订　北京君升印刷有限公司
版　　　次　2023 年 12 月第 1 版
印　　　次　2023 年 12 月第 1 次印刷

开　　　本　710 × 1000　1/16
印　　　张　34.5
字　　　数　528 千字
定　　　价　119.00 元（全二卷）

凡购买中国社会科学出版社图书，如有质量问题请与本社营销中心联系调换
电话：010 - 84083683

═ 总 目 ═

═ 目 录 ═

（上　卷）

开场白（上）
━━ 我们为什么要读清词 ━━

雾里看花的清词

一部清词发展的历史，要先从千年词史总的轨迹说起。

从文体角度而言，词是中国古代文学宝库中的"小字辈""新生代"。她最初只是附丽于音乐的歌词，是花前酒边的"艳科"，这样的"不良家庭出身"使她天然处在"文体鄙视链"的底端，长时间为人所不屑。但是，由于她自身的天生丽质，先被抬举为"诗余""乐府""琴趣"，逐步淡化洗脱了身上的风尘气，更最终从诗之附庸而渐成大国，与赋、诗、曲抗衡并辔，成为中华韵文的代表体裁。一部词史，"兴于唐，盛于宋，衰于元，亡于明，而再振于我国初，大畅厥旨于乾嘉以还也"[1]，这条跨越千年的发展轨迹有如一部恢弘跌宕的交响乐曲，清代词则为它谱就了格外流光溢彩的主要乐章。[2]

对此，身在局中的晚清大家文廷式与朱祖谋已经给出了肯定性的判断。叶恭绰在《全清词钞序》中说："文先生曾说过，词的境界，到清朝方始开拓……朱先生也曾对我说，清词独到之处，虽宋人也未必能

---

[1] 陈廷焯《白雨斋词话》语。其"亡于明"之说影响甚大，但亦不公允。近年张仲谋、叶晔、余意等皆有论著驳正之。

[2] 一般认为清词是千年词史的殿末一章，我以为这一说法应予修正。清朝灭亡迄今一百余年，虽历经"新文化运动"为代表的文化激进思潮之冲刷，但诗词还是在顽强地运行发展，并取得相当辉煌的成就。可参见拙著《二十世纪诗词史论》，时代文艺出版社2014年版。

及"，但这些说法毕竟简短多感性，还不足以引起学界读者的广泛共识。到 1988 年，钱仲联为《全清词》作序，分五点具体阐发了"清词之缵宋之绪而后来居上者"的观点。其一，爱国高唱与真善美之内涵，"拓境至宏，不拘于墟"；其二，词人多学人，故"根茂实遂，膏沃光晔"；其三，流派众多；其四，"词论为之启迪"，"词体益尊，词坛益崇"；其五，词人之数倍宋代之十。所以"词至于清，生机犹盛，发展未穷，光芒犹足以烛霄，而非如持一代有一代文学论者断言宋词之莫能继也，此世论所以有清词号称中兴之誉也。何止中兴，且又胜之矣"！

同样在这篇文章中，钱先生还打了一个有意思的比喻：

> 其（词体）在宋如人之少壮，生机方盛，而未必无疾疢。其在清犹人之由中身而趋老，老当益壮，则因其生机之未濒灭熄，光焰犹万丈也，斯善变之效也。①

这个比喻，与先师严迪昌先生在《清词史·绪论》中所引顾炎武诗"老树春深更著花"如出一辙。严先生 1987 年 10 月开始动笔《清词史》，至 1988 年 1 月底完稿。在《清词史》中，严先生对于清词价值作出极具学理性的判断，并以系统的史实佐证之，其有关论说与钱仲联、饶宗颐两先生之序前后递接，共同成为词史研究中振聋发聩的声音，为清词研究奠定了坚厚的理论基础，开拓出了千年词史研究的新界域。由于《全清词》编纂项目的绾结，两代学人几乎同步思考与点燃着清词的光焰，这段学术史实很应该引起后人的关注与深思。

然而，对于中国文学史光彩的这一页，我们的关注、评价是远远不够的。受"一代有一代之学"的权威文学史观的影响，一说到"词"，我们就会条件反射般地在脑海里反映出"宋词"两个字。宋以后呢？对不起，恐怕不值一提吧！鲁迅说，"一切好诗到唐都已经做完"，那肯定"一切好词到宋也已经做完"了！胡适不也说清代三百年是"词的鬼影时代"吗？（《词选序言》）

---

① 《全清词》卷首，中华书局 2002 年版。

如此"雾里看花"的状况不仅表现于一般大众的认知层面，专业的词学界在相当长的时期里也是"月朦胧，鸟朦胧"。清代词人有多少？词创作总量有多少？大词人都有谁？与宋词大家相比，他们的水准怎样？清词史称"中兴"，"中兴"的实质是什么？清词与宋词有什么异同？凡此种种看起来很基础的问题，其实都难免问得大家"叫一声苦，不知高低"。

宋 词、清 词 研 究 大 数 据

我们举个定量分析的例子来看看，数字是最能说明问题的。1995年上海国际清词研讨会上，王兆鹏先生提交论文《昌盛与萧条：本世纪词学研究格局中的清词研究》。他以中国台湾黄文吉先生主编的《词学研究书目 1912—1992》为蓝本作出了一些定量分析（台北：文津出版社 1993 年版）。

第一，二十世纪八十年间（1912 - 1992）的词学研究论著共 12702 项中（论文与著作、论文集、校注、选本等均作一项统计），清词研究论著计 1446 项，仅占总数的 11.38%。

第二，有关宋代 1493 位词人的研究论著计 6654 项，人均 4.45 项，而清代 10000 余名词人仅拥有人均 0.14 项、占宋代词人 1/32 的可怜份额。[①]

第三，再具体到个体词人的研究，宋代词人有研究论著的共有 61 人（仅有 1 项成果者未计入），成果 5816 项，人均 95.34 项。大家可以猜一猜谁是最被关注的词人。冠军应该不出我们所料，那就是近千年一出的文化巨人苏轼，他获得的研究成果共 1257 项，高居榜首；亚军大概也是众望所归，李清照，获得 921 项；季军是辛弃疾，893 项。第四名到第十名可见下表：

---

① 王先生此项统计的原文如下："清代词作者，据严迪昌先生的《清词史》估计，有 20000 多人，作品有 200000 多首，有关他们的研究成果则只有 1446 项，人均约 0.07 项……宋词作者人均占有研究成果量是清词作者人均占有研究成果量的 63 倍。"严先生《清词史》所估计的清词作者为 10000 人以上，并无 20000 之说。本书对此部分数据作了相应调整。有意思的是，根据《清人别集总目》与《清代诗文集总目提要》的统计，清代有别集传世者有 19500 人左右，其中的词人数量应该大大超过 10000 人。

名次	词人	论著
4	柳永	297
5	姜夔	275
6	陆游	274
7	周邦彦	227
8	秦观	187
9	欧阳修	166
10	吴文英	106

　　清代词人有研究论著的共 42 人，成果 1269 项（（同样，仅有 1 项成果者未计入），人均 30.14 项。受到最多研究的清代词人大家还可以猜一猜，可能选纳兰性德的居多。但纳兰获得的是亚军，他获得研究论著 171 项；王国维以远高于纳兰的 458 项"勇夺冠军"。第三名可能也比较令人意外，但这个人我们很熟悉，那就是郑板桥，他获得了 66 项。第四名到第二十名我们也列表显示：

名次	词人	论著
4	刘熙载	53
5	朱祖谋	26
6	吴伟业	24
7	李渔	24
8	朱彝尊	24
9	况周颐	24
10	陈维崧	23
10	陈廷焯	23
10	秋瑾	23
11	龚自珍	22
12	张惠言	19
13	曹雪芹	18
14	蒋春霖	17
15	周济	14
16	王鹏运	13
17	柳如是	12
18	谭献	12

结 论 与 感 喟

从以上两表的对比可得到如下几点结论：第一，二十世纪词学的研究热点主要集中在宋代，宋代中又特别集中于苏轼、李清照、辛弃疾三人身上。有关这三位词人的研究论著叠加多达3071项，不仅超过其他所有两宋词人研究论著的总和，而且高达所有清代词人研究论著总和的2.5倍。其中，苏轼一人获得的研究成果总量即与整个清代词人获得的研究成果总量相仿，李清照一人获得的研究成果总量相当于清词研究成果总量的72.57%。苏轼还好一些，李清照只有数十首词传世，平均下来，每一首词都要被研究几十遍，里边有多少是鹦鹉学舌式的研究我们不难想象。这说明，二十世纪词学研究的天平在压倒性地倾向于宋代，总体研究格局出现严重失衡。

第二，清代词人获得人均30.14项的成果似乎差强人意，但一来，万余词人中仅42人获得1项以上的研究量，比例之低是很惊人的；二来，对清词内部研究成果的分布状况进行具体分析，不难发现其中仍存在严重的失衡状况。有关王国维一人的研究论著即多达458项，占了整个清词研究总量的36%，这与王氏的词学成就、在清代词坛的地位显然不够相称。特别是在王国维研究中，很少有人针对其词创作发言，而是"英雄所见略同"地集中于其《人间词话》，尤其是"境界说"上面，① 其中肯定少不了诸多低效的重复研究。

第三，但是，这倒提醒我们作另一项不无意义的统计，在上表排列的20位词人中，词学理论建树的影响明显大于词创作因而获得较多关注者除王国维外还有刘熙载（53项）、李渔（24项）、况周颐（24项）、陈廷焯（23项）、张惠言（19项）、周济（14项）、谭献（12项）7人，论著169项，合以王国维的458项，并剔除少量创作论，则清词研究中有关词学理论的研究肯定超过600项，约占清词研究成果总

---

① 据王兆鹏先生论文中提供的数据，在有关王国维的研究论文中，探讨其"境界说"者多达126篇。

量的 50%。

第四，再关注上表中的其他词人，尽管郑燮不失为乾隆词坛一名家高手，但他获得研究成果多达 66 项则明显与二十世纪后半期对其"衙斋卧听萧萧竹，疑是民间疾苦声"的"人民性"的宣扬有关；秋瑾多达 23 项肯定与她"爱国女侠""革命先驱"的身份有关；曹雪芹的 18 项与其小说大师的地位明显相关。他替《红楼梦》中人物"代写"了一些词，比如第七十回为史湘云、林黛玉、薛宝钗、薛宝琴等拟作了几首柳絮词，我们比较熟悉的是黛玉的《唐多令》和宝钗的《临江仙》。作为小说里的"寄生词"还可以，放在词史上就不算好，曹雪芹真正写得好的还是曲，那真是古今一绝！柳如是存词只有 34 首，水准也不高，她获得的研究成果多达 12 项，显然也有很多非词的因素在里面起作用，至少陈寅恪先生的《柳如是别传》一定会被算作一项，而写《柳如是别传》的时候，陈先生心目当中的柳如是一定不是个词人。这般七折八扣之后，针对词创作本身的研究论著仅剩下 300 项左右了，其中一大半又集中在纳兰性德身上，相对于一万多词人、远超过二十万首的创作总量而言，这样的局面真是残山剩水，不能不令人心生感喟。

感喟有很多，而最犀利深刻的莫过于王兆鹏先生在《昌盛与萧条》一文中的评述。他说：

> 研究格局与成果数量的失衡，反映出词学研究者价值取向和选题角度的偏颇与失重。理念上虽然认为清词是词史上的复兴昌盛期，但感情上仍倾向于宋词，故选择研究课题时自觉不自觉地侧重于宋词。这当然与清词研究资料的不完备有关。与此相关的，则是词学界存在着求易避难、趋热避冷的倾向。宋词研究已成热门，选择宋词研究容易受人关注。研究"冷门"的清词，即使有一两项成果，也不易引人注目。这既是一种浮躁心理的表现，也是对学术研究的独立价值缺乏自我认同。一项研究成果价值的大小，不在于其研究对象的冷热，而在于成果自身质量的高低和有效信息量的大小。

多年以来，我对身为唐宋词研究专家的兆鹏先生能够发表这番谠论一直抱有深深的敬意，并在自己学术方向的选择中时时记取着他的告诫。同时，对于王先生所说的"研究'冷门'的清词，即使有一两项成果，也不易引人注目"这句话，我自己有点经历和感慨，可以多说几句。

为什么选史承谦

大约是 2000 年前后，叶嘉莹先生为中国书店主编一套《历代名家词新释辑评丛书》，一共选定了二十五家，其中给了清代词五个席位。纳兰性德占了一席，王国维占了一席，还有两席被女词人夺得：一位是清初的徐灿，一位是"丁香花"公案的女主角、与纳兰并称"男中成容若，女中太清春"的顾太清。还剩下最后一席，叶先生说："一定要请严迪昌先生来做一本，具体做哪一家我们不干涉，给严先生一点特权。"

当时我还在苏州读书，严先生有一次上课说起这事儿。我就问："先生，你怎么想的？"严先生说："给我充分的自主权，应该好好利用。从我自己的偏好来讲，最应该做的人是陈维崧，但是陈维崧我们实在做不起。他现存词有一千七百首左右，白文印出来都得 400 页左右，按照丛书体例，每一篇加注释赏析，恐怕 2000 页都打不住，这个工程太浩大了，没有可操作性。可不可以选朱彝尊呢？他的词比陈维崧少一些，但是也高达六、七百首，比辛弃疾还要多一些，做起来也会比较困难。那就选史承谦吧！"

严先生说，选史承谦有三个理由：第一，他是阳羡词派第四代的领军人物，他的曾叔祖父史惟园、外曾祖父徐喈凤都是阳羡词派的骨干，陈维崧的密友。同时，他生活的雍正后期到乾隆前期又是浙西词风大盛的时期，从他身上能看到阳羡、浙西后期两大流派流变的基本状况；第二，他的词作数量有二百二十首左右，工作量不算太大，能在不太长时间里完成；第三，严先生当时说了一句话我印象很深，也很感动。他说："史承谦词不错，但是一介寒士。如果这次不利用'自由裁量权'把他整理出来，再过五十年也未必有机会了。"我曾经在文章里说严先生有一种强烈的"在野""表微"心态，对身份寒微的士人常抱有深沉的同情和炽烈的赞肯，这是一个很典型的例子。

就这样，严先生定下了史承谦这个颇出人意料的席位，但他晚年投入大量精力在《清代文学史案》的撰著上，一直到 2003 年去世，这本书也没能动手。2004 年中国书店方面找到我，希望我能够把这本书做出来。起初我有点犹豫，因为知道自己学力不足，达不到叶先生的期望值。后来考虑到应该替严先生完成这一点遗愿，也就斗胆答应了。

为了找到史承谦词集的文本，我在国家图书馆善本库泡了整整一周，用铅笔抄回了他的全部四卷词作，再参以严先生手里保存的中华书局图书馆所藏的复印本，这才正式开工。大概花了一年半的时间，对史承谦全部两百多首词进行注释和赏析。我自己觉得的确是花了一点心血，下了一些工夫的，但一直有些遗憾的是，这本书已经出版十四年了，似乎没有看到什么有效的批评，连阅读量也少得可怜。在"豆瓣"上我查了一下，打分的一共只有十三个人，平均一年还不到一个。我说这话，没有失落、发牢骚的意思，替老师完成一个遗愿我已经很感到满足了。我只是想说，王先生文章里所说的这种情况我感同身受，并且也希望大家记住王先生这段话的结尾："一项研究成果价值的大小，不在于其研究对象的冷热，而在于成果自身质量的高低和有效信息量的大小。"

感喟的同时，我们也欣喜地看到，自黄文吉教授《词学研究书目》出版后的这二十余年，清词研究如过去那般"冷"得砭人骨髓、荒凉如白苇黄茅的状况已经有了相当大的改观。尤其是近十年，每年刊出的清词研究论文可能要数以千计（含学位论文），每年出版的论著也应该不少于数十部，一些我们印象中的清代二流甚至二流以下的词人也开始得到了关注与研究。在目前词学研究中，清词研究如果说还不能超越唐宋词研究，成为第一热门，那么，至少也差不多能与之分庭抗礼、双峰并峙了。从十几年来近六七届中国词学研究会年会所提交的论文来看，清词研究的文章几乎都能与宋词研究的文章在数量上平分秋色，甚至犹有过之。再以词学研究的专业集刊《词学》2019—2020 年出版的第四十一辑至第四十四辑刊登的文章为例：

刊期	发表文章总数	清词相关文章总数	所占比例
第四十一辑	25	11	44%
第四十二辑	20	7	35%
第四十三辑	22	9	42%
第四十四辑	22	8	36%

种种迹象表明，清词研究慢慢地要从"冷门绝学"变成"热门显学"，由黄茅白苇、一片荒芜变成万花为春、绚烂夺目，由"雾里看花不分明"走向"守得云开见月明"。作为研究队伍中的普通一兵，我个人当然是乐观其成并且为之欢欣鼓舞的。我这门"清词二十讲"课程以先师严迪昌先生的《清词史》为蓝本，加上我个人的一些发挥和增删，也正是想为日益茁壮繁盛的清词研究做一点普及性的工作。如能起到一点有益的作用，我将"与有荣焉"，或者用郭德纲的话说："我很欣慰。"

开场白（下）
══ 我们怎样读清词 ══

前文我提到的"万花为春"出自清代词人郭麐的《词品·秾艳》（见后文），我以为，这四个字与"老树春深更著花"一样，能够特别形象地呈现出清词那种郁律蓬勃的生命力，而且，它也是对目下方兴未艾的清词研究的一个恰切的写照。那么，如何走进清词研究之路呢？我个人有三点看法。

从少年到白头

第一，文献学的研究。以《全清词》编纂项目为标志，清词的文献学已经有了非常好的基础，取得了非常辉煌的成就。1982年，国务院古籍整理出版规划小组组长李一氓先生提出编纂《全清词》，委托南京大学承担编纂任务，由程千帆先生担任主编。南京大学组成《全清词》编纂研究室，严迪昌先生时任编纂研究室副主任。经过多年艰苦卓绝的工作，至2002年，《全清词·顺康卷》共二十册由中华书局出版，共收录词人近二千一百家，词作五万余首。

《顺康卷》出版时，程千帆先生已经逝世，接力棒由他的高足张宏生教授继承了下来。在缺乏足够资金、人手的情况下，张宏生先生率门下弟子继续着这项造福学林的宏大工程。2008年，《顺康卷补编》四册出版，共补得词人四百五十五家，词作一万余首。2012年，《雍乾卷》十六册出版，共收词人近一千家，词作三万五千余首。根据有关信息，

《嘉道卷》三十册也将要出版，据之前的规模推测，收入词人应该在两千家左右，词作七万首左右。从 1984 年以博士研究生身份加入全清词编纂研究室，张宏生先生已经扑在这个项目上三十余年，呕心沥血，"从少年到白头"，真是可钦可敬！

在这里我要补充说明的是，清词的文献学工作以《全清词》为龙头，但并不是《全清词》出齐了就可以涵盖和解决的。除了编一部"全字号"总集，尽量摸清楚词在清代的家底之外，我们还需要对重要词人词作进行深入详细地解读，多做一些好的校勘本、笺注本出来。这同样是文献工作中非常重要的部分。

我前些年也介入了一点清词的文献工作。2008 年，上海古籍出版社约我做《晚清四大家词集》，也就是王鹏运、朱祖谋、郑文焯、况周颐的词集。这四家都很著名，词作大家可能也不同程度地看过，但是以前我们依据的大都是四家生前的自定稿，数量比较少。比如说王鹏运《半塘定稿》只有两卷，一百三十多首词，但实际上他现存词大概有七百首左右，是通行数量的五六倍之多。郑文焯的《樵风乐府》九卷通行本大概有二百二三十首，但最后我编到了七百五六十首，是通行数量的三倍以上。① 这就说明，现在学界对王、郑两位的研究可能是建立在不完全的文献基础上的。只看到一两百首词，据此做词史判断，可不可以呢？也不是完全不可以，因为我们通常看到的毕竟是他们的自定稿，他们认可的精华都在这里面。但是，要想完整地了解其创作心态和轨迹，毕竟还是越全、越详细越好。

其实我们仔细想想，自定稿和全集之间存在着一种很有意思的悖论。既然称为"自定稿"，那就隐含着一种潜意识——我不喜欢别人非要把我删掉的东西再给编回来！比如说，很多人都有"悔其少作"的情况，一个人的创作观念成熟了、境界上升了，他会对自己早年的一些幼稚作品觉得后悔，甚至觉得脸红。大词人陈维崧就说每逢别人在我面前背诵我早年写的词，我就惭愧得"头颈辄赤"。词学大师吴梅晚年编订《霜崖乐府》的时候，特别嘱咐他的门人弟子以后不要再辑佚了，

---

① 该书系合作成果，因故至今未出。

我所有的好东西都在这儿了。对"自定稿"情绪表达最激烈的是郑板桥，他在《后刻诗序》中说，"板桥诗刻止于此矣，死后如有托名翻板，将平日无聊应酬之作改窜阑入，吾必为厉鬼，以击其脑!"这话也太狠了! 再比如编王瑶先生文集的时候，他的门下弟子就分成两派。钱理群先生他们就主张尽量地把王瑶先生所有的文字都编全，有文必录; 陈平原先生他们则觉得其中有些文字不能代表他的想法，比如说非正常政治气候下写的一些表态文章、批判文章，都是违心所做，不应该编入文集。最后据说是"钱派"赢了，但"陈派"也自有道理。

完全从文献学角度出发，而不是从文集塑造作者人格面目的角度出发，第一我们希望资料做得全，第二我们希望校勘做得精，这样我们能够看清楚一些容易被忽视的东西。我在辑校郑文焯词集的时候就深刻地体会到这一点。

辑校过程中，我看到了郑文焯的很多手稿。为什么呢? 因为他除了是词人，还是很著名的书法家。① 因为字太好，他行医时开的药方很多人都珍而重之地保留下来，所以他填词的手稿（其中很多是草稿）也保留下来了。看这些手稿，我们就能体会到他改词的频密程度。一首词，改上七八次，甚至十几次，是很常有的事。以《庆春宫·冬绪羁吟》为例，这首词的正文一百零二字，最后我的校勘记出到了八百多字，达八倍之多。那我们能看到什么呢? 是通常所谓的"创作态度严谨"吗? 远不只如此，更深层的恐怕是"以词托命"! 他把清朝灭亡以后作为遗民的那种亡国之痛、黍离之悲都寄托在填词这件事情上了。没有对第一手文献的深入摸索是体会不到这一层的。②

生 态 与 心 态

第二，文化学的研究。"论从史出"，"有一分文献说一分话"，这都是我们常见的话头，可是同样的文献也得分谁看，怎么去看。我们做文学史研究，还常常需要超越文献本身，把文本和创作主体所处的文化

---

① 王家葵《近代书林品藻录》把郑文焯列入"飘逸"一品。
② 后文郑文焯部分还有详谈。

社会环境联系起来进行考察。这种考察，各个时代有各个时代的特点。就清代而言，我们的文化学研究需要把视野放宽到地域、家族、科举、交游等等生态网络，因为在清代，这几方面的材料最丰富，对文学的影响也表现得最复杂、最鲜明、最重要。

我们举严迪昌先生1999年发表在《古典文学知识》上的一篇小文章《心态与生态——也谈怎样读古诗》为例。这篇小文章在严先生诸多卓越的学术成果里显得很不起眼，但我觉得，在这篇小文章里，严先生表达了很重要的观点，甚至是贯穿他一生的学术理念，所以格外值得珍视。

在这篇文章中，严先生说："最近我在看马曰琯的《沙河逸老小稿》"——这一句需要加个注解：马曰琯的弟弟叫马曰璐，这两个人我们肯定都相当陌生，但是在清代乾隆朝的扬州，马氏兄弟可以说是声名赫赫。他们之所以有名是因为有两大特点：第一，他们是大盐商，富甲一郡。扬州是豪富盐商的聚居区，马氏兄弟是可以排在前几名的；其次，兄弟俩又很风雅，他们在扬州有一处非常漂亮的园林别墅，叫作"小玲珑山馆"，那是当时江南地区最负盛名的文化沙龙之一，无数文人在此盘桓。时间短的住上十天二十天、三五个月，时间长的也有一住数年，甚至数十年的。比如说后文我们要讲到的乾隆文坛盟主之一、大词人厉鹗就在小玲珑山馆一住数十年，一切生活用度都由马氏兄弟供应。

对于这种商人创办文艺沙龙、结交文人的行为，长期以来都免不了四个字的评价——附庸风雅。但是马氏兄弟不然，他们不仅好尚风雅、障护风雅，而且自身也是风雅中人，创作水平并不低，很多诗词作品是很耐人咀嚼的。

严先生提到，《沙河逸老小稿》卷四有一首《哭姚薏田》，这是一首悼念朋友的诗。姚薏田（1696—1757），名世钰，薏田是他的号，浙江湖州人，像厉鹗一样，他也是高才沉沦，在马氏小玲珑山馆一住多年，乾隆二十二年（1757）被庸医所误而病逝。

我们先来看一下这首诗的大概意思："廿年交契凤心亲，一病如何遽殒身"——姚薏田是自己的老朋友了，两个人交情很深，姚薏田一病不起，让人痛心而且意外；"造物忌名从古是，医家查脉几时真"——这两句是说姚氏为庸医所误，以致病逝；"沉忧早结离乡恨，弱质难回辟谷春"——姚氏早年离乡漂泊，支离憔悴，体质积弱，这一次回春无术。"留得清风在茗霅，莲花庄上哭才人"——尾联重申悼念之情，"茗""霅"是浙江的两条著名河流，这里指代姚薏田的家乡。

客观地说，这首诗水平不高，题材也很寻常，乍看起来，无非是马曰琯对姚薏田这位落魄文人抱有真挚的友情而已，而姚薏田也无非是乾隆"盛世"中并不罕见的命运淹蹇的一介寒士。但严先生非常敏锐地注意到了一个我们难以察觉的问题——那就是第五句"沉忧早结离乡恨"。姚薏田有什么"沉忧"，为什么要"早结离乡恨"，"扬漂"数十载，最后客死异乡呢？这里面究竟有什么不为人知的隐秘呢？

带着这样的疑问进一步追索，严先生就像大侦探福尔摩斯那样，给我们讲起了这首平凡小诗背后埋藏的令人惊悚的诡谲风云。

我们要从"康雍乾盛世"的一系列大型案狱说起。康熙五十二年（1713），清圣祖玄烨审办了翰林院编修戴名世为主角的"《南山集》案"，戴名世被处斩，打开了"盛世系列大案"的大门。① 到了雍正朝，在世宗胤禛的"出奇料理"之下，涌现了一批匪夷所思、令人啼笑皆非的"大案要案"。比如钱名世为主角的"名教罪人案"，查嗣庭为主角的"维民所止案"②。

定了风波越坎坷

与姚氏家族关系更加密切的是轰动朝野的"吕留良案"。所谓"吕留良案"发生在吕留良死后四十余年的雍正六年（1728）。当时有位湖

---

① 康熙四十一年（1702），戴名世在所著《南山集》中引用了方孝标的《滇黔纪闻》，而《滇黔纪闻》中使用了永历的年号。康熙五十年（1711）十月，都御史赵申乔参奏："翰林院编修戴名世，妄窃文名，恃才放荡。前为诸生时，私刻文集，肆口游谈，倒置是非，语多狂悖，逞一时之私见，为不经之乱道。徒使市井书坊翻刻贸鬻，射利营生。识者嗤为妄人，士林责其乖谬……今者名世……犹不追悔前非，焚削书板。似此狂诞之徒，岂容滥厕清华。"康熙五十二年二月，戴名世被斩。方苞免死，以白衣参加《明史》修撰工作，刘灏等因《南山集》案牵连入狱。

② 参见拙著《诗词课》，辽宁人民出版社2020年版。

南的读书人曾静，派他的学生张熙到西安，直接投书于川陕总督岳钟琪，策动其起兵反清。为什么找岳钟琪呢？是因为他们平时关系很好，还是岳钟琪平时有抗清的思想？都不是。他们的主要理论依据是岳钟琪姓"岳"，是岳飞的后代。当年的岳飞是抗金的，所以今天的岳钟麒也应该起来抗清，这未免天真到不近人情的程度了，我觉得这师徒俩精神不是很正常。

但是，岳钟琪不能一笑置之，他倒不担心区区几个文人能掀起什么大波澜，问题在于这么敏感的政治事件自己必须要摆脱干系，否则皇帝稍存疑忌，后果就不堪设想。

岳钟琪老奸巨猾，假意响应曾静的建议，把他所有的话都套出来，然后把他逮捕，解送到京城。这样的惊天大案没什么好说的，犯到谁手里都是主犯凌迟，株连九族，但雍正思路很不一样。他竟然没有杀掉曾静，而且亲自动笔对曾静的理论逐条批驳，要求曾静到全国各地去演讲，表示忏悔。这就成了清代的一部奇书——《大义觉迷录》。

雍正没杀曾静，但对影响了曾静思想的、已经去世数十年的吕留良则大开杀戒。他对吕留良和他的长子吕葆中剉棺露尸，把他们的尸体从坟墓中刨出来再杀一遍，把他的次子吕毅中斩立决，其余的吕家人"法外开恩"，流放到宁古塔给披甲人为奴。① 吕留良很多朋友、弟子、再传弟子也受到连累，其中有一个人叫王豫，在江南文坛声誉很高，因为受到吕案的牵连，被关押多年，出狱后不久就去世了。这个王豫正是姚世钰的亲姐夫，姚氏家族遭到的沉重打击也就可以想象。

我们在上面讲了雍正朝的几起惊心动魄的大案，目的是跟大家说明姚世钰的为什么会有"沉忧"，为什么怀抱"沉忧"早年离乡，浪荡湖海，最后客死扬州。"沉忧早结离乡恨"七个字后面是隐藏着一篇大文章的，这不是通常的落魄江湖的寒士生态，背后牵扯出的是"康雍乾盛世"的诡谲风云。

严先生提醒我们把这些历史背景都钩沉出来以后，还提供了更多的

---

① 八旗制度"以旗统军，以旗统民"，平时耕田打猎，战时披甲上阵。旗丁按照身份地位，分为"阿哈""披甲人"和"旗丁"三种。阿哈即奴隶，多是汉人、朝鲜人；披甲人是降人，民族不一，地位高于阿哈；旗丁是女真人。满清时多有犯重罪者，发配与披甲人为奴，系为稳定军心起见。

证据，得出更精切的结论。比如，我们看看马曰璐的《定风波·听姚薏田谈往事》：

> 往事惊心叫断鸿，烛残香炧小窗风。噩梦醒来曾几日，愁述，山阳笛韵并成空。 遗卷赖收零落后，牢愁不畔盛名中。听到夜分唯掩泣，萧寂，一天清露下梧桐。

再看另一首《见薏田手迹有感》：

> 定了风波越坎坷，即看浩劫历恒河。东野亡来吟兴懒，肠断，偶批遗墨泪痕多。 宿草身名归寂寞，残阳神采付烟萝。不忍频开好藏弆，休语，才人无命可如何。

什么叫作"往事惊心叫断鸿"？什么是"噩梦醒来曾几日"？什么是"定了风波越坎坷"？使他们"听到夜分唯掩泣"的又是什么？严先生说：

> （读到这些）深感"邗江雅集"等咏物咏古、节令吟唱只是他们"玩物"的现象之一种，而上引诗词以及一大批相关的颇为曲隐的作品则是未丧志的心态与抑郁沉慨的生活、生存的原生状态的表呈。这是文字大狱叠兴、酷网高张的年代，如果说"邗江雅集"吟风弄月乃是白日生态，那么，"听到夜分唯掩泣"则是夜半生态。对这种心态与生态，今人并不陌生，经历过来的人生体验是足能助益对雍乾时期才士的审视的。轻率地说他们"附庸风雅"，说他们"闲逸淡散"，说他们"与现实远离"，说他们的诗"格局气象不宏阔"等等，岂是公道的判词？不觉得太隔膜？
>
> 姚世钰也好，厉鹗也好，陈章也好，这群浙西寒士布衣们十几年以至几十年往来于扬州杭州间，有的在广陵每逗留数年不去，该有多少个夜半长谈、往事惊心呵！由此岂不又足能证实小玲珑山馆并非仅供清客鉴古之地吗？

至此，严先生得出两点结论：第一，首先能够看到姚薏田那种敢哭敢歌、棱角不尽被黑暗长夜磨圆的真面目；第二，故老相传的所谓"附庸风雅"之说其实是对广陵盐商集群当中高明之士在清代文学史、书画艺术史，乃至文化史上巨大作用的无视！

从严先生这个精彩的个案剖析我们可以体会到：好的文学史研究不能只在文献、文学本身用力，还需要长出文化的"第三只眼"，那才能走进文学史的深处。

与酒杯的对话

第三，接受史的研究。多年以来，接受史研究变得很时髦，甚至时髦到有时候让人讨厌的程度。但我觉得对于清代词来说，接受史研究不仅是必要的，而且做得还很不够。我来讲一点自己的体验。

辛弃疾有一首不太有名但非常有意思的词，叫作《沁园春·将止酒，戒酒杯使勿近》：

> 杯汝来前！老子今朝，点检形骸。甚长年抱渴，咽如焦釜；于今喜睡，气似奔雷。汝说刘伶，古今达者，醉后何妨死便埋。浑如此，叹汝于知己，真少恩哉！ 更凭歌舞为媒。算合作、人间鸩毒猜。况怨无小大，生于所爱；物无美恶，过则为灾。与汝成言，勿留亟退，吾力犹能肆汝杯。杯再拜，道麾之即去，招则须来。

他要戒酒，于是警告酒杯：你以后离我远一点！开头四个字就是"杯汝来前"：你站好了，我跟你好好说一说这些年你是怎么诱惑我、怎么害我的，巴拉巴拉说了很多，一直到煞拍才住嘴。这意味着什么呢？杯子一直老实巴交听主人的训斥埋怨，现在它只剩下三个短句、十二个字的机会可以"表态"了，像小品里说的："就剩一句啦"？这一句可以说点什么呢？

第一句："杯再拜"，礼数很周到，但用掉了三个字，还有九个字了；再加一个字："道"，那就剩下八个字了，这八个字是"麾之即去，招则须来"。酒杯心里是很有底气的：我知道你现在心情不好，拿我出气，要赶我走。没关系，我就老老实实地走，但我有把握，你还会招我回来的！你看，酒杯的表现多有风度，多聪明！

这首词要注意以下几点：第一，这是一首"俳谐词"，但是"俳谐"背后有悲愤，滑稽背后是郁怒。这首词作于庆元二年（1196）辛弃疾家居上饶、铅山之际，此前两年之中，辛弃疾四挂弹章，一切职务，褫夺净尽，这是又一个"老子颇堪哀"的闲散郁愤时期。[①] 这种情况下，辛弃疾借词陶写怀抱，怪怪奇奇，滑稽雄伟，乃是他不可多得的平生杰作。

其次，这是辛弃疾"以文为词"的顶尖作品。往远里说，其拟人式的寓言手法源自庄子，主客问难的手法来自汉赋，如东方朔的《答客难》、扬雄的《解嘲》、班固的《答宾戏》等；往近里说，则最接近韩愈的奇文《毛颖传》与《送穷文》。[②]

再次，这首"止酒"词虽称不上辛弃疾的名作，但"以文/赋为词"，具有极大的开拓意义，从而为后代词人开启了无数法门。

基于这样的看法，我在2008年专门写了一篇文章来谈这首词的接受问题。当然了，先从文献做起。我把《全宋词》辛弃疾之后的部分翻了一遍，《全金元词》《全明词》《全明词补编》《全清词·顺康卷》《清名家词》都翻了一遍，结果大出我意料之外。我的统计口径比较严格，必须用《沁园春》词牌，一般要具有拟人、对话等特征，最后还是找到了六十首左右受其影响的词作（其中大部分是清代词），写了一篇超长的论文，发表在《中国诗学》上面。像这样一首知名度不大的稼轩词，就能产生如此规模的影响，我们按照这个路数再做十篇稼轩词，是不是稼轩接受史就会不一样？宋词大家选出十位，每个人做十篇，一百篇接受史做出来，宋词对后代词坛的影响是不是就会清晰得多？会不会跟我们今天所知的有很大不同呢？

接受史的研究也不仅是对宋词而言，清词亦然。前几年，人民文学

---

① 见辛弃疾《水调歌头·汤坡见和，用韵为谢》。
② 刘体仁《七颂堂词绎》指出此二篇即《毛颖传》，颇为后人取资，其着眼点盖在于"真少恩哉"一句。实则据我体会，此二篇得力于《送穷文》尤多，远在《毛颖传》之上。

出版社约我做一本《纳兰词全注详评》，我答应下来以后，迟迟没有动手，主要是因为没有想好怎么做。纳兰词是清词最大的热点，有赵秀亭、冯统一先生的《饮水词笺校》，有张草纫先生的《纳兰词笺注》、张秉戌先生的《纳兰词新释辑评》，更有无数种赏析解读纳兰的本子，足够在书店里摆一个纳兰专柜的。如果还是按原来的路子注释赏析，那就是"优孟衣冠，何用有我"，多我这一本少我这一本又有什么区别呢？犹豫了一段时间后，我还是想定了做法——接受史。纳兰是清词里的第一明星，也是对后代影响最大的词人。从他去世至今三百年左右，太多词人受到他"以自然之眼观物，以自然之舌言情"的熏陶，词坛风气为之发生了不小的变化。于是，我与学生合作，选出四百多首受到纳兰影响的词作，以"附读"的形式分别放在纳兰原作之后，并撰写了《"绝调更有人和"：纳兰词影响史之检视及其词史坐标之重估》的文章，得出了"纳兰不只是清朝的纳兰，古典的纳兰，也是当下的纳兰，我们的纳兰"的结论。① 文章的末尾我写了这样一段话：

> 清词经典化是近年热度很高的话题，张宏生、沙先一、曹明升等先生对此已有很精警的讨论。需要特别强调的是，经典化诸要素中，影响史的检视应该提到第一优先位置。只有"通过艺术典范影响史的考察，深入认识作家在文学史上的影响力和对文学变革的推动作用"，才能更加完满而准确地建构经典化链条，确认文学史坐标。从此意义上说，本文也仅是一个样板而已。事实上，不仅纳兰需要这样的检视，朱彝尊、陈维崧、朱祖谋，乃至厉鹗、项廷纪、龚自珍、文廷式、蒋春霖等也同样需要。每一次有效的检视都有助于清词经典化的发展，也将使我们的文学史坐标系构筑得更加繁复精准，血脉丰盈。

我觉得，这样的接受史研究不仅是有新意、有意义的，而且是可以推而广之、大有可为的。

---

① 《求是学刊》2021 年第 2 期。

第一讲
"记得云间第一歌"[*]：
云间词派及其余响

"重光后身" 陈子龙

这一讲开始，我们正式进入清词史的讲述。首先需要讲的是云间词派。

云间词派的上位概念是"云间派"，它是诗文词并重的一个综合性文学流派；"云间派"还有一个上位概念，那就是"几社"。几社是一个不局限在文学领域、包含有一定政治取向的明末文人社团。这个"几"不能读作、写作"几个"的"几"，而是机会、机缘的"机"。比几社稍早有一个更加著名的复社，领袖是《五人墓碑记》的作者张溥。复社后来风流云散，其中的一部分力量并入几社，"几"也就包涵了"复古之机缘"的意思。几社成立和活动的区域在华亭，古称云间，故以此名派。

云间派最著名的文人是陈子龙、李雯、宋徵舆，即世所称"云间三子"，云间词派也以他们为中心。三子之中，陈子龙名气最大，成就也最高，但严格意义上来说，我们不应该讲他。

大家可能知道，龙榆生先生有一本很著名的《近三百年名家词

---

* 见刘禹锡《听旧宫中乐人穆氏唱歌》。

选》，其实就是《清名家词选》，为什么叫现在这个啰嗦名字呢？唯一原因是开篇选进了陈子龙（1608—1647）。陈子龙是抗清志士，顺治四年因抗清被俘，在太湖投水而死，年仅四十岁。龙榆生先生觉得选清词应该选进陈子龙，否则来龙去脉就缺了一环，但如果选进陈子龙还把这本书称为《清词选》的话，那就厚诬先贤，对不起他所付出的生命的代价。我们尊重龙榆生先生这份苦心，但谈清词还的确不能略过陈子龙。

陈子龙词名气很大，晚清词学家谭献在《复堂日记》中说："有明以来，词家断推《湘真》第一，《饮水》次之"，他又引另一位词人周稚圭的话说："成容若，欧晏之流，未足以当李重光，然则重光后身，唯卧子足以当之"，他们认为陈子龙是李煜后身，比纳兰强得多了。谭献是很不错的词学家，但很多古代词学家常有一些先入为主、莫名其妙的判断。无论数量质量，陈子龙的词比纳兰都差得很远。那也不是说陈子龙的才华不行，这里还有气运人心推移的缘故。认为陈子龙在明代是一大家没问题，说他开启了清词百派争流、群星丽天的局面就未免太夸大了。

陈子龙词作共计八十多首，大多是咏物与闺情之作，题目以"春雨""春风""闺怨""美人"之类最多，笔法凄婉秀丽，并未显出比别人高明。我以为只有一首《浣溪沙·五更》大有秦观笔意，是其中翘楚："半枕轻寒泪暗流，愁时如梦梦时愁。角声初到小红楼。　风动残灯摇绣幕，花笼微月淡帘钩。陡然旧恨上心头"，但时世推移，人心不能不随之转移，据说是他"绝笔"的两首词《唐多令·寒食。时闻先朝陵寝有不忍言者》《二郎神·清明感旧》则透现出了时世翻覆的激荡之感，可看一下《二郎神》：

> 韶光有几？催遍莺歌燕舞。酝酿一番春，秾李夭桃娇妒。东君无主。多少红颜天上落，总添了、数杯黄土。最恨是、年年芳草，不管江山如许。　何处？当年此日，柳堤花墅。内家妆、搴帷生一笑，驰宝马、汉家陵墓。玉雁金鱼谁借问？空令我、伤今吊古。叹绣岭宫前，野老吞声，漫天风雨。

这首词已经颇有辛弃疾《摸鱼儿》（更能消几番风雨）和元好问"雁丘词"的意味了，可惜陈子龙的生命也走到了尽头，否则以他的人格才情，以及广收弟子的巨大影响力，是真的有可能把词推到一个很高境界的。可惜历史不能假设，我们只能接受既成事实而已！

"不语问青山"的李雯

接着说与陈子龙同年生同年死的李雯。李雯在明清易代之际的人生形态很复杂。公元 1644 年甲申，李自成攻进北京城的时候，李雯恰恰在北京伺候生病的父亲，兵荒马乱，备受惊悸。没过多久，满清辫子军在山海关一片石击败李自成，接管北京。李雯受到别人的推荐，出仕清廷。因为李雯在明朝没有功名，只被授予了一个弘文院中书舍人的官职，品级不高，但以这个头衔担任摄政王多尔衮的记室，也就是秘书，地位相当重要。据说清兵南下扬州时，那封臭名昭著的《致史可法书》就是出自李雯之手。

以名振江南的大才子而有如此为虎作伥之行迹，李雯的内心也感到深深的痛苦。特别是南下以后，听说云间旧友如夏允彝、陈子龙乃至夏允彝之子夏完淳都壮烈牺牲，心中愧悔更是难以言表。顺治二年（1645），李雯奉令"薙发"，他写下了一篇极为沉痛的《答发责文》。在文中，他虚构了"发神"对自己"心灵暴击"式的责问："余为亡国之遗族，子为新朝之腆仕……苟无言以自释，行诉之于苍穹。"[①]"余为"两句分明是故人老友对自己的切责，"苟无言"两句则是自己憾恨心情的表达。很长一篇文章，到结尾写了这样一句："又明日，而李子髡焉"，百转千回，至此弩然割断。就文章而言，也堪称千古奇文了。这种情形下的李雯所背负的巨大心理压力是我们不难想象的，据他自己讲，每日以泪洗面，惶惶不可终日，于是在陈子龙投水自尽的顺治四年（1647），李雯也郁郁而终。两个人同龄同寿，但最终定格在历史上的形象天差地远，截然不同。

---

① 腆仕，高官厚禄。

需要看到的是，李雯这样的人生也充满了悲剧感，是那个山崩海裂时代的一大群文人的缩影。当生死抉择、成仁取义之时，史可法、陈子龙、夏完淳那样的英雄毕竟是少数，懦弱求生甚至为虎作伥如李雯者还是大有人在。在这里，我们除了道德评判之外，还需要特别探察他们人性中那些灰色地带，注意到他们的纠结挣扎，所以当看到李雯明末所作的《菩萨蛮》——"蔷薇未洗胭脂雨，东风不合催人去。心事两朦胧，玉箫春梦中。 斜阳芳草隔，满目伤心碧。不语问青山，青山响杜鹃"的时候，我们觉得很有点谶语的意味。"不语问青山，青山响杜鹃"，杜鹃啼血的鸣叫声何尝不预兆着亡国的命运和他自己的凄凉结局呢？

只今霜夜思量着

"云间三子"中宋征舆（1618—1667）年纪最轻，比陈子龙、李雯小十岁，可谓少年成名，意气道上。他在明朝只是个诸生（秀才），在陈子龙、李雯去世那一年考中新朝进士，从此飞黄腾达，官至左副都御史，相当于监察部常务副部长。他在明无官职，不能算是贰臣身份，但面对云间故友的出处各异，也不能没有感慨和悲凉。《蝶恋花·秋闺》似乎隐隐约约写出了这种难以明言的复杂心绪：

> 宝枕轻风秋梦薄。红敛双蛾，颠倒垂金雀。新样罗衣浑弃却，犹寻旧日春衫着。 偏是断肠花不落。人苦伤心，镜里颜非昨。曾误当初青女约，只今霜夜思量着。

题为"秋闺"，故词从"轻风秋梦"写起。秋日睡起，面色晕红，双眉紧蹙，看着"颠倒垂金雀"的"新样罗衣"踌躇良久，最终还是扔在一旁，寻出旧日的衣衫穿上。这里的"弃新寻旧"已经很有可供联想的空间了："新样罗衣"会不会指新朝官服呢，"旧日春衫"会不会指故明衣冠呢？下片从动作层面转入更深的心灵层面，明明点出"断肠""伤心"字样。为何伤心如此？因为当初与秋日女神的约定我耽误了，① 现在只剩下无尽的愧悔在霜夜中孤独地思量。

从动作，到心态，我们怎么看都觉得这是入清以后宋征舆表白心绪的一首典型作品，严先生《清词史》也是作如此解读的，但这里头存在着一个文献学的问题。2000 年，辽宁教育出版社"新世纪万有文库"推出了一本《云间三子新诗合稿 幽兰草 倡和诗余》，其中的《幽兰草》是陈子龙、李雯、宋征舆的唱和词集。从各种情况来看，此书刻于明朝应该没有疑问，那也就是说，宋征舆这首《蝶恋花》一定是写在明亡之前的作品，不可能表现入清以后的心事。这就从文献学意义上推翻了包括《清词史》在内的相关结论，这个教训是应该汲取的。

话再说回来，如果不考虑文献学问题的话，我们在李雯、宋征舆（其实也包括陈子龙）的有关词作中的确感受到了一种"亡国之音"，就好像是多年后国家气运和自身命运的预言。某种意义上来说，这就是文学作品的神秘魅力所在。古人常常会解释为"气机所动，有不自知其然而然者"，其实鲁迅先生解读《红楼梦》的时候也说过："悲凉之雾，遍被华林，然呼吸而领会之者，独宝玉而已。"文人拥有最敏感的心灵，他们也是最能接收时代信息的一个人群罢！

词笔老辣的周茂源与谪戍穷边的丁澎

几社名宿中周茂源（1613—1672）也值得一说。周茂源与陈子龙、李雯等都是老友，入清后考中进士，官至浙江处州（今丽水）知府，颇有惠声。顺治十八年（1661）遭遇奏销案被罢官，家居著述而终老。周茂源以诗著称于世，比如《雨中诸子集予机山别业，分吟字》："樵采闲时学苦吟，身如越鸟恋平林。何当花月春江夜，共此蒹葭秋水心。山市酒垆兵后少，草堂诗句雨中深。沉沉钟梵声俱寂，横笛还吹激楚音"，就是难得一见的好诗，风格冷峭厚重，成就不在陈子龙、李雯等人之下。他的《鹧鸪天·夏雨生寒》有"以诗为词"的味道，上片还

_____

① 青女：传说中掌管霜雪的女神。《淮南子·天文训》："至秋三月……青女乃出，以降霜雪。"

略嫌软媚，下片则一转而刚健老辣，与别的云间词人风格有显著区别：

> 夜雨空阶滴到明，香篝拨火熨桃笙。残莺唤起无聊赖，晓镜看来太瘦生。　人似雁，屋如萍，江城水涨白鼍鸣。冲泥细马猩红勒，五月披裘半老兵。

陈子龙领导几社、复社，又曾任绍兴推官、兵科给事中，加之人格高尚，当时从之求学者不知凡几，可谓桃李满天下。其中最杰出的有十位杭州人，合称"西泠十子"，张丹、毛先舒、沈谦、丁澎几位又尤其有名。我们只简单说说丁澎（1622—1685）。

丁澎是回族人，顺治十二年（1655）进士，官至礼部郎中，相当于教育部的司长。顺治十四年，他充当河南乡试主考官，磨勘时因"违例"而受到弹劾。所谓"磨勘"，就是复查阅卷过程有没有违规行为。丁澎的"违例"是因为阅卷时一时兴起，在某考生的好文章上加了几句"读后感"，结果捅了娄子，但后来的事实证明他是有眼光的。那位考生是河南永城人李天馥，后来官至武英殿大学士，也是很好的诗人，《容斋千首诗》堪称清初一大家，但关注者不多。这是后话，当时丁澎被判"流放京师外三千里"，一下子跑到了东北的尚阳堡。

流放，自古有之，流放地肯定都是老少边穷、苦寒之地。全国算下来，哪里最理想？东北地区！清初开始，大批官员、文人被陆续流放到东北，没有这些流人的拓荒，东北不可能有现在这样成色不错的文化成就。具体流放到哪里呢？第一个就是尚阳堡，就是现在"比较大的城市""宇宙的尽头"铁岭地区的开原县。如果觉得流放到尚阳堡还不解恨，那就会从这里再往北数三千里，那就是第二个流放地——宁古塔，满语"六个"的意思，现在的黑龙江省牡丹江地区宁安县。到了康熙后期，这两个流放地不够用了，又开拓了第三个地点，卜魁城，就是现在黑龙江省齐齐哈尔市。这三个地方是东北汉文化的三处穴道，把它们点准了，就能解决东北文化发祥的问题。

要知道，那时候的东北不是现在的东北，不仅"层冰积雪，非复人境"，而且常常有意外的"惊喜"。丁澎被流放到尚阳堡，半夜在茅草房里看书，忽然听见有人敲门。趴门缝一看，没有人。回来接着看书，又有人敲门，趴门缝一看，还没人！我们不是讲鬼故事啊！第三次再敲门，丁澎趴门缝看了半天，结果看见一只斑斓猛虎，围着茅草房直转，钢鞭似的虎尾把门打得啪啪作响。这就是当年的东北，生态系统保存得多么完好！

丁澎在塞外流放五年，历经寒苦，词风也从流丽轻俏变为悲凉腾越，《贺新郎·塞上》是他最具代表性的作品：

> 苦塞霜威冽。正穷秋、金风万里，宝刀吹折。古戍黄沙迷断碛，醉卧海天空阔。况毳幕、又添明月。榆历历兮雪槭槭，只今宵、便老沙场客。搔首处，鬓如结。　羊裘坐冷千山雪。射雕儿、红翎欲堕，马蹄初热。斜鞲紫貂双纤手，搊罢银筝凄绝。弹不尽、英雄泪血。莽莽晴天方过雁，漫掀髯、又见冰花裂。浑河水，助悲咽。

乾隆朝的黄景仁有诗云："自嫌诗少幽燕气，故作冰天跃马行"，在江南烟水迷离之地，是写不出"古戍黄沙迷断碛，醉卧海天空阔""羊裘坐冷千山雪"这样雄壮的词篇的。有人为丁澎写传记说，他流放东北途中，在驿站旅馆墙上见到流人们写的诗词，喜出望外，说"此行不患无友矣"。可见他豪迈豁达、苦中作乐的性格。但毕竟东北苦寒，日子难熬，"浑河水，助悲咽"六个字足以让我们听见他，还有大批流放者的心声。

第二讲
清初词坛精神领袖吴伟业

　　"清词"仅仅是"朝代＋文体"的一个合称概念吗？它何以成为"清词"？它以什么特质面目与宋词、金元词、明词区别开来呢？这是清词研究者必须要思考和交代的问题。龙榆生在《近三百年名家词选》首列陈子龙，其实是肯定了陈子龙之于清词的开山地位。严先生则特别辨析了这一点，他说，凭陈子龙、李雯和宋征舆们的理论主张和创作实践，他们无法成为灿烂辉煌的一代清词的开山祖师，而吴伟业是第一位真正具有独特个性风格、具有多元化的高深造诣，从而对词坛产生巨大影响的大师级词人，他应该具有"清词开山"的地位。出于严谨性的考虑，这些话严先生没有说得很明确，但他说吴伟业是"清初词风胚变期声望最高的精神领袖式的大家""在相当程度上开创了特定的风气"①，意思已经昭然若揭，我不过是把先生的意思说得更明白一点而已。

　　为什么说吴伟业是"精神"领袖呢？以清朝人的话说，在清初词坛风会转变的过程中有很多"大有力者"起到了巨大的作用。这些大有力者官位和文坛声望都很高，交游广阔，互通声气，一呼百应，云随景从，可以通过大规模的创作活动来推动和影响词风的趋向。比如王士禛发起"红桥唱和"，曹尔堪、龚鼎孳等发起与参与"江村唱和""秋水轩唱和"，都是很典型的例子。相比之下，吴伟业在这方面做的事情

---

　　① 严迪昌：《清词史》，人民文学出版社 2011 年版，第 34 页。以下引文皆出此本，不另注。

不多，类似活动基本没有参与，也无意于奖掖后进，转变风气，他是以自己卓绝的词创作水平产生巨大影响，在客观上成为一代词风开创者的。

"非一般" 贰臣

放在历史上，尤其是放在政治、道德天平上看，这位以"梅村体"著称于世、又领袖一代词风的大诗人却是可耻的"非一般"贰臣。同是贰臣，为什么又有一般与非一般之说呢？

吴伟业生于明万历三十七年（1609），是复社领袖张溥的入室弟子，名列"复社十哲"之中，明崇祯四年（1631）会试第一，殿试一甲第二名进士及第，即俗所谓"榜眼"。这一年吴伟业才二十三岁，世人以陆机、苏轼目之。因为吴伟业这么年轻就考出了这么可怕的好成绩，一度引发"物议沸腾"，很多人怀疑此中有弊端，最后闹到崇祯皇帝亲自调阅了吴伟业的试卷，并在他试卷上写下"堂皇正大，足式诡靡"八字批语，意思是说他的文章宏大正派，足以校正诡怪萎靡的文风。皇上金口一开，"群议始息"。这恐怕是崇祯干过的唯一一件英明事儿。

崇祯不仅"钦点"了这位榜眼，而且授其翰林院编修之职，给假婚娶。所谓"洞房花烛夜，金榜题名时"，人生四大乐事吴伟业一下子遇上了两个，还都是皇帝成全的，这是古代读书人千百年来难以遇到的恩荣。这种情况下，不管后来别人怎么批评大明朝糜烂昏暗，崇祯皇帝怎么刚愎自用、昏聩无能，吴伟业都一定是对大明朝、对崇祯皇帝本人怀着非常深沉的感恩之情的。身受如此隆恩，谁都可以当贰臣，吴伟业不能当贰臣；谁都可以不当遗民，吴伟业不能不当遗民。

对此，吴伟业本人也是清清楚楚的，所以在明朝灭亡以后，吴伟业有长达十年时间隐居在苏州，准备为大明守节，以遗民终其身。但是，《吴梅村全集》的整理者李学颖先生和严迪昌先生对其隐居之事都有诛心之论，以为他"名心未除"，蠢蠢欲动，最起码在潜意识层面做了出山的准备。为什么这么说？

顺治十年（1653）春天，在苏州虎丘举行了一场"十郡大社"。这里所谓"十郡"基本囊括了环太湖文化圈的江浙名城：苏州、无锡、常州、杭州、嘉兴、海宁等，各地有名的文人士子齐集虎丘，总数有上千人，连虎丘山下的千人石都站满了。吴伟业不仅参加了这场盛况空前的集会，而且意气洋洋，应邀以前朝榜眼、文坛宗师身份出任盟主，调处同声社、慎交社之间的争端，并把陈维崧、吴兆骞和彭师度美称为"江左三凤凰"。

就算我们为吴伟业开脱一点，说他有些书生气、不谙政治，毕竟他在明朝做过了十几年官，基本政治经验是有的。他怎么可能想不到，如此大规模的高端人才集会一定会引起官方的密切关注？自己作为盟主，怎么可能不被朝廷格外重视？一旦朝廷征召，自己将何以自处？纯粹坚贞、没有其他想法的遗民会这样做吗？

我们这样说不能算是刻薄。对人性的弱点我们是了解，也体谅的，但需要对比一下，真正坚贞的遗民是什么样子的。大家可以看看赵园的《明清之际士大夫研究》和《易堂寻踪》，里面举了很多典型的遗民事迹。比如说苏州遗民徐枋入清四五十年，"前二十年不入城市，后二十年不出户庭"，几乎断绝了任何引起官方注意的可能性；比如陈维崧的父亲陈贞慧，他秉持伯夷叔齐"不食周粟，不践周土"的遗风，在自己家里搭建一座小竹楼，独居不下，所有食品用品都用竹篮子吊上去，直至顺治十三年（1656）去世；再比如浙江人李天植，晚年贫不能自存，把妻子儿女送去僧寺寄养。朋友们凑了一些钱接济他，"三反而后不受"。那位"不入城市，不出户庭"的徐枋懂得他的心事，跟大家说："李先生这是一种慢性自杀的方式啊！我等听其饿死可也！"对照这些艰苦卓绝、被时间被现实"逼拶"（赵园语）的遗民，吴伟业是不是显得矮小卑琐了呢？他的抛头露面、挥斥方遒，是不是有一点待价而沽的潜意识存在呢？而且这时候，他的儿女亲家陈之遴正在新朝任大学士，世称"海宁相国"，大权在握，这也一定程度上推动了吴伟业出仕的心理准备。"朝中有人好做官"嘛！

种种主客观因素作用之下，吴伟业在顺治十年（1653）秋出仕清廷，十三年（1656）升任国子监祭酒，仕途还算平顺，但就在此时，陈之遴在南北党争中失败，被流放到了关外的沈阳。吴伟业失去了最大的靠山，又赶上自己母亲去世，于是丁忧南归，再不复出。这短短三年的贰臣经历给吴伟业带来终生的深重创伤，从这儿开始到他去世的康熙十年（1671），和血和泪的忏悔成了他最核心的创作主题。临终之前，他写下四首绝句，我们选读两首，就能够很清晰地看到这一点：

> 忍死偷生廿载余，而今罪孽怎消除。受恩欠债应填补，总比鸿毛也不如。

> 胸中恶气久漫漫，触事难平任结蟠。块垒怎消医怎识，惟将痛苦付汍澜。

竟一钱、不值何须说

《史记》里说，人终有一死，或重于泰山，或轻于鸿毛，吴伟业临去世前以鸿毛自比，可见其忏悔的强度。其实在他生平最著名的一首词《贺新郎·病中有感》里，这个意思早就被说过了。

《贺新郎·病中有感》长期以来被误认为吴伟业的绝笔词，实际上，这首词作于顺治十一年（1654）吴伟业在京任职期间，此时距他去世还有十七年，这是首先要澄清的。[①] 但是，我们恐怕还需要考虑一下，为什么大家会在没有做行年考证或文献不足的情况下，几乎众口一词地产生这样的误会呢？是不是他的这次"阶段性总结"的确具有"结案陈词"的意味呢？

> 万事催华发。论龚生、天年竟夭，高名难没。吾病难将医药治，耿耿胸中热血。待洒向、西风残月。剖却心肝今置地，问华

---

① 认定此词为绝笔始见于尤侗《艮斋杂说》卷五，后人多袭之。然谈迁《北游录·记闻上》已载此词，并标明记载日期为"甲午十二月丙辰"，即顺治十一年十二月十六日。故此词应作于顺治十一年七月至十月梅村于京供职而大病时。详见张仲谋《贰臣人格》，长江文艺出版社1996年版，第285—286页。

佗、解我肠千结。追往恨，倍凄咽。　故人慷慨多奇节。为当年、沉吟不断，草间偷活。艾灸眉头瓜喷鼻，今日须难决绝。早患苦、重来千叠。脱屣妻孥非易事，竟一钱、不值何须说。人世事，几完缺。

词开篇就是一声长叹——"万事催华发"！这个"催"字既是时光之催迫，也是现实之催迫，将进退两难的夹缝心情全写出来了。紧接着用了一个典故："论龚生、天年竟夭，高名难没"。"龚生"是指西汉末年的龚胜（公元前68—公元11年），他在汉哀帝时担任过一些中高级官职。王莽篡汉后，敦请龚胜担任讲学祭酒，龚胜称病谢绝。两年后，王莽又派使者带着诏书、官印，准备了驷车（四匹马拉的车）再次迎聘。使者说："朝廷没有忘记先生，许多制度尚未确定，都等待您出山去主持朝政，安定天下"，可谓卑辞重币。龚胜说："我身受汉天子恩德，无可报答，现已年老，朝不保夕，怎能一身任两朝官职，无颜见故主于地下呢？"说完即绝食，十四天后去世，终年七十九岁。七十九岁是高寿了，也就是所谓"天年"，"夭"是指他自杀明志的气节。这个典故用得十分精确，短短十一个字，千言万语都包涵其中。对比龚胜的"高名难没"，自己是何等的卑微与惭愧！

"吾病难将医药治，耿耿胸中热血。待洒向、西风残月。剖却心肝今置地，问华佗、解我肠千结"，词题是"病中有感"，这几句正是"点题"之语。看来"病"固然是物理层面的，更多的还是"心病"，是做了"两截人"的"压力山大"才导致如此严重的程度。诸如钱谦益、吴伟业这样的前朝名臣、文坛盟主，他们出仕清朝在舆论场引起的反响是非常强烈的，由此带来的心理压力也是很难承受的。据说钱谦益穿着一件小领大袖的外套出门，有人就故意问他："您这衣服代表哪朝风格啊？"钱谦益道："小领示我尊重当朝之制，大袖则是不忘前朝之意。"那人马上挖苦了一句："大人真是'两朝领袖'啊！"又据说吴伟业去看一出戏，戏中的主角是朱买臣，演员念白的时候突然加词儿，指着台下的吴伟业说："姓朱的有甚亏负你处？"吴伟业羞惭满面，没看完就跑掉了。因为有这样严重的心病，吴伟业才说：即便是华佗这样的医中圣者，他也没办法解开我内心的愁苦！

下面结了一句"追往恨，倍凄咽"，这是承上启下。"往恨"的具体内容是什么？"故人慷慨多奇节"，那么多老朋友都气节凛然，殉国的殉国，做遗民的做遗民，自己则是"沉吟不断，草间偷活"，相比之下，何其可耻！这种"沉吟不断，草间偷活"的例子当然有很多。据说钱谦益和柳如是本来约定投水自尽，钱谦益已经跳进了自家池塘，往前走了几步说"水凉"，又上来了。龚鼎孳入清做了贰臣后，有人问他当年为什么不殉国呢？龚鼎孳尴尬地自嘲了一句："我原欲死，奈小妾不许何！"——我本想殉国的，但小妾横波夫人顾媚不答应，我只好陪她活下来了！可见"沉吟不断，草间偷活"不仅是吴伟业的个人体验，更描述了贰臣文人群体的生死抉择，具有极强的概括力。

"艾炙眉头瓜喷鼻"一句既是写实，也是用典。用艾草烧炙眉头，把瓜蒂放在鼻上，吸之以通气，这都是中医治疗黄热病的方法，同时也用了《隋书·麦铁杖传》的典故。麦铁杖是隋朝著名武将，有一次得重病，正值朝廷征伐高句丽，医生劝他好好在家将养，麦铁杖从床上矍然跃起，说："大丈夫当战死于沙场，岂能学小儿女之态，艾炙眉头，瓜蒂喷鼻，死于病床之上？"用这个典故，既是写"病"，更以麦铁杖的勇烈照应自己"沉吟不断，草间偷活"的软弱，情感线索非常细腻、自然而动荡。"脱屣妻孥非易事，竟一钱、不值何须说"，"脱屣"就是弃之如敝屣。这两句吴伟业说得十分诚恳，也真实：凭崇祯皇帝对我的天高地厚之恩，我殉国也不足以回报，但是妻子儿女哪是那么容易就抛下的呢？那么就只能落得身名瓦裂，一钱不值了！我们在前面分析和谴责了吴伟业的诸多缺点，但看到"竟一钱、不值何须说"，自贬、忏悔到如此地步，又觉得他真的有几分可怜，值得同情，从而为之唏嘘不已。说到底，在那样的乱世，个人的命运很难自主，怎么选择都难免是悲剧吧！

如此血泪交织的忏悔打动了无数读者，为吴伟业赢得了诸多体谅和同情。其中有一位"大读者"非常重要，那就是乾隆皇帝，爱新觉罗·弘历。乾隆下圣旨编订《贰臣传》，虽然把吴伟业编进了最低等级的"乙编"，但同时也对吴伟业表示肯定，说"梅村一卷足风流，往复披寻未肯休"。跟着乾隆皇帝的定位，舆论界不仅选择宽容了吴伟业的变节，而且迅速开展了对他的深度研究，一下子出现了好几种吴伟业诗词的笺注本。我常常会想，钱谦益如果知道这种情况会不会心里特别委屈：我是出过很大气力抗清的，既跟郑成功通信帮他谋划反攻大陆，又拿出私人存款装备五百人的"飞虎军"参与军事行动，结果还不如人家吴伟业，啥都不干，写写诗词表达一下忏悔就比我名声好，这上哪儿说理去？这是玩笑话，我想说的是：这就是文学的魅力！

苦被人呼吴祭酒

《贺新郎·病中有感》尽管是吴伟业中年所作，但映照出来的生存状态、心理状态足以作为他一生的"结案陈词"，被误会成绝笔词也是自有缘由的。顺治十三年（1656）年底，吴伟业失落惆怅地回到家乡，朝廷针对江南士绅阶层连续兴起的大型案狱几乎就在此时同步上演。顺治十四年的科场案，顺治十六年的通海案，顺治十八年的哭庙案和奏销案，康熙二年（1663）的庄氏案，短短六年，五大案狱，作为交游遍天下的江南文坛盟主，谁知道哪个人哪件事会牵扯上自己？吴伟业怎能不风声鹤唳，胆战心惊？在写给儿子的遗嘱《与子暻疏》中他说："东南每有一狱，常虑收者在门"，每有大大小小的案狱出现，我就担心早晨一开门，门口站着专案组把我带走，那种心理压力之巨大也真是难以想象！

我想起一个著名的苏联笑话：英国人、法国人和苏联人在一起谈什么是幸福。英国人说，"喝着英国红茶，坐在泰晤士河边的夕阳里看着报纸就是幸福"；法国人说，"拿出自己身上最后一点钱，买几枝玫瑰花，送给一个我喜欢的女郎，那就是幸福"；苏联人说，"我告诉你们什么是幸福。幸福就是有人敲你的门，说：'我是克格勃，彼得·伊万诺维奇，你被捕了。'我告诉他：'你敲错了，彼得·伊万诺维奇住在对门'"！吴伟业当时的状态就和这位苏联人差不多。他在遗嘱中说：我这一辈子看似很风光，其实没过上几天好日子，"吾一生遭际，万事忧危，无一刻不历艰险，无一境不尝艰辛，实为天下大苦人"！

关于自己的身后事，吴伟业写了三条，都是苦心孤诣的安排。第一条是"殓以僧装"。下葬的时候该穿什么服装呢？穿明朝的服装犯新朝的忌讳，而且自己哪有脸穿明朝的服装？如果穿清朝的服装，九泉之下怎么见故君旧友？明装清装都不能穿，那就"殓以僧装"吧！第二条，我不配享有豪华气派的墓碑，坟前立一块圆石即可。第三条，圆石上不刻官衔功名，只刻七个字："诗人吴梅村之墓"。如此遗嘱，真是意味深长，把他"大苦人"的心态呈现得淋漓尽致。晚清有位诗人宗源瀚有两句诗："苦被人呼吴祭酒，自题圆石作诗人"，说的正是此事。

上面所述是我们读解吴伟业非常重要的背景，不把这些说清楚，我们就读不懂梅村诗和梅村词。

香艳与沧桑

来读吴伟业的几首词，先读《丑奴儿令》：

低头一霎风光变，多大心肠，没处参详，做个生疏故试郎。
何须抵死推侬去，后约何妨，却费商量，难得今宵是乍凉。

这是吴伟业早年名作，很被明末词坛的同人所称道。作为一首艳情之作，这首词的确写得相当成功，很见才情。词中的女孩子不确定情郎的心意是否坚定，所以故意疏远他，试试他到底有多爱自己，而这个男生果然上了钩，死皮赖脸、一片殷勤地做女孩子的思想工作："何必非要赶我走呢？下次再约太麻烦了，你看，难得今儿晚上刚刚凉爽，让我留下吧！"小词上下片分写这对小情人的心理活动与对话，口角如见，活色生香，煞拍一句更是给人很大的遐想空间，足见青年才子的风流身段。

但是，我们选进这首词来讲不是为了夸奖吴伟业，而是为了展示他早年词作的香艳风貌。这样的词写得再好，那也不可能成为一代宗师、词坛领袖的。必须要经历国破家亡、身名瓦裂的"天下之大苦"，吴伟业才能实现血淋淋的蜕变，被时光、被世界淬炼成一柄光芒四射、气冲牛斗的宝剑。晚清词学家陈廷焯说得好："吴梅村词……高处有令人不可捉摸者，此亦身世之感使然。否则徒为'难得今宵是乍凉'等语，乃又一马浩澜耳。"马浩澜是明代词人马洪，词以香艳露骨著称，颇为清代词学家所不屑。所以陈廷焯说，如果不是山崩海立的巨大变故给吴伟业带来了沧桑悲凉的身世之感，他不过就是马洪那样的香艳小词人而已！"国家不幸诗家幸"，这个定律的确是成立的。

经历了无限沧桑的吴伟业还是会写香艳之作，但声口已经完全不同，我们看这首《临江仙·逢旧》：

> 落拓江湖常载酒，十年重见云英。依然绰约掌中轻。灯前才一笑，偷解砑罗裙。　薄幸萧郎憔悴甚，此生终负卿卿。姑苏城外月黄昏。绿窗人去住，红粉泪纵横。

"逢旧"之"旧"是有具体所指的，此人即是"秦淮八艳"之一的名妓卞赛，也就是更著名的"玉京道人"。我曾经讲过，"青楼文化与中国文学"的话题对我们研究文学史很有关系。所谓"我未成名君未嫁，可能俱是不如人"（罗隐：《赠妓云英》），无论落魄潦倒还是春风得意，给文人带来巨大慰藉的妓女一直都是他们浓墨重彩去书写的对象。从南齐的名妓苏小小，到唐代的薛涛，再到宋代的李师师、明代的"秦淮八艳"、晚清的赛金花……甚至可以说，他们形成了"双生关系"或"镜像关系"——有文人必有妓女，无妓女不成文人。即以"秦淮八艳"而论，柳如是与陈子龙钱谦益、李香君与侯方域、顾媚与龚鼎孳、董小宛与冒辟疆，都有着密切过从，或终身厮守，或为灵魂知音，留下一幕幕令人唏嘘的爱情传说。

卞赛在秦淮结识吴伟业，曾有托付终身之想，因为吴伟业的迁延未能达成心愿。不久明朝灭亡，兵荒马乱，卞赛改道装，号"玉京道人"。顺治七年（1650），吴伟业至尚湖探访卞赛，未得相见，于是写下了满怀惆怅的《琴河感旧》组诗，其中有"青山憔悴卿怜我，红粉飘零我忆卿"的名句，不久，又写下了"梅村体"名作《听女道士卞玉京弹琴歌》。这首《临江仙》也应该是这次相逢时候写下的。

词仍是"香艳体"，里面并没有国仇家恨的字样，但是"十年重见"，这十年是怎样惊心动魄的十年！"红粉泪纵横"，那纵横的显然也不是一般的风月之泪。陈廷焯说："一片身世之感，胥于言外见之，不第以丽语见长也"，很对。又说"哀艳而超脱，直是坡仙化境"，虽然评价有点过高，但我们也的确看到，跟"难得今宵是乍凉"相比，它的内涵、情感强度确实有了很大差异。这是一个对照梅村词风变化的很好的例子。

一篇思旧赋

如果说身世之感在《临江仙·逢旧》里还只是一点"调味品"，在下面这一首同调的《过嘉定感怀侯研德》里则是按捺不住、喷薄而出：

> 苦竹编篱茅覆瓦，海田久废重耕。相逢还说廿年兵。寒潮冲战骨，野火起空城。　门户凋残宾客在，凄凉诗酒侯生。西风又起不胜情。一篇思旧赋，故国与浮名。

侯研德（1620—1674），名玄泓，有的文献称他为侯泓，是因为避康熙皇帝的名讳。嘉定侯氏是名门望族，顺治二年（1645）清军南下，颁布薙发令，侯玄泓的伯父侯峒曾组织"嘉定恢剿义师"，分部守城，城破后殉难。他父亲侯岐曾在顺治四年（1647）因藏匿被清廷通缉的陈子龙而遭清廷逮捕遇难。最近，中华书局总编辑周绚隆老师写了一本《易代：侯岐曾和他的亲友们》，以《侯岐曾日记》为基础，梳理侯家的人文生态网络，非常好，值得看一看。

大约在康熙三年（1664），吴伟业过嘉定，见到老友之子侯玄泓，回忆往事，感慨丛生，正所谓"二十余年如一梦，此身虽在堪惊"（陈与义语），故有此悲凉之作。首句"苦竹编篱茅覆瓦"写侯研德目下的清苦状态，当年的高门大户，如今落得一派荒凉，但是"海田久废重耕"，虽然沧海桑田，有如隔世，毕竟还要坚忍地活下去。"相逢还说廿年兵"，这里的"还说"包含了"又说""总说"之意，二十年前那场滔天兵火改变了侯家，又何尝不是改变了自己，改变了这个世界？那是无法绕过的话题，怎能不一说再说？

注意"寒潮冲战骨，野火起空城"十个字。第一，它是写景之句，用来"转"前一句的"说"字。"说"什么具体内容？大家心照不宣，也没必要再啰嗦，所以用这两句"转"向描写今日的荒寒景象。二十年后，潮水还在冲刷着战骨，野火还不时在空城燃起，当年该是怎样惨绝人寰的地狱般的场景，还用问吗？第二，这是典型的"诗语"，放在五言律诗中也是一等一的好句子。在前面我们一直说明末词风卑弱，即便陈子龙等人努力振奋，也没能摆脱脂粉和泪水。到吴伟业，才把这种苍凉悲壮的语句写进"小词"，这就很有当年苏轼"以诗为词""指出向上一路"的意思了。某种意义上来说，这是苏辛雄健悲慨之风的一次再张扬、再鼓荡，也是词的抒情功能的一次再张扬、再鼓荡。只有如此，"清词"才能与金元明词区别开来，自成其为与两宋词并立争胜的"清词"。

下片再转一笔，扣住词题中的"侯研德"。二十年来，侯家两代人殉难的殉难，逃亡的逃亡，所以用得上"门户凋残"四个字，但是尽管如此，还有"宾客"来来往往。这里一层意思是说侯玄泓的人品，所谓"座上客常满，樽中酒不空"，侯玄泓在"苦竹编篱茅覆瓦"的艰难困苦之中，还能传其好客爱才的家风，极其难得。另一层意思则在"宾客"二字，与"凄凉诗酒侯生"来往都是些什么样的"宾客"，他们在诗酒之际所谈论怀想的又是怎样的往事呢？这背后真是寓藏着一篇难以言说的大文章！"西风又起不胜情"，这一句承上句之"凄凉"，又启下句之"思旧"。《思旧赋》是向秀的名篇，为追忆故友嵇康、吕安而作，但是诸多避忌，欲言又止，鲁迅说它"刚开头却又煞了尾"。吴伟业在这里既用思念逝去的旧友之意，也隐含了自己与向秀完全相同的有所避忌、不能明言的心绪，用典之精准，令人叹为观止。为什么不能明言？对"故国"的思恋当然是忌讳，不能肆无忌惮地表达，因为"浮名"羁绊，自己不得不出仕新朝，变成"两截人"，想到那些抗清殉难的旧友，自己又怎么有脸面去明言呢？千万字都难以宣泄的复杂情感，只用了"故国""浮名"两个词就说清楚了，真可谓笔力千钧，妙不可言！

这首词是吴伟业平生杰作之一，通篇用刚健悲凉的诗笔，对"小词"的品位与抒情功能进行了本质性的提升。他的这种在令词抒写宏阔悲壮境界的笔法深刻影响到了自己的高弟子、"江左三凤凰"之一的陈维崧，也间接影响到了阳羡词派，以及一代词坛风会的变化。我们说吴伟业是"精神领袖"，这是一首具有典范意义的代表性作品，值得格外重视。

"赠柳"高唱

说吴伟业启变一代词风，还需要特别注意他的《沁园春·赠柳敬亭》：

> 客也何为，八十之年，天涯放游。正高谈挂颊，淳于曼倩；新知抵掌，剧孟糟丘。楚汉纵横，陈隋游戏，舌在荒唐一笑收。谁真假，笑儒生诳世，定本春秋。　眼中几许王侯，记珠履、三千宴画楼。叹伏波歌舞，凄凉东市，征南士马，恸哭西州。只有敬亭，依然此柳，雨打风吹絮满头。关心处，且追陪少壮，莫话闲愁。

先要介绍一下柳敬亭。柳敬亭是评书大家，具有一代宗师的崇高地位，黄宗羲、吴伟业都为他写过《传》，对其事迹叙述得相当完整。但我以为，特别能写出柳敬亭神采的莫过于张岱《陶庵梦忆》中的名篇《柳麻子说书》。张岱开篇就说："南京柳麻子，黧黑，满面疤瘰，悠悠忽忽，土木形骸"，不仅黑，而且丑，不仅丑，而且一副心不在焉、六神无主的样子，怎么看都不讨人喜欢。但是"善说书。一日说书一回，定价一两。十日前先送书帕下定，常不得空"。因为说书而大火特火，不仅出场费高，而且提前十天去请，都常常没有档期。"南京一时有两行情人，王月生、柳麻子是也"，所谓"行情人"，就是演出市场上最火的"大咖"，但是人家王月生是一代美女，"面色如建兰初开，楚楚文弱，纤趾一牙，如出水红菱""寒淡如孤梅冷月，含冰傲霜"①，柳麻子跟王月生几乎走到了两个极端，凭什么与人家并列为"行情人"呢？

张岱说了下面这样几条：第一，说书水平极其高超。我听他说《景阳岗武松打虎》这一段书，跟《水浒》原著很不相同。比如他说武松到店沽酒，没人过来招呼，武松急了，"謇地一吼"，酒店里空缸空坛都响起"嗡嗡"的回声。一个细节，把武松的气概就完全呈现出来了，"闲中著色，细微至此"。

第二，极其自尊自爱。柳敬亭说书的时候，听众必须屏息静坐，他才肯开口，如果底下听众说悄悄话或打哈欠，干脆就不说了。他发挥最好的时候常常在四下安静的半夜时分，说到精彩之处，"疾徐轻重，吞吐抑扬，入情入理，入筋入骨"，把别的说书人的耳朵摘下来让他们听听，恐怕他们会嚼舌自尽吧！

第三，"柳麻子貌奇丑，然其口角波俏，眼目流利，衣服恬静"，看惯了以后，甚至觉得他与大美女王月生一样漂亮可爱，所以行情也差不多等同。

张岱真是会写文章！但这篇毕竟是小品，他没有说清楚的是，柳敬亭因为说书成名，到了明朝灭亡、南明政权建立，他被推荐到"江北四镇"之一的著名武将、宁南侯左良玉幕下当了高级参谋。左良玉非常信任他，有一些谈判事务干脆委任他做自己的全权代表，派兵前呼后拥护送他招摇过市，别人都称之为"柳将军"。那就惹得秦淮河那些说书同行们羡慕不已，一边看一边悄悄耳语："看看人家！这是我们同行啊！怎么出息成这样！"吴伟业在《圆圆曲》里写陈圆圆"旧巢共是衔泥燕，飞上枝头变凤凰"，柳敬亭也是如此，短暂地风光过一阵子。

随着南明小朝廷迅速腐化，江北四镇土崩瓦解，柳敬亭只好流离草野，重操旧业。到康熙年间，古稀老人柳敬亭北上京师献艺，在京城卷起一场"柳旋风"。这时候，他的说书已经不再是简单的说书了。一方面，"柳麻子说书"承载着很多听众对自己青春岁月的回

---

① 张岱：《陶庵梦忆·王月生》。

忆；另一方面，柳敬亭的人生遭遇关联着一部南明痛史，唤起了无数人的故国之思。于是，文坛上兴起了一股非常独特、具有强烈历史纵深感的"赠柳"风潮。我的一个学生做硕士论文就是研究这个题目的，据他统计，"赠柳"诗词文放在一起将近九十篇。这在中国文学史上都是很罕见的现象。吴伟业感受到柳敬亭身上强烈的"符号"意义，既写了《柳敬亭传》，又填词以赠，可谓一唱三叹，不能自已。

只有敬亭，依然此柳

词开篇"客也何为，八十之年，天涯放游"三句中的"八十之年"，有的版本作"十八之年"。哪个正确呢？我想有两种情况：一是从文献出发。如果我们能对这首词准确编年，就能知道柳敬亭多大年纪。如果这一年柳敬亭只有六十多岁或七十岁，那么"八十之年"恐怕就不对。如果柳敬亭七十八九岁，举其成数，说"八十之年"是说得过去的。第二，从文本出发。"十八之年，天涯放游"能不能说通呢？可以。柳敬亭传记中写到了，他原本姓曹，少年时横行乡里，司法部门想要整治他，于是逃亡在外，以说书成名，这与"十八之年，天涯放游"是对得上的，但如果单看文本，我还是觉得"八十之年"更好。一个白发苍苍、历尽沧桑的老人还放游天涯，请问您老先生是为什么呢？人生、历史的纵深感一下子就出来了，"十八之年"是没有这个效果的。

"正高谈挂颊，淳于曼倩；新知抵掌，剧孟糟丘"，这里连用了几个典故，"淳于"指淳于髡，"曼倩"指东方朔，都是《史记·滑稽列传》中的人物。剧孟，是《史记·游侠列传》记载的著名豪侠，周亚夫曾说他的能量可抵得上一个诸侯国。"糟丘"，酒糟堆积成山丘的意思，比喻酿酒极多。柳敬亭身上兼有风尘豪侠、滑稽玩世的精神气质，以这几个历史人物来做比方，非常恰切。"楚汉纵横，陈隋游戏，舌在荒唐一笑收"，说书讲史是柳敬亭的拿手好戏，钱谦益、余怀、冒辟疆等人都听过他说的隋唐故事，有过相关记载，① 同时，吴伟业在这里也勾连起深沉的历史感慨。楚汉的纵横也好，陈隋的游戏也好，"固一世之雄也，而今安在哉"，最终不是都化作说书人舌尖的荒唐一笑吗？可笑那些儒生还搞了所谓"定本春秋"，好像他们记载的才是确切不疑的史实，其实无非是"诳世"而已。哪个是真，哪个是假，谁又能说清楚呢？吴伟业的这番感慨既是从柳敬亭与"儒生"的对照着眼的，是对柳氏的刻画与推尊，同时也是他个人穿行在激荡的历史长河中的深切感受，十分耐人品味。

下片又聚焦到柳敬亭身上。"眼中几许王侯"的"王侯"既指历史，也指现实。当柳敬亭在左良玉幕下得宠的时候，何尝不是看见了"珠履三千宴画楼"的繁华。可是转眼之间，"伏波歌舞，凄凉东市；征南士马，痛哭西州"，左良玉倏然病逝，南明局势急转直下，没用多久就轰然崩塌。这些繁华岁月、痛心往事都过去了，"只有敬亭，依然此柳，雨打风吹絮满头"！词一路写来，都很漂亮，这几句又是点睛之笔，重中之重，所谓"词眼"是也。我们都能体会得出来，这个"柳"字乃是一笔双写，既是写"雨打风吹絮满头"的柳树，更是写经历了历史人生风雨、白发萧萧的柳老先生。用笔之妙，真是令人叹为观止，词人郁积的情感至此也喷薄而出，达到高潮。

与前面讲过的《临江仙·过嘉定感怀侯研德》相比，这首《沁园春》悲慨的情感含量差相仿佛，但因为《沁园春》是长调，有条件写得更加铺张舒展，也就更具有悲凉的气韵和历史的深度。即便与苏轼、辛弃疾的佳作相比，也不大逊色。为什么说吴伟业是形成"清词"品质面目的关键性人物，是一代精神领袖？我一向以为，宋词之所以成为"一代之文学"，苏辛"指出向上一路"的创作至关重要，而吴伟业则接续了已经衰落甚至中断了数百年的"指出向上一路"的词学传统，将词的抒情功能做了本质性的提升，对当时词风具有着巨大的指向性意义。在这一点上，吴伟业的贡献比云间派所有人加起来还要大得多。

---

① 余怀《板桥杂记》："柳敬亭年八十余，过其所寓宜睡轩，犹说《秦叔宝见姑娘》。"钱谦益《与毛子晋书》："浮大白，酌村醅，对柳敬亭剧谈秦叔宝，差消块垒耳。"冒襄《小秦淮曲》："游侠髯麻柳敬亭，诙谐笑骂不曾停。重逢快说隋家事，又费河亭一日听。"

尤侗·徐籀·吴兆骞

由吴伟业还可以顺谈清初苏州词坛中的几家。先说"老名士，真才子"尤侗。

尤侗（1618—1704），青年时即甚有才名，但多次考举人不中。顺治十四年丁酉（1657）乡试又一次落榜，于是写了一出时事活报剧《钧天乐》泄愤，这是酿成当年科场大案的导火线之一。二十多年后，科场案受害人吴兆骞塞外归来，尤侗正在翰林院任职，也随着大家写诗庆贺，很难想象他当时是怎样的心态，而吴兆骞又会作何感想。作为历史事件的当事人，他们面对自己亲手参与造成的这段历史，那种情味一定是非常复杂的。康有为晚年在杭州看过一出名为《光绪皇帝痛史》的戏剧，到了戊戌变法这一段，看见演员在戏台上饰演自己，感慨良多，于是写诗云："电灯楼阁闹梨园，笳鼓喧天万众繁。谁识当年场上客，今宵在座痛无言"，那种心情真是难以表达！

也许是因为这出戏的关系，尤侗的声名传播到大内，被顺治皇帝称为"真才子"。康熙十八年（1679），六十二岁的尤侗参加博学鸿词特科考试，被康熙皇帝称为"老名士"，考中后授翰林院检讨，修《明史》，三年后告老归乡。尤侗博学多才，著作等身，有《西堂全集》《余集》共一百二十卷，传奇杂剧多种，词名《百末词》。

尤侗得两朝皇帝称赏，名震四海，交游广阔，而且享八十七岁高寿，算是清初文坛的一部活字典。在他身上，才子的聪明浮华气和名士的肮脏不平气均体现得极为突出，故小令多自然新艳，长调多流宕慷慨，同时的名词人吴绮说他"文高于命，宦薄于名"，"爱以沉郁之意，写为秾丽之言"，十分准确。这里我们读他一首圆巧隽美的代表作《行香子》：

> 紫陌金车，绿蒲兰槎，共追寻、大地芳华。看三分春色，分与谁家？有一分山，一分水，一分花。　　雨打檐牙，月落窗纱，恨韶光、转盼天涯。小庭寂寞，底事争哗？是一声莺，一声燕，一声鸦。

《行香子》这个词牌有它的独特性，上下片结尾部分一般要求用排比句，或者用鼎足对。这就是一个词牌的"词眼"，这里经营好了，词就漂亮；经营不好，基本砸锅。如果要给尤侗这首《行香子》加个题目，很简单——《春感》，是很俗滥的题材，但他又的确写得清新流丽，如弹丸脱手，一击中的。"看三分春色，分与谁家"，这是用苏轼的《水龙吟》"三分春色，二分尘土，一分流水"的名句，但是"分法"不同。苏轼的"二分尘土，一分流水"有几分凄凉，尤侗分成"一分山，一分水，一分花"，就是满满的欣喜。这首词没什么深意，也谈不上寄托，我们选进来讲只是欣赏他那种"大珠小珠落玉盘"似的感觉，确实是才子之笔。

需要提醒一句，"才子之笔"，也包括类似的"才子诗""才人词"等，在很多语境下都不是很高的评价，有的时候寓褒于贬，有的时候寓贬于褒。才子诗词自然有他的好处，一般表现为清新工巧，人所难及，但是短处也往往在此，没有能超越这个层次，进入更高境界，那就只能是二流而已。需要加上什么呢？我以为陈廷焯标举的"沉郁"是个很好的选择，这一点值得大家注意。

当时苏州词人中没有名气但水平超过一般名家的是徐𬭚。徐𬭚，字亦史，明崇祯六年（1633）年举人，康熙初年由靖江教谕升任湖北黄冈知县，有"循吏"之称。词集名《吾邱诗余》，今存一百六十余首。

徐𬭚并非遗民，然甲申乙酉间存有不少哀悼国破家亡的词篇，纯从个人视角感知历史，很具有厚重感。如《长相思·甲申夏山居感旧》："朝阴阴，暮阴阴，槐柳分烟随处青。风光阴又晴。　　一朝人，两朝人，去岁尝樱忆故京。城春草木深。""城春草木深"上面隐含着"国破山河在"五字，看似漫不经心而含蕴深沉。他的《满江红·咏古》六首分咏芦中枻、高渐离筑、博浪椎、斩蛇剑、苏武节、班超笔，内中蕴含的乃是复仇守忠的悲壮胸怀，也不是无意为之。

徐𬭚集中长调约占一半，多数作品都能捭阖驰骋，绝去羁缚，其激昂声情比之吴梅村这样的大宗师也相去不远。比如《沁园春·和韩人谷携友寻春感遇词用原韵》：

劳我形兮，谓我全生，吾生有涯。任人间伎俩，风抟柳絮；山中高卧，日上窗纱。况有羊欣，轩然肯顾，踏卧门前满径花。兹寂寂，岂笑人邓禹，吾道非耶？　　吾言君听无哗，莫便咄、颠毛近易华。叹蘧非楚士，樵书独唱；终年狂客，渔鼓掺挝。华表禽归，黄粱饭熟，冢畔空令可万家。君应笑，彼摩天鸿影，能异鼃蛙。

看似在高山流水中看破了红尘，其实有一种浓浓的苦意，风格也很雄放。像徐籀这样几乎无人注意的词坛高手，他身上有效的学术信息是很多的，值得有心人去研究。

论清初苏州词坛还不应遗漏吴兆骞其人。吴兆骞是"科场"大案遭祸者中声名最高者，由他牵动的诗词作品数以千计，是清初文坛的大关目之一。[①] 他自己的《秋笳词》据著录为二卷，今仅能见三首，而《念奴娇·家信至》一阕是"哀怨结于至情，直欲无文"的感人篇什，[②]作为那段历史的一帧剪影，尤其值得一读：

牧羝沙碛，待风鬟、唤作雨工行雨。不是垂虹亭子上，休盼绿杨烟缕。白苇烧残，黄榆吹落，也算相思树。空题裂帛，迢迢南北无路。　　消受水驿山程，灯昏被冷，梦里偏叨絮。儿女心肠英雄泪，抵死偏萦离绪。锦字闺中，琼枝海上，辛苦随穷戍。柴车冰雪，七香金犊何处？

---

① 后文顾贞观部分我们会详谈吴兆骞的遭遇。
② 见沈轶刘、富寿荪《清词菁华》中评语。

第三讲
═ 柳洲词派·曹尔堪·江村唱和 ═

"绵里针" 钱继章

在明末清初的浙江嘉善地区涌现出一个规模庞大的词人群体，人称"柳洲词派"。"柳洲"之名来自嘉善县魏塘镇的名胜柳洲亭，"柳洲词派"其实就是"嘉善词派"。柳洲词派存在的最显著的标志是清初刊刻的《柳洲词选》，全书共收嘉善词人158家，其中清朝词人117家，数量相当可观。我们这里只讲两家：钱继章与曹尔堪。

钱继章，字尔斐，号菊农，明崇祯九年（1636）举人，曾做过一点小官，入清不仕，属于遗民群的一员，词集即名为《菊农词》。钱继章一直也没有什么名气，严先生写《清词史》才又重新提起他，并且称道他"立意造句都不落程式窠臼，自抽机杼，在清初足称名家，其风格无愧为柳洲派的典型"①。我们看看严先生选进来的词，确实精彩，当得起这些评价。先看他的《望江南·暑月闲居》：

> 无个事，曳杖出溪坳。柳市说书钱入掌，槐阴狙戏玉围腰。一笑卷《离骚》。

① 《清词史》，第45页。

单调望江南，仅二十七个字，还不如一首七绝的长度，"暑月闲居"这样的词题，看起来也没有什么"技术含量"，可谓平淡得不能再平淡了，但这恰恰是钱继章所擅长之处。金庸的《书剑恩仇录》里写到一个武当派高手陆菲青，他的外号叫作"绵里针"。因为他的内功精深，表面上看很平淡软弱，没有什么威力霸气，但你要发力攻击，对方的反击就格外锋锐，如同绵里藏针一般。钱继章的词也是这样的意思。

"无个事，曳杖出溪坳"，二十七个字的词，先用八个字写"闲"，已经占去了将近三分之一的篇幅，下面的两个七言对句肯定要善加经营。"柳市说书钱入掌"，柳市，即柳荫下人群聚集，临时形成的小型集散地。有人在柳荫下说书，一会儿就赚了些散乱铜钱。这是一幅图景；那边在槐树荫下，有人在耍猴戏，那猴子腰间围着玉带，头上戴着官帽，神色俨然，想必观众们也看得津津有味吧！这是又一幅图景。

这两句都是"闲笔"，把"闲居"之"闲"写得淋漓尽致，不仅"闲"，简直"闲"得无聊，才会去听"柳市说书"、看"槐阴狙戏"嘛！可是，如果真是"闲笔"，这词还有什么好处呢？严先生说这首词"看似不着意而语带机锋，是'爽'而'险'，为不多见之佳作"[1]，怎么理解呢？需要细想一下，"柳市说书"，说的什么书？一般乡间说书，"讲史"类最受欢迎，估计这位说书人大概也讲的是"楚汉纵横，陈隋游戏"吧！无数沧桑血火，白衣苍狗，都化作说书人舌尖上一段奇闻，供他赚几文大钱而已！那么，在一出出历史大戏中往来奔突的风云人物又跟槐荫下腰围玉带的猴子有什么区别呢？这样想来，所谓"历史"不是让人觉得格外惊悚吗？想通了这一节，这位暑月闲居、扶杖出游的老人禁不住吞声一笑，把手里的《离骚》慢慢地卷了起来。当年的屈大夫也许就是没看懂这一点道理，他的高冠陆离、泽畔行吟，乃至投江自裁未免太拘执、太看不开了吧？

钱继章当然不是要贬抑甚至讥讽屈原，他只是在闲居暑月中偶有所见所思，把"机锋"隐约呈现出来而已。历史原来只是一场把戏！这样的"机锋"的确称得上"爽而险"，这首《望江南》也就的确是难得

---

[1]《清词史》，第45页。

一见之佳作了。

《望江南》的机锋不易读懂，《鹧鸪天·酬孝峙》则是一幅眉目清晰的自画像，把自己突兀崚嶒的人格精神全都勾画出来了：

> 发短髯长眉有棱，病容突兀怪于僧。霜侵雨打寻常事，仿佛终南石里藤。　闲倚杖，戏临罾，折腰久矣谢无能。熏风未解池亭暑，捧出新词字字冰。

词题"酬孝峙"，孝峙是钱继章同乡友人王屋的字，其实我们不去考证也没问题，并不影响对这首词的理解：词人无非是借与友人酬唱的机会，自明心志，为自己画一幅小像而已。"发短髯长眉有棱，病容突兀怪于僧"，写自己如此古怪的外貌当然不是目的，更多是为了抒发自己不谐俗的心态。"相由心生"的说法不是科学结论，但作为艺术量度又很有合理性。比如陈丹青说鲁迅的长相："这张脸非常不买账，又非常无所谓，非常酷，又非常慈悲，看上去一脸的清苦、刚直、坦然，骨子里却透着风流与俏皮……鲁迅先生的模样真是非常非常配他，配他的文学，配他的脾气，配他的命运，配他的地位与声名"，精彩极了。所以，钱继章开篇两句既是写"相"，也是写"心"。"霜侵雨打寻常事，仿佛终南石里藤"，这两句更是短兵相接，把自己的人格形象和盘托出。后来郑板桥有名作《竹石》云："咬定青山不放松，立根原在破崖中。千磨万击还坚劲，任尔东南西北风"，钱继章这两句可视为开其先声之作，其刻写人品的精妙程度也相仿佛。

"闲倚杖，戏临罾"，这里的"闲"就是"暑月闲居"的"闲"，貌"闲"而心不"闲"；"戏"就是"槐阴狙戏"的"戏"，猴戏是戏，捕鱼入网又何尝不是戏呢？以"闲"心"闲"眼看懂了这些把戏，所以才"折腰久矣谢无能"——"臣之壮也，犹不如人，今老矣，无能为也"，我已经退出很久了，与这个世界的喧闹挥手作别了！这些话已经说得非常冷峻，到煞拍更是清如寒泉："熏风未解池亭暑，捧出新词字字冰"，酷暑难当，何以解之？我新写的小词每个字都像冰块儿一样，能让我在这个炎热的世界保持内心的清凉罢！不满，不屑，不谐俗，不合时宜，意思清冷到了极致，语句间则机锋隐现，充满张力。这首《鹧鸪天》虽比《望江南》明朗得多，但"绵里藏针"的路数则是完全一致的。①

像钱继章这样几乎没有名气但内功深湛、非同凡响的词人，我们的关注和研究显得非常不足。到目前为止，我印象中还没有看到一篇关于钱继章的专题论文，这是很值得有心人去投入精力和眼光的。

柳洲词派第一人曹尔堪

钱继章是柳洲词派的高手，然而论成就、论名气，毕竟还要让曹尔堪出一头地。曹尔堪不仅在柳洲词派称第一人，对清初词坛风会之转衍、对"清词"面目特征的塑造，他也是非常重要的中流砥柱式的人物。

曹尔堪（1617—1679），字子顾，号顾庵，顺治三年（1646）举人，九年（1652）成进士，改庶吉士，授编修，升侍讲学士。这是从四品官，位置清显。但顺治十七年（1660）先以过失降级，转年又因"奏销案"牵连罢官。

奏销案我们前面提过一点，称它为清初江南五大案狱之一，那么，何谓"奏销案"呢？话头要从元末明初提起。与朱元璋争夺天下的几位枭雄之一是张士诚，虽然最后失败身死，但因为他颇有德政，苏南百姓称其为"张王"，以焚香祭拜等方式表达对他的拥戴。朱元璋对此非常不满，就以加重赋税的方式报复苏州及附近州县的百姓。据一份历史文献显示，苏州的田税负担是宋朝的七倍、元朝的四倍。天下夏税、秋粮以石计者，总二千九百四十三万，浙江一省二百七十五万二千石，苏州一府就高达二百八十万九千石。

这么高的赋税，不仅天怒人怨，事实上也难以为继。到明代中后期，苏南几个府县只是在法律层面还交很高的赋税，朝廷对其拖欠过高

---

① 据张仲谋先生《明代词人群体和流派》（生活·读书·新知三联书店2020年版）中考证，本篇见于崇祯八年（1635）刊刻的《雪堂词笺》，本不应视为"清词"，但明清之际词人这类情况不少，姑且含糊一点。

赋税这件事基本采取默许的态度。但到了清初，因为苏南地区在抗击清军斗争中表现最为英勇，对清廷的抵触情况也最严重，朝廷势必要启动各种方式打击苏南的士绅阶层与知识群体，于是在顺治末年旧话重提，要求补缴拖欠朝廷的赋税。据有关史料记载，在"奏销案"当中被降革、惩处的士绅和生员数量竟有一万三千五百多人，其中不乏吴伟业、徐乾学这类大名士。新科探花叶方蔼因欠银一厘（合铜钱一文）而被罢官，所以民间有"探花不值一文钱"之说。

再说回曹尔堪，他因为卷入奏销案被罢官，又因为琐事遭人罗织罪状，要把他流放关外，虽然获得朝中友人帮忙获释，但已经吃了几个月的牢饭了。此后曹尔堪遨游南北，不废吟咏。康熙十年（1671）入京师了结奏销案，一些老朋友如龚鼎孳等想为其活动恢复官职，受阻未果。曹尔堪掉头兴尽，长叹一声："六十老人岂复梦金马门哉"？于是甩手南归，康熙十八年（1679）卒。

曹尔堪是当时有名的大诗人，名在"海内八家"之列，然而成就似乎赶不上他的词。当时人以为他的词品近乎陆游，也有说可以融稼轩、白石、山谷为一手的，[1] 严迪昌先生说他的风格"还是以'清'为多，随着其境遇的迁移，由清逸而趋向清雄"[2]，这是很准确的论断。"趋向清雄"的转折性创作活动就是康熙四年他在杭州发起的"江村唱和"。

江村唱和的参与者除了曹尔堪，还有同样名在"海内八家"的宋琬与王士禄。三位都是大诗人，又都刚刚出狱，同属罪官废人身份。他们同病相怜，借题发挥，以抒胸臆，以叠韵的方式各写了八首"状"字韵《满江红》。这二十四首词迅速传遍大江南北，和者数以十计，在词坛掀起了一股影响巨大的"江村风暴"。

严先生对江村唱和有如下要言不烦的剖析："曹尔堪、宋琬、王士禄三人以相同的遭际而相聚在西子湖畔，并非是一种偶然巧遇，这是顺康之交汉族士大夫在新朝廷上动辄得咎、所处境况极险谲的必然性表现，所以，江村唱酬是当时具相当普遍性的迁谪之客的感受的一次大抒

---

① 分别为邹祗谟、陈维崧评语。
② 《清词史》，第47页。

发，有着时代印记，绝非出于闲情逸致。掺和着余悸和庆幸，隐寄以怨愤和颓伤，表现为对尘世的勘透，但求于山水中颐养劫后余生，这些就是'江村唱和'的几个层次的内涵"①，我们从具体作品出发来参悟一下严先生的这些论断。

浮生幸脱刀砧上

先来看曹尔堪的《同荔裳观察、西樵考功湖楼小坐，因忆阮亭祠部》：

> 漂泊东南，空回首、凤池春涨。家已破、逢人羞语，菊松无恙。余齿偕归江海畔，浮生幸脱刀砧上。君还有、请室断葱来，高堂饷。 天怒解，精魂漾；且啸傲，闲赓唱。为周郎而醉，不须倾酿。从此休焉蜗作舍，吾其衰矣鸠为杖。见卯君，备说老夫穷，无佳状。

词题中的"荔裳观察"指宋琬，"荔裳"是宋琬的号，"观察"是按察使的古称；"西樵"是王士禄的号，"考功"是指吏部考功司员外郎；"阮亭祠部"指渔洋山人王士禛，王士禄的弟弟，当时任职礼部郎中，主管祭祀事宜。与两位好友湖楼小坐，想起远在京师的另一位好友，曹尔堪的激荡心情难以抑制，起首就是一句悲愤的高唱："漂泊东南，空回首，凤池春涨。家已破，逢人羞语，菊松无恙"，自己漂泊在东南一隅，只能白白想象着皇家宫阙里盎然的春意。"奏销"一案，身家已败，见了旁人也不好意思报个平安了！这是并不隐晦的怨愤之语，足见内心澎湃，难以自己。

"余齿偕归江海畔"，这一句化用了苏轼流放黄州时的名篇《临江仙》中的名句"小舟从此逝，江海寄余生"，更包涵着孔子名言"道不行，乘桴浮于海"的语意，既是怨愤，也是沮丧和颓伤。"浮生幸脱刀

---

① 《清词史》，第51页。

砧上"，"刀砧"二字用得很重。人为刀砧，我为鱼肉，咱们能从达摩克利斯之剑下面脱身，心有余悸的同时，又何尝不觉得有几分庆幸呢？"君还有、请室断葱来，高堂饷"，"请室"即监狱的别称，这里用了东汉陆续的典故。《资治通鉴》记载，陆续坐牢的时候，其母来洛阳探望，为儿子做了一顿饭请人送进来。陆续见了饭菜，痛哭失声。治狱使者问其故，陆续说："母来不得见，故悲耳。"问何以知之，陆续说："母亲切肉向来方正，葱段都恰好切一寸长短，故知之。"曹尔堪这两句是说：我们有幸脱身，从此隐居，还是好好侍奉高堂父母，尽点孝心罢！短短几行字，余悸、庆幸、怨愤、颓伤，对尘世的勘透，对山水颐养的向往，这么多维度的情感指向都表现得十分典型。

下片进一步渲染透现自己的复杂心绪。我们能够湖楼小坐，放情于山水烟霞之间，实在是不容易，还是歌啸和答吧！知音相逢，同病相怜，就算不喝酒，也自有几分醉意了。几句铺垫，进入下片的警句："从此休焉蜗作舍，吾其衰矣鸠为杖。"① 休，休了什么？那些雄心壮志，那些"不出如苍生何"的伟大理想，从此都放弃了，有个蜗居栖身也就够好了！我们如今都老了，只能拄着手杖步履蹒跚了！这两句值得注意的首先是对仗之精整，"休焉"对"衰矣"，"蜗作舍"对"鸠为杖"，虚词对虚词，虫对鸟，精细到这种程度；其次，把"焉""矣"等虚词用进来，这是古文句法，继承的乃是辛弃疾"以文为词"的高妙手段。我们在上一讲中说吴伟业重现了苏轼"以诗为词"的"向上一路"，从而唤醒了词的抒情功能。那么，与吴伟业同时稍晚的曹尔堪则发掘了稼轩经史文章皆可入词的路径，进一步张扬了词的抒情功能，"清词"的品质面目到这里更加清晰了。更何况，另一场"定型"了"清词"的更大型的"秋水轩唱和"也与他有密切的关联，从此意义上而言，曹尔堪对于"清词"起到的作用诚然是不可小视的。

煞拍"见卯君、备说老夫穷，无佳状"一句也应简单一说。卯君，即小弟之意，指词题中的"阮亭祠部"渔洋山人王士禛。见到小弟阮亭以后，西樵兄把我的境遇跟他讲讲吧，反正我乏善可陈，只有一肚皮

---

① 鸠杖，扶手处做成斑鸠形状的手杖。"鸠"，或取"久"之谐音，含祝寿之意。

颓唐牢骚而已！作为全篇的煞尾，既是扣题，亦有悠然远引之意。需要注意的是，这里的"穷"不是"贫"，不是经济拮据、穷困潦倒，而是道尽途穷、理想与现实之间产生了巨大的悖离感。虽然一字之微，还是值得辨析一下的。

王士禄的"补勳息黥心"

渔洋山人的长兄王士禄（1626—1673）在"江村唱和"中的心声也自有特色。王士禄号西樵山人，顺治十二年（1655）中进士，康熙三年（1664）以吏部考功司员外郎的身份任河南乡试主考官，因"磨勘"下狱，[①] 并遭受了皮肉之苦，虽经竭力营救，仍然被罢了官。此时刚刚出狱南游，与宋琬、曹尔堪盘桓于西湖。

作为诗人的王士禄，其声名被乃弟渔洋山人所掩，所以常遭忽略。事实上，王士禛之所以成为一代"神韵"宗师，与这位长兄关系匪浅。王氏兄弟父亲早卒，王渔洋自述小时候从长兄学诗，对孟浩然用力最多。后来他编辑刊刻最能标举"神韵说"的诗歌选本《唐贤三昧集》，正是以王、孟为宗，可以看出，王士禄对王渔洋的诗歌教育一定程度上决定了他一生的诗学走向。

王士禄宗尚孟浩然，所以大家就会习惯性地认为他自己的气质，乃至诗词创作也是接近孟浩然那种淡泊从容、不计荣辱的高隐作派的。王渔洋就讲过这样一件事：王士禄因为"磨勘"入狱好几个月，好容易出狱，兄弟相逢，对狱中事一字不提，而是随手扔过来一本诗卷："老弟，你看看我这几个月写诗的境界是不是有所进步啊？"这也是有意把王士禄的形象往孟浩然方向塑造的。对此，我并不完全认同。因为多年前做博士论文，我花了不少时间细读王士禄的诗词，我觉得王士禄没有渔洋说的那样平和、心如止水，牢骚满腹、怨气冲天之作可谓比比皆是，只不过他更多表现为"逃"的形态而已。[②]

可以看看王士禄这首《满江红·湖楼坐雨同顾庵用前韵再柬荔

---

① 磨勘即复核试卷，参见前文丁澎部分。
② 参见拙作《清初庙堂诗歌集群研究》有关章节，吉林人民出版社2007年版。

裳》，在一定程度上是可以验证我上面的说法的：

> 烟雨凭栏，爱浮黛、遥山纹涨。同抱膝、清言移晷，松枝无恙。堤柳已随坡老没，竹枝谁驾廉夫上。拟搴云、踏遍万峰巅，为君饷。　湖雾积，渔舠漾；林翠湿，提壶唱。向黄公垆畔，重沽新酿。漆后断纹仍可鼓，削余方竹还堪杖。问吾曹、补剿息黥心，谁能状。

"烟雨凭栏，爱浮黛、遥山纹涨。同抱膝、清言移晷，松枝无恙"，烟雨浮黛，抱膝清言，词一开篇就是满满的"孟气"，这是与大家一般印象相吻合的。"堤柳已随坡老没，竹枝谁驾廉夫上"，用了两位西湖名人典故。"坡老"我们熟悉，不必多说，"廉夫"大家可能稍微陌生一些，那是元末大诗人杨维桢的字。杨维桢的诗称"铁崖体"，《西湖竹枝词》尤其誉满海内。这两句还是一派悠然怀古气象，以下写湖上轻漾的雾气和渔船，林间清亮的露水与歌声，孟浩然的面具真是越戴越严实了。可是，千万别被王士禄骗了！他真的对自己经历的坎坷迫害全不介怀，全无芥蒂吗？我们要有足够的耐心，看他接下来是怎样披露自己掩盖不住的"怨"与"怒"的。

"林翠湿，提壶唱"，从这句开始，已经隐隐逗露出一点狂放的感觉了。"向黄公垆畔，重沽新酿"，是不是借酒浇愁、有些心声可以随酒力拂拂而出呢？果然，山水云霞再也遮蔽不住化解不了内心深处的牢骚怪话——"漆后断纹仍可鼓，削余方竹还堪杖"，一架古琴如果损坏了，上了一遍油漆，还勉强可以弹；见棱见角的方竹，如果把棱角削掉，变成圆形，做一根普通的手杖也是没问题的。到这儿，味道已经很不对了，开始阴阳怪气、皮里春秋了。谁是珍贵的古琴？谁是罕见的方竹？又是谁把它们损坏削圆的？这不是有眼无珠、暴殄天物吗？

《聊斋志异》里有一篇《鸽异》，小说里的男主角爱鸽如命，但为了讨好一位贵官长辈，把自己最珍异的一只鸽子奉献了出来。过了几天，他小心翼翼地问那位贵官："我这只鸽子怎么样？可还满意吗？"贵官摇摇头："也没觉得比普通的鸽子更好吃啊！"据说又有一位贵官到寺庙里随喜，老方丈知道这是大人物，把自己珍藏的最顶级茶叶拿出来待客。贵官喝了不置可否，面色如常。老方丈不托底了，忐忑地问了一句："大人，我这茶您觉得咋样？"贵官点点头说："甚热。"

这都是故事、笑话，所谓焚琴煮鹤，大煞风景，可是当王士禄最终按捺不住，终于说出"漆后断纹仍可鼓，削余方竹还堪杖"这样的愤激之言，它还是故事和笑话吗？孟浩然式的清高之士又何尝会这样激切呢？既然开了头，索性就把话说尽吧——"问吾曹、补劓息黥心，谁能状"？劓，把鼻子削掉。做个假鼻子填上，是为"补劓"；黥是面上刺字。把字迹磨掉，是为"息黥"。鼻子可以做假的，刺的字可以磨掉，看起来倒也行若无事，一派宁静，可是鼻子已经不是原来的鼻子，脸皮也不再是原来的脸皮了！那些伤口真的能痊愈得光洁照人、不留痕迹吗？到了下片的后半，尤其煞拍这两句，"烟雨凭栏""清言移暑"之类的孟式风度完全被解构，内心波澜澎湃翻卷，一浪高过一浪。这种看似被山水云霞淡化了的怨怒感其实并不亚于曹尔堪，甚至也不比最激烈的宋琬来得差。

丰少屯多

严先生说，江村唱和三家中，"宋琬所历更艰险，词情明显激烈得多"，很是。宋琬遭遇了什么呢？

宋琬（1614—1674[①]），字玉叔，号荔裳，山东莱阳人。顺治四年（1647）"恩科"进士，顺治七年（1650）被仆人诬告与李自成余部的榆园军有瓜葛，入狱数月，但所受影响不大。此后十年宦途比较顺利，顺治十八年（1661）已升至浙江按察使，成了一省司法长官。正当他意气风发走向官场高峰时，一场较十年前远为剧烈的惨祸再次降临。他的族侄宋一炳因一些口齿之争，竟然到官府诬告宋琬与山东于七叛军有联系。这次因为首告的是族侄，比仆人关系亲近得多，引起了朝廷的高度重视，立即命令将其全家械送刑部提审。宋琬说自己一下子"陷身幽

---

① 宋琬卒年一般作康熙十二年（1673），盖以此年三藩乱起，琬家人陷兵燹中，以忧惧卒。而检之史籍，吴三桂兵陷成都在康熙十三年（1674）正月，故可推定为十三年。

阱，譬如大贾扬帆，飘落罗刹鬼国，虽一晷刻亦难堪忍。而仆以月计之则二十有四，以日计之则七百有三十"，整整坐了两年牢。更奇特的是，司法机关在没有任何确切证据的情况下，仍然上奏皇帝："宋某虽无罪，但臣等揣之，以为可杀。"① 宋琬两次入狱，写下了不少杰出的诗作。比如他有一组《狱中八咏》，咏监狱中的芦席片、煤土炕、折足凳、黑磁碗、土火炉、苦井水、铃柝声、砂锅盆，乃是古今未有的咏物奇作，几乎相当于诗体的《狱中杂记》了。

命运与这位"擅文章之誉而缺陷乃在人事"的诗人开的"赋命一何穷"的玩笑真是惨酷之至。② 康熙十一年（1672），漂泊流离了八年的宋琬冤案昭雪，以入狱前官职被启用为四川按察使。一年后他入京述职，不料吴三桂等发起"三藩之乱"，攻占成都，宋琬的妻子女儿全都失陷城中。怀着忧苦焦灼，宋琬不久就因病去世。清史专家邓之诚先生说他一生"丰少屯多"，也就是说太过坎坷，没过上几天顺心日子，确实如此！所以我在博士论文中写宋琬，直接用了他的两句诗"摧折惊魂断，哀歌带血腥"作为标题，觉得很能描述他"丰少屯多"的人生轨迹。

宋琬的际遇之惨甚至成为小说题材。《聊斋志异》中有一篇《喷水》，写宋琬母亲见鬼向自己喷水的事情，篇幅甚短，但写得相当恐怖。袁枚《子不语》有一则《恶土地告状》，写的是宋琬族侄受到恶土地教唆诬告他的故事。至于他那位失落乱军中的女儿，战乱后四处漂泊，没多久就出家当了尼姑。若干年后，大诗人查慎行在贵州曾见过她，非常辛酸感喟，写了一首《中山尼》记其首尾，颇为诗坛传诵。

怨 而 且 怒

康熙二年（1663），宋琬终于逃得一死，获释流寓江南。江村唱和的《满江红》八首正是在此种难以言说的心境下写出的。《满江红·予与顾庵、西樵皆被奇祸得免》云：

---

① 宋琬：《答方丽祖书》。
② 分别见蒋超《安雅堂诗序》、宋琬《刘雪舫馈泉酒赋谢》。

痛定追思，瞿塘峡、怒涛飞涨。叹北寺、皋陶庙侧，何期无恙？庄舄悲歌燕市外，灵均憔悴江潭上。问绨袍、高谊有还无，谁曾饷？　　愁万斛，东流漾；五噫句，春闲唱。恨埋忧无地，中山须酿。故态狂奴犹未减，尊前甘蔗还堪杖。笑邯郸、梦醒恰三人，无殊状。

首先应该注意到，宋琬的词题跟曹、王两位都不一样，那两位是"湖楼小坐""湖楼坐雨"，最起码在题目上还是风雅"无害"的，宋琬的兴奋点则完全不在湖光山色上面，而是开门见山，单刀直入，毫不遮掩地点出"奇祸"二字。题目在一定意义上决定了写法，那么，词开篇也就没有"烟雨凭栏""漂泊东南"的转弯抹角，而是"痛定追思，瞿塘峡、怒涛飞涨"，一"痛"一"怒"，心境昭然若揭，连须髯戟张的表情都刻写出来了。

痛定追思，思什么？——"叹北寺、皋陶庙侧，何期无恙"。北寺，监狱所在地；皋陶，法官的代名词。我整整坐了两年牢，特别是听到人家说没有真凭实据也"以为可杀"，怎么能想到今天我还能活着出来呢？"庄舄悲歌燕市外，灵均憔悴江潭上"，庄舄，这是《史记·张仪列传》中的人物。他本是"越中鄙细人"，在楚国做大官，但病中哼出的还是"越声"。有文献说他是古代著名的爱国主义者，太牵强附会了，无非是乡音难改而已。但这里值得注意的是，"悲歌燕市"是荆轲的典故，与庄舄无关，是宋琬用错了吗？我觉得不是，宋琬在这里是"活用"。前一半取庄舄越人而仕楚，指自己出仕异族政权；后一半则是写实，自己又何尝没有"悲歌燕市"呢？这两句以悲歌的庄舄和憔悴的屈原自比，那就把这几年的坎壈悲凉都写出来了。

"绨袍高谊"也是很著名的典故，出自《史记·范雎蔡泽列传》。范雎曾在魏国大夫须贾门下为客，遭其毁谤拷打，于是装死逃到秦国，以张禄之名当上了丞相。后来魏国有求于秦，命须贾为使者前去联络。范雎穿上一身破旧衣服，可怜巴巴地求见。须贾念着一点旧情，赠了范雎一件棉袍，也救了自己一命。后来诗文中所用的"绨袍之义""范叔寒"等典故都出自此事。宋琬在这里用"绨袍高谊",一方面是对世态人心的不满与绝望,另一方面,范睢遭毁谤凌辱的遭遇也与自己相似。双管齐下,信息量同样是很大的。

与上片的激切相比,下片的感情节奏要舒缓一些,但锋芒依然不减。"愁万斛,东流漾;五噫句,春闲唱","五噫"即东汉隐士梁鸿所作《五噫歌》,以帝京宫阙崔嵬与小民劬劳未央做对比以讽世,引起了皇帝的不满。所以这个典故不仅表达隐逸的志趣,也强调了自己与朝廷的尖锐矛盾,为下文的"故态狂奴犹未减,尊前甘蔗还堪杖"埋下伏笔。"故态狂奴"指的是著名隐士严光严子陵,严光是光武帝刘秀的同学。刘秀登基以后,让大司徒侯霸给严光写信,请他出山。严光回信严词拒绝,刘秀看了笑道:"狂奴故态也"——这家伙,还是这副古怪脾气啊!"尊前"一句用的是曹丕之语,他说:"我和几个武将共饮,酒酣耳热,就以正在吃的甘蔗作杖,比划了几个回合,结果三中其臂,把他们都赢了。"

这两个典故都是表达自己的"狂",而这种狂显然不是轻狂傲慢,也不是普通的名士习气。宋琬是在说:在经历过那样残酷的打击迫害以后,我的狂态仍然不减,我的棱角还有残存!这是面对强权和深不可测的命运的一种示威,也是一抹无法掩盖的苦笑。所以最后他以"笑邯郸、梦醒恰三人,无殊状"作结:富贵功名,原本就是一场大梦,我们仨也该醒来了!

这时候的宋琬在现实的重锤之下,还是非常清醒的,只是"邯郸梦醒"哪有那么容易!几年以后他被重新启用,不也兴致勃勃地去当四川按察使了吗?最终还是落得一个那样悲惨的结局!不知在临终前,宋琬想起自己八九年前写的这首词,他会作何感想呢?这当然是闲话了,在三位词人的比较中我们可以看到:江村唱和的发起人是曹尔堪,但感情烈度最强、最能打动人心的还是"怨怒"的宋琬。

在此我还想补充两点:第一,古人评论诗词最常见的话头之一就是"怨而不怒,温柔敦厚",这是诗教的基本要求,也很有一些人拿这样的套子话来评价宋琬的。但是宋琬确实在很多时候反其道而行之,不但"怨",而且"怒",而且"怒"不可遏,这是很有他的个性特征的,同时也标示了他的诗词史地位。这提醒我们，做文学史研究不能总跟着古人的话头走，需要分辨古人的说法哪些是带有他们自己的局限性的，哪些说法是"不走心"的、敷衍的套话，而那些诗词作品中哪些是走了心的，是真正投入了强烈感情的表达。是这些作品，而不是那些应制应酬、流连光景之作，才真正塑造了诗人词人的形象。

第二，大家可能注意到了，三家词用典都比较多，这就使得我们在讲述的时候被迫要花很多时间去解释典故的来源与含义。大家或许会问：如此掉书袋，算是好词吗？我们应该注意到，词在宋代长时间被视为"小道"，大家很少会往这种"通俗歌曲"里头用典。即便到了大力开拓词之境界的"词中之龙"辛弃疾，他也觉得岳飞的孙子岳珂批评他的名作《永遇乐·京口北固亭怀古》用典过多是对的，且为之反思了很久。① 这说明，词在从通俗文学走向案头文学的过程中，用典是遭遇了不少阻力的。但是，当词成为与诗并列的严肃文学体裁，可以用来抒情言志的时候，用典也就成了"必选动作"。清朝人学问普遍较好，掉书袋的功夫很强，曹、王、宋几位都不以学问而著称，但知音唱酬，知识体系与符码比较通畅，还是忍不住会用上一些典故，用以表达自己心志。这是词体抒情功能拓展的必然结果，也是清词对于唐宋词继承和发展的重要组成部分。

两和江村词

曹、王、宋三家二十四首《满江红》在当时词坛引起了相当规模的反响，叠韵唱和者数以十计，对清代词风之转衍起到了很大的作用。除去这三家身为"海内八家"的大诗人身份产生的巨大影响，也与他们的《满江红》用韵险峻、便于施展才华挑战自我有一定关系。

我多年来一直学写诗词，二十多年前本科毕业前后，也正是孜孜不倦研习严先生《清词史》的时候，"江村唱和"是最打动我的场景之

---

① 岳珂《桯史》记载，他指出《永遇乐》"微觉用事多耳"，辛弃疾"大喜"，"酌酒而谓坐中曰：'夫君实中予痼'"，于是"咏改其语，日数十易，累月犹未竟"。但也有不少人如邓广铭先生等以为岳珂此语不实。

一，所以自己在"学写"中就不可避免会受一些影响。比如 1994 年写的这首《满江红·接 L 兄寄书及其和作，心极感动，赋词以答，用江村倡和韵，时当其生辰》：

> 奇书飞来，读之觉，相思涛涨。殷勤问，伯牙一曲，钟期无恙。功名看尽春梦里，流年追思江天上。近生辰，莼鲈十分肥，何人饷。　　隋柳下，别愁漾；废园外，莺声唱。有杜牧清吟，刘伶佳酿。故态狂奴犹未减，高阳酒徒那须杖。笑吾侪，不达复不隐，无聊状。

如果对照一下"江村"原作，很容易就发现其中用了人家很多原句原意，再严峻一点说，是"偷"了人家的句意。只是念在自己弱冠之年，蹒跚学步，所以放了自己一马，保存下来了。

1995 年初冬，严先生六十初度，我又用"江村"韵奉上贺词一首：

> 卅年江南，回首处，心潮应涨。近花甲，才人怀抱，可能无恙。片纸飞传吴江下，先生居在梅花上。秋风后，莼鲈依然肥，谁堪饷。　　万斛愁，须轻漾；洞仙歌，须高唱。看此夕何夕，须倾佳酿。铜琶铁琵犹在耳，拍板红牙尚堪杖。出阊门，冷香拂拂来，横斜状。

和上一首相比，显然"原创"处多了一些，"片纸"一联及煞拍写得还好。这至少说明我在进步，而且从创作的角度体会到这首词的煞拍，也就是"状"字韵，非常重要。结得好不好，有没有悠然耐人寻思的韵味，是词篇成功的关键点之一。

这两首习作置之古人中不值一提，作为我自己学习清词、学习填词的记录，说一说也无妨。在后文中，我还会说到自己的一些习作，经验不多，教训不少，存一点心路历程而已。

第四讲

春风十里扬州路：
清初广陵词坛及其周边

昼了公事，夜接词人

古人论文学常用"风会"这个词，有的时候，那种思想、文化、学术、文学的繁盛真的好像八面来风忽然会聚，集合成一阵巨大的漩涡。身在局中，往往不易觉察，但拉开时间距离回头总结的时候，就会觉得十分奇妙。其实我们不难理解，历史文化运行到一定程度，必然要寻找自己在各个层面的代言人，那些感应了这种神秘气机的弄潮儿就必然会脱颖而出。在曹尔堪、宋琬、王士禄聚集于西子湖畔，尽情倾吐罪官废人胸臆的前几年，占了天下明月三分之二的扬州已经在词坛渲染出一派热闹景象。严先生称其为"清初第一次形成的规模大、阵容广、自觉性高的声势盛壮的词的活动中心"①，而这种盛壮的声势无疑与"海内八家"的另一位大诗人、后来成为一代神韵宗师的渔洋山人王士禛有着莫大的关系。

王士禛（1634—1711），字贻上，号阮亭，山东新城（今桓台）人。他的名字原作"士禛"，后来避雍正皇帝胤禛的讳，被改成"士祯"或"士正"，我们写哪个"zhen"都不算错，但要注意，不能把他

---

① 《清词史》，第53页。

和明代后七子中另一位大文学家王世贞弄混了，这两位是音同字不同。王士禛在顺治十二年（1655）中会试，十五年（1658）补殿试，中二甲进士，翌年授扬州推官，下一年到任。从顺治十七年（1660）到他调任的康熙四年（1665），五年多里面，他"昼了公事，夜接词人"（吴伟业语），保守一点估计，跟他交往酬唱的诗人词人有百人以上，其中如陈维崧、曹尔堪、宋琬、吴绮、宗元鼎、汪懋麟、彭孙遹、邹祗谟、董以宁，以及他的长兄王士禄，都堪称当时词坛的大家名家。所以严先生感慨地说："这样一大批词人相好无间，朝夕唱和不休，真是空前未有的盛事。"① 蒋寅先生也受严先生启发，写出一篇非常好的文章《王渔洋与清词之发轫》②，对王渔洋之于"清词"的作用进行了更深更细的挖掘。

那么，以王渔洋"扬州五年"为中心的词坛到底是怎样的面貌呢？严先生总结了两点：第一，云间词风的余波。几位广陵词坛大名家王士禛、彭孙遹、邹祗谟、董以宁等，都以绮靡艳丽风格为主；第二，虽然如此，顺末康初这几年正是江南地区惊风骤雨、风声鹤唳之时，种种旧愁新恨不可避免要在浅斟低唱中留下清晰的印记，折射出微妙动荡的时代气息，从而潜在启动着词风的变化与"清词"面貌的形成。

秋 柳 与 桐 花

王渔洋扬州五年能团聚起上百词人，这样高的"人望"在当时的少年英俊一辈人中，不能做第二人想，而"人望"的形成又与他顺治十四年（1657）在济南大明湖写下的成名作《秋柳》组诗有着极大的关系。

顺治十四年王渔洋年方二十四岁，会试已经通过，即将成为新科进士，已经开始有声于乡里京城，正欠缺一个把自己推向全国性诗歌平台的机会，恰好赶上济南名士在大明湖举"秋柳社"，王渔洋即席赋《秋柳》四首：

---

① 《清词史》，第 56 页。
② 见《文学遗产》1996 年第 4 期。

秋来何处最销魂？残照西风白下门。

他日差池春燕影，只今憔悴晚烟痕。

愁生陌上黄骢曲，梦远江南乌夜村。

莫听临风三弄笛，玉关哀怨总难论。

娟娟凉露欲为霜，万缕千条拂玉塘。

浦里青荷中妇镜，江干黄竹女儿箱。

空怜板渚隋堤水，不见琅琊大道王。

若过洛阳风景地，含情重问永丰坊。

东风作絮糁春衣，太息萧条景物非。

扶荔宫中花事尽，灵和殿里昔人稀。

相逢南雁皆愁侣，好语西乌莫夜飞。

往日风流问枚叔，梁园回首素心违。

桃根桃叶镇相怜，眺尽平芜欲化烟。

秋色向人犹旖旎，春闺曾与致缠绵。

新愁帝子悲今日，旧事王孙忆往年。

记否青门珠络鼓，松枝相映夕阳边。

关于这四首诗的主旨，历来说法很多，我们不必细讲了。严先生说，《秋柳》诗大体是由流落济南之南明故妓郑妥娘等起兴，讽刺福王朱由崧祸国殃民，自取覆亡。这样立意，不违背新朝的政治风向，因为荒淫误国，人神共愤，谁都要谴责；同时又表达了一定的故国之思，很能得到遗民野老们的共鸣。①

因为这样的原因，再加上诗歌本身摇曳感伤的艺术魅力，当时唱和者就有几十家，此后几年中，大江南北唱和者数以百计。所以当王渔洋

---

① 《清诗史》，人民文学出版社 2011 年版，第 396 页。

顺治十七年（1660）正式来到扬州任司法长官，他的文坛声望已经达到了一个很高的水平。说趋之若鹜可能过分一些，但不管遗民新贵，大家对王渔洋都比较认可、乐于交游肯定是真实情况。所以说，他成为广陵诗词界的盟主是有原因的，也是众望所归的不二之选。

王渔洋自己的词集名为《衍波词》，数量不多，以和李清照、陈子龙的词为主，比起他诗歌的成就差得很远，但其中也有名篇。先看一首《浣溪沙·红桥同箨庵、茶村、伯玑、其年、秋崖赋》：

> 北郭清溪一带流，红桥风物眼中秋。绿杨城郭是扬州。 西望雷塘何处是，香魂零落使人愁。淡烟芳草旧迷楼。

很容易看出，渔洋的"红桥词"与"秋柳诗"机杼略同，手段近似，将那种家国惆怅写得隐约幽深，若即若离，这与他那些"神韵"代表作也是具有相当明显的一致性的，所以唱和者也很多，可能不少于百八十家。《蝶恋花·和漱玉词》也是他的名作：

> 凉夜沉沉花漏冻，欹枕无眠，渐觉荒鸡动。此际闲愁郎不共，月移窗罅春寒重。 忆共锦衾无半缝，郎似桐花，妾似桐花凤。往事迢迢徒入梦，银筝断续连珠弄。

这首词全篇并没有多大特色，值得注意的是下片"郎似桐花，妾似桐花凤"两句。桐花凤，现在学名叫作蓝喉太阳鸟，暮春时候最喜欢栖集于桐花。以这个比喻男女风情，真是妙手偶得，浑然天成，所以也就不胫而走，为王士祯赢得了一个很好听的外号——"王桐花"。古代诗人词人常因为名篇名句赢得美称，比如唐代崔涂叫"崔孤雁"，郑谷叫"郑鹧鸪"，赵嘏因为写了一句"长笛一声人倚楼"，人称"赵倚楼"，元末明初的袁凯叫"袁白燕"，比"王桐花"同时稍晚的诗人崔华写黄叶诗出名，所以叫"崔黄叶"，与"王桐花"恰好对仗。到了民国，女词人沈祖棻还因为"有斜阳处有春愁"的名句被称作"沈斜阳"，这都是诗词史上值得关心的掌故。

关于"绝口不谈"

蒋寅先生在《王渔洋与清词之发轫》一文中对渔洋山人"发轫"清词的历史功绩做了很高的评价，甚至认为其影响不在清诗之下。在文章中，蒋先生还列出了渔洋的词学活动年表，证明他最晚到康熙二十八年（1689）五十六岁时都是有词学活动的。那么，我们该如何理解顾贞观在康熙四十三年（1704）的《论词书》中所说的"渔洋复位高望重，绝口不谈"这句话呢？

这个问题很复杂，我们只能简单做一点分析。第一，渔洋在康熙五年离开扬州以后虽没有"绝口不谈"词，但对词的兴趣的确相当淡薄。从蒋先生所作的年表可以看到，从康熙六年到康熙二十八年间，他只写了两首词，评了九家词集，参订了一部词选。这说明，他的绝大部分精力是放在诗上面的，词真正变成了"余事"。就基本趋势而言，说他"绝口不谈"也不为过。第二，严先生在《清词史》里对渔洋"弃词从诗"的心理有很好的分析。以渔洋善于审时度势而又力图称雄文坛的心性和才智而言，他不可能不意识到，再沉迷于"小词"是没有前途的。如果继续走"花间""云间"的路子，势必难有成就，也容易被人轻视；如果高扬"变徵"之音，又肯定有着潜在的莫大风险。对一个雄心勃勃、力图在官场有所作为的才子来说，眼前一派大好形势，何必要自贬身价甚至引来祸患呢？

于是，一个好玩的事实就出现了：清初诗坛并称"南朱北王"的两大诗人，朱彝尊以诗成名，最终却以"清空醇雅"的浙西词宗显耀史册；王渔洋早就主盟词坛，最终却以"神韵"宗师扬名天下后世。他们的这种选择显然有着强烈的自我意识，而背后也有着自觉不自觉地适应统治意志和秩序的驱动力。我们一直强调，文学人物背后的"风会"其实是一种历史文化与创作主体之间的双向选择，在观察王士禛、朱彝尊这种奇特的错位"镜像"的时候，历史人文背景是一定要考虑进去的。

吹气如兰彭十郎

在广陵词坛与王士禛唱和频繁、并称为"彭、王"的彭孙遹也是值得注意的一位名家。他也工于艳体，也宦途通显，后期也"悔其少作"，不再填词，这与王渔洋都非常相似，但两者也有些不同。

彭孙遹（1631—1700），字骏孙，号羡门，又号金粟山人，浙江海盐人。顺治十六年（1659）进士，官中书舍人，不久就因为"奏销案"而罢官。至康熙十八年（1679），参加博学鸿词科考试，中第一等第一名，从此开始飞黄腾达，一直做到吏部侍郎兼翰林掌院学士的高官，比王渔洋的刑部尚书仅低一级而已。彭孙遹《延露词》的名气其实比王渔洋要大，地位也更高，晚清大词论家谢章铤就说清初词坛有"三绝"："迦陵之豪宕，竹垞之醇雅，羡门之妍秀，攻倚声者当铸金事之，缺一不可"（《赌棋山庄词话》），虽然这一说法大家一般不认同，但也足见他的影响。

事实上，王渔洋也很推崇彭孙遹的词，说他"吹气如兰，每当十郎，辄自愧伧父"，觉得自己的词跟他比显得太村俗了。我们可能觉得"吹气如兰"用来形容一个男子的词风不像什么好话，但放在"词为艳科"的观念下，那还是说明大家对他的词的艺术表现力有一种惊叹和赞许在里面。先看《生查子·旅夜》：

> 薄醉不成乡，转觉春寒重。枕席有谁同，夜夜和愁共。　梦好恰如真，事往翻如梦。起立悄无言，残月生西弄。

第三句的"枕席"，有的刻本作"鸳枕"，单从词意来说，"枕席"更贴切"旅夜"的"旅"字。旅店不是闺房，不大可能有"鸳枕"，无论是虚拟还是写实，作者都会考虑到意境的连贯，所以我觉得"鸳枕"不可取。这首词的"词眼"我们不难读出来，那就是"梦好恰如真，事往翻如梦"两句，"梦"和"真"之间的迷离交错感在这十个字里表达得非常准确细腻，迷离怅恍。杜甫《羌村》云："夜阑更秉烛，相对如梦寐"，晏几道《鹧鸪天》云："今宵剩把银釭照，相逢犹恐是梦中"，彭孙遹自前人的写法翻进一层，不仅以"梦""真"交叉对比，更表达出一种普泛性的、规律性的人生感悟，所谓"吹气如兰"，已见消息。

再读《柳梢青·感事》和《少年游·席上有赠》：

何事沉吟，小窗斜日，立遍春阴。翠袖天寒，青衫人老，一样伤心。　十年旧事重寻，回首处、山高水深。两点眉峰，半分腰带，憔悴而今。

花底新声，尊前旧侣，一醉尽生平。司马无家，文鸳未嫁，赢得是虚名。　当时顾曲朱楼上，烟月十年更。老我青袍，误人红粉，相对不胜情。

这两首也是"吹气如兰"的艳词，但比较能体现自身特征的是他的身世之感。彭孙遹客居扬州之时，正值奏销案牵累罢官之际，所谓"何事沉吟""青衫人老""司马无家""老我青袍"，这些地方的人生苦味都有淡淡的但很清晰的抒写。"十年旧事重寻，回首处、山高水深"，那"山高水深"的"旧事"难道只是男女风月吗？其实是把很多时世沧桑的感受都打叠入艳情中一并呈现了。

因为有这一段沦落失意的经历，彭孙遹的词比王渔洋更多了一分激扬悲慨，比如他的《玉楼春·五日饮虎丘山下题壁》云："醉后难平多少事，仰天欲问天何意。偏使鸡鸣狗盗生，却令赋客骚人死"，再如《沁园春·和韵答金峤庵》：

往古来今，如许英雄，钟鼎旂常。尽飘风冷雨，余声销灭；寒烟蔓草，陈迹苍茫。南顾昆明，东瞻闽越，二十年来一战场。到今日，喜丰年多黍，兵气销光。　溪山老我何伤，且买醉、时探肘后囊。须我歌若舞，乌乌击缶；倡予和汝，款款飞觞。仆射不如，尚书不顾，羯鼓频催不记行。才倾倒，早一轮红日，涌上扶桑。

这些牢骚凭吊口吻都不是渔洋所能有，虽然两人合称"彭、王"，其实各有各的辨识度，面目特征是有很多不同的。

三风太守，红豆词人

扬州自古就是文风炽盛之地，单就词而言，我的学生赵郁飞在一篇文章中已经给出了极富诗意的描述："淮扬古词薮。且不说那曾见证过文忠公高逸风度的澹荡山色，曾滴破过秦少游缱绻乡梦的柳塘烟雨，曾映照过姜白石落拓青衫的无声冷月，曾摇漾过王渔洋、邹祗谟、彭孙遹、汪懋麟等一代词坛隽杰心魂的红桥箫管，仅凭一身坐拥两个专属词调（《扬州慢》《梦扬州》）的殊荣，扬州，也足傲睨九州而陵轹百代了……天予扬州，何其厚也！"① 但我们上面所谈广陵词坛的两位大佬都不是扬州人。其实这一时期扬州当地也有不少词坛名家，最有代表性的是吴绮、汪懋麟、宗元鼎几位，我们只谈"三风太守，红豆词人"吴绮。

吴绮（1619—1694），字园次，贡生出身，由中书舍人官至湖州知府，有"多风力，尚风节，饶风雅"之美誉，人称"三风太守"，后因事罢官，再未出仕。吴绮是清初骈文大家，成就仅次于陈维崧，又工诗擅曲，是个多面手。他的词有一部分比较香艳，如最负盛名的《醉花间·春闺》：

> 思时候，忆时候，时与春相凑。把酒祝东风，种出双红豆。
> 鸦啼门外柳，逐渐教人瘦。花影暗窗纱，最怕黄昏又。

"把酒祝东风，种出双红豆"，确实是言情妙笔，"红豆词人"，名不虚传，可以与"王桐花"并称词坛佳话。值得注意的是，康熙十一年（1672），吴绮买舟来到宜兴，与陈维崧定"布衣昆弟之欢"，陈维崧写了一首冷峻苍凉的《满江红》相赠："雨覆云翻，论交道、令人冷

---

① 《俯仰如梦说扬州：郭宝珩〈五十弦锦瑟楼词〉再版代前言》。

齿。告家庙、甲为乙友，从今日始。官笑一麾君竟罢，病惊百日余刚起。问乾坤、弟畜灌夫谁，惟卿耳。　　嗟墨突，殊堪耻；怜范釜，还私喜。且樵苏不爨，清谈而已。开口会能求相印，吾生讵向沟中死。终不然、鬻畚华山阴，寻吾子。"这样深入的情性沟通对吴绮词风转变关系甚大，从而形成了他既工"情语"也工"壮语"的创作面貌。① 他的《明月棹孤舟·江上》以令词短篇写出了十分磅礴悲凉的气势，这是陈维崧的拿手好戏，吴绮唱起来也举重若轻，神韵十足：

> 黄叶几枝横酒舍，摆西风、酒旗低亚。醉不成欢，心难与问，谁是芦中人也。　　万里江声潮欲泻。似当年、雷轰万马。两眼秋云，一身斜日，长啸佛狸祠下。

他的《沁园春·述怀》被严先生称为"壮浪澜翻"之作，一肚皮不合时宜尽情倾吐，也大有陈维崧的韵味，《清史稿》中说他风格豪放，归为湖海楼一派，不是没有原因的：

> 落拓黄衫，一帽东风，星星鬓须。只侯嬴关畔，题诗借笔；漂母祠前，买酒骑驴。跃马平生，当年儿戏，为甚关门独较书。花前醉，笑古人欺我，击缶乌乌。　　江山何处归欤，算且去、江边学钓鱼。看马卿才调，何年北阙；孙郎意气，几日东吴。三尺玉龙，一床狂梦，曾到大槐官里无。呼天语，问天生如此，肯老菰芦。

"己丑"还是"辛丑"

当时在广陵词坛还有一位很活跃的词人，那就是主编了清初第一部大型"当代"词选《倚声初集》的邹祗谟。

邹祗谟（1627—1670），字訏士，号程村，又号丽农山人，武进

---

① 吴梅《词学通论》语。

人。顺治十五年（1658）进士，未授官即遭遇奏销案，王晫《今世说》记载说："有蜚语中之者，一日散万金立尽"，可见损失之惨重。因为这一巨大变故，原本以艳词著称的邹祗谟也开始悲歌狂啸，多有"诗酒逃名，渔樵混迹，何异衣鱼与食鸥""逍遥处，问眼前悲喜，何必张皇……天地梨园一戏场""才大难施，调高寡和，历落嵚崎可笑人"一类的怪话。这类"怪话"的极致当数《满江红·己丑感述》：

> 滚滚红尘，苦秋风、斜阳宫刹。方悟得、夜半深池，人盲马瞎。山鬼狐威帝以虎，小人猿化妻于獭。待陈情、细诉与天公，凄凉煞。 三里雾，何时刮；三月雨，何时撒。用不着慈悲，告伊菩萨。老猾钱刀方作横，少年姜桂何能辣。醉狂时、击柱亦徒然，冲冠发。

严先生说这首词"呼天抢地、戟指怒目之情态显然不是一般的愤世嫉俗、故作清狂。此词很可怀疑'己丑'是'辛丑'之误，即或许正是顺治十八年奏销案的产物"①，这是一个很合理的，也非常有意思的假说，我很赞成严先生的推断。这里的"误"一般有两种原因：一是"手民之误"，刻书时候弄错了；二是作者或编者有意把它弄错，以避免忌讳，规避可能的风险。

我近年作《近百年词史》，也常发现类似的例子。比如俞平伯《古槐书屋词》把下面这两首《鹧鸪天》编在 1952 年之前：

> 业力先牵愿力屏，敢将疏隽犯红颜。飘沦何事尘泥辨，喧寂无非醒梦间。 思电笑，胜名山，途穷奔驳可知还。无端多少闲言语，误了鬘眸一晌看。

> 怅望飞云隘九垓，弥天文网出燕台。蝇营蚁慕贪夫业，孤雁眠羊买命财。 须坦白，莫迟挨，织成鸳锦待伊猜。闲茶浪酒都知

---

① 《清词史》，第63页。

罪，长袖今宜罢舞来。

　　我就很疑心这是词人自己有意的"窜改"与遮蔽。1954年俞平伯的红楼梦研究遭到蓝翎、李希凡"两个小人物"的批判，引起高层的注意，发起了红学史上著名的"评红"事件。大家可以揣摩一下，"无端多少闲言语，误了颦眸一晌看""闲茶浪酒都知罪，长袖今宜罢舞来"难道不是遭遇大批判炮火攻击之后心境的自述？如果说这是巧合，那么俞平伯的先见之明也太了不起了！

　　还有一个例子是张伯驹。依据张伯驹女婿楼宇栋《张伯驹生平简表》的说法，他的《丛碧词》截止于1954年，我也很怀疑这是有所避忌、故意模糊的处理。我认为《丛碧词》最后部分其实是很透出了一点遭打右派前后的牢骚怨愤的，比如《鹧鸪天·春感集杜》组词的一、二、六、十数首：

　　　　花近高楼伤客心，北来肌骨苦寒侵。江山故宅空文藻，玉垒浮云变古今。　　忧悄悄，病涔涔，新诗改罢自长吟。可怜宾客尽倾盖，隔叶黄鹂空好音。

　　　　想见怀归尚百忧，竟非吾土倦登楼。尊当霞绮轻初散，肠断春江欲尽头。　　今日异，几时休，人间不解重骅骝。莫思身外无穷事，远害朝看麋鹿游。

　　　　词客哀时且未还，中间消息两茫然。秦城楼阁烟花里，触忤愁人到酒边。　　非阮籍，似张骞，强移栖息一枝安。即今耆旧无新语，自断此生休问天。

　　　　欲寄平安无使来，一生襟抱向谁开。幽栖地僻经过少，渐老逢春能几回。　　存晚计，愧群材，天时人事日相催。且看欲尽花经眼，莫怪频频劝酒杯。

这一组集杜词共十一首，很容易被当作诗钟一类无关紧要的"游戏"忽略过去，然而"集句"并不一定就隔绝心声的。诸如"隔叶黄鹂空好音""人间不解重骅骝""即今耆旧无新语""天时人事日相催"等难道不会引起些关乎时局的联想？能说这不是张伯驹的真实心曲？如果说这样的结论证据不够坚实，那么同样作年不详的《破阵子·闰重三》组词中"乐事又成他日泪，醉眼重看劫后春""岁月糊涂新旧历，花事参差春夏天"等句又能作何解释呢？现存《丛碧词定稿》几乎逐年有词，但《丛碧词》末尾与《春游词》开端——即 1954 至 1961 年七年间——找不到一首可明确系年者，我以为吉光片羽大概正在这里。以今视昔，邹祗谟的这首词差不多也可以如此判断。

"词妖" 董以宁

清初常州词坛有"邹、董"之说，接着邹祗谟可以说说董以宁（1630—1669）。

董以宁与我的学术生涯有一点关系。1994 年初，我刚刚本科毕业不久，虽然捧着银行的"金饭碗"，还是觉得诸多不如意，想要考研，于是给我的偶像严迪昌先生冒昧地写了一封长信，表达了从游门下的愿望。这封信东拉西扯，写得很长，应该有万把字，其中居然还斗胆谈了一点自己读《清词史》的不够惬意之处，那就是董以宁的词我觉得论述不足。

严先生没计较这个毛头小子的胡言乱语，反而回了信，鼓励我把关于董以宁的想法写出来。师有命不敢辞，我也就大着胆子动了笔，仅凭一部《白雨斋词话足本校注》铺排了一篇一万多字的《论董以宁及其蓉渡词》。严先生看了之后，更明白了我的斤两，只温和地说了一句"文献太窄，以后慢慢改吧"，没有更多的批评。又过了好几年，我追随严先生读了几年书，"略跪"学问的"门闩"（这是韦小宝对"略窥门径"的误用），于是把这篇论文做了一些增补，发表在《吉林大学社会科学学报》上面，成为我公开发表的第一篇文章。

回头看起来，这篇文章写得当然很幼稚了，但因为是第一篇专门研究《蓉渡词》的论文，多少也有一点发现，简单说，第一点，是对董以宁艳情词的梳理以及相关问题的延伸性思考。《蓉渡》一集中，艳体十居八九，其中不少被后人称为"绝唱"的佳作。比如《虞美人·临风寄语》：

> 花荫恐覆鸳鸯寝，寒入红衾凛。早知好事付秋风，何似当初索性不相逢。　闻伊别后思量意，窃自沾沾喜。累伊憔悴倍心伤，又望伊家索性不思量。

"临风寄语"，写的是别情，这是古今熟题，董以宁这首词的好处在于前两句点染情境之后，后面全用内心独白的方式往复回旋，把一种缠绵的心情写到极致。纳兰有名句云："人生若只如初见"，"早知好事付秋风，何似当初索性不相逢"其实就是纳兰这句词的意思，但表达得通俗细腻，更近乎柳永的口风。再比如他的《感恩多·鸿信》写一个女孩的恋爱心绪："忒觉情多，真假转难分。转难分，便是空言，忍猜他未真"，趑趄踯躅，情痴一往，也是古人刻画不到处。再比如"斟酌数行书，言欢字字虚""若负小窗欢约，来生丑似无盐""明知不是，伊家屟响，聊且开门"等句，皆传颂一时，所以王渔洋说他是"艳情中绘风手"，也就是能把无形无影之风画出来的妙手，这个评价实在是不低的。

再看一首《沁园春·咏美人齿》，这也是"绘风手"的代表作：

> 看去纤匀，生成伶俐，掩映偏宜。念衬处参红，榴编细贝；露时凝素，瓠剖明犀。刷后留芳，谈余剩慧，启向风前一笑迟。曾侥幸，有姓名轻挂，何福消伊。　问来年纪应知，每剔罢、沉思叩欲低。更吟费推敲，咬松兔管；绣商深浅，嚼烂绒丝。漱石应同，拈梅欲冷，难画杨媚病抵时。销魂处，向檀郎残啮，印臂痕微。

这一组词共有七首，分咏美人身体的各个部位，其鼻祖可以追溯到南宋词人刘过的《沁园春》咏小脚、咏指甲两篇，到清初，董以宁与朱彝尊仍用《沁园春》分咏女子体态、行为及心境，无论从规模还是从造诣上都呈发扬光大之势。这一类咏物词很容易堕入所谓的"低级趣味"，朱董之作也在所不免（如咏美人乳），但总体来说，他们的这种"另类"咏物词搜肠刳肚，巧思绵绵，极博雅曲丽之能事，称得上化"恶体"为"善体"的神工鬼斧之笔。对此，我们应该有更宽容的胸怀，对其艺术魅力也应该有更合理的评价。①

王渔洋是董以宁的朋友，又处在特定的文化风气之中，夸奖得毫无保留一些我们是能理解的。到了晚清，同样称他的艳情词为"绝唱""自有艳词来，未有写到此地步者"的陈廷焯就主要从道德层面出发给予了很不客气的评价，他给董以宁起了一个相当不好听的绰号——"词妖"，而且说"学者一入其门，念头差错，终身不可语于大雅矣"。但同时，"妖"字又是在"惑人""神通""能销魂铄骨""曲折传神，扑入深处"这样的言语背景下出现的，这就恰恰可以证明，尽管陈廷焯对董以宁的品位非常不满，但面对董氏艳词的艺术魅力的时候，他是被深深折服并发出了由衷赞叹的。

古今一绝悼母词

富于戏剧性的是，《蓉渡词》以艳制名满天下，而董以宁词的最高成就却恰恰是集中的别调——《满江红·乙巳述哀》十二首。题中"乙巳"即康熙四年，公元1665年。前此一年冬至前后，董母因足部跌伤不治而逝。本年中，作者在"每逢佳节倍思亲"的心理作用下，写了十二首悼母词。这一组词，在取材、体式上均可称前无古人，而其抒情烈度之强劲，胸中苦痛之沉至，都使人感激肺腑，耸然动容。

来看其中一部分：

其一《元日》上片：去岁今朝，念母病，扪心私痛。犹记得，支床慰劳，慈恩深重。此际魂归何处去，黄泉碧落儿难送。便床

---

① 后文讲朱彝尊词还有详述。

前，再欲听呻吟，除非梦。

其七《七夕》：昨岁针楼，看儿女，筵前乞巧。曾道述，生儿愚鲁，公卿可到。膝上抱孙闲说与，牵牛尔是痴些好。待他年，为尔娶天孙，同谐老。　秋已再，星仍皎；言犹在，人偏杳。看敝衣曝处，音容非渺。此夕可能归白鹤，当时空望传青鸟。谩重陈，瓜果向灵帏，心如捣。

其九《中秋》：记得当初，向膝下，时时欢笑。到此际，剖菱剥芡，团圆偏好。正待月华犹未冷，高堂已虑金风悄。命小鬟，传语早添衣，频频到。　今夜月，依然皎；今夜冷，凭谁告。念繐帏寂寞，乌鸦飞噪。欲问冰轮回地底，可能还向慈颜照？奈夜台，一去半年余，无消耗。

其十二《除夕》上片：日月云除，除不得，心头怆恍。漫说道，两年此夕，痛魂相仿。去岁荆榈犹得抚，如今已去归泉壤。悔芒鞋、垒土太匆匆，难相傍。

这一组词，由于在取材、体式乃至艺术手法上都具有相当的独创性，所以在同代人中引起过极大反响，并为后世不少词家所瞩目。

悼念亲友眷属是诗词的母题之一，自晋朝潘岳首唱《悼亡》诗之后，历经千百年的踵事增华，蔚为大国，然而我们盘点这一类型的作品，悼妻妾与情人者最为常见，以致"悼亡"成为其专指名词。悼朋友者其次，至于诗词悼念父母者就比较罕见了，而且似乎一直也没有什么佳作。不能不说，董以宁以极恳挚之亲情唱出的这十二首词，是悼念作品类型的石破天惊之作，填补了长期留存的一个巨大空白，对于词体的抒情功能也有长足的拓展。更有意义的是，作者并非兴偶然至，点到为止，而是有目的地用十二个节日作引，反复提醒和加深伤痛之情，并因词中反映出的巨大痛苦的历时性存在而格外动人心弦，其开拓与示范之意义因而加倍鲜明。

考察清代词坛，纳兰性德悼亡词与顾贞观的《金缕曲·寄吴汉槎宁古塔以词代书》素来被认为是能脱出两宋圈匮，而足与古今名手争胜的佳篇。在此，我们把纳兰、顾贞观的作品与董氏这一组作品作一概略比较：

1. 他们各自描绘吟咏了人际关系中最普遍也最重要的一个层面。纳兰写爱情，顾氏写友情，董氏写亲情，这三者结合起来，就已经包容了人生所有无功利性的人际关系。而且，就其艺术成就而言，也分别达到了这三种类型词的至高境界。

2. 他们的作品都具有极其深厚的悲剧性。纳兰与董氏均为悼念亡人，自不待言。顾氏词写于生死之交因莫须有的冤情谪配极北之际，叮咛告诫，血泪并下，寄寓着深刻的人生感慨和社会现实的投影。就这一点而不是就词来看，顾氏词中蕴涵的悲剧性远比纳兰和董以宁要深沉和广泛。

3. 他们的作品都以"情痴一往""真气贯穿"而出人头地，此点可以透过前人对他们各自的大量评价概见。三者中，纳兰"以自然之眼观物，以自然之舌言情"，乃是以其文采天真成为特异存在的，所以不具有与顾、董再进一步比较的可能，顾词与董词则可以寻找到更多相似点。陈廷焯评顾贞观词云："只如家常说话，而痛快淋漓，宛转反复……纯以性情结撰而成……无一字不从肺腑流出，可以泣鬼神矣。"谢章铤评顾贞观词云："愈转愈深，一字一泪。"把这些评语移易到董以宁悼母词上，几乎可以一字不改。可见除"情痴一往"外，二人又不约而同地采用了"家常说话"的表达方式。这固然由于词人心境都是百结难解，不容于雕辞琢句，也与"家常语"的特殊表现功能——在某些特定语境下最足动人有密切关系。

就董以宁这组词本身而言，其长处在于采用了组词的形式，而短处亦在此。这十二首词中，由于才力与观念的关系，也有相对平庸或虽有警句而全篇不称者，大大影响了主观情致透现和客观接受效果。董以宁词的总体成就视纳兰和顾贞观是大有差距的，但仅就其《满江红》十二首而言，仍足与其在清代词史乃至整个词史上鼎足而三，并传不朽。对此，我们无疑应给予足够的注意。

董元恺的《乌江怀古》

清初常州词坛还有一位词人值得一提，那就是《苍梧词》的作者董元恺（？—1687）。董元恺字舜民，常州武进人，网上有资料说他是"长洲人"，错，"长洲"是苏州的属县，尤侗《苍梧词序》明明说他"以兰陵佳公子为名孝廉"，兰陵是武进的古称，所谓"名孝廉"指他考中顺治十七年（1660）举人，但第二年即遭遇"奏销案"被黜，所以词风一变而激昂慷慨，数量也多，现存近七百首，气派最近乎陈维崧，所以严先生说他是阳羡词派的"一翼"。

董元恺的山水词、咏史词乃至写情爱的作品，大体都能刊去俗套，颇多可观，这里我们仅看《念奴娇·乌江怀古》：

> 长天浩渺，看年年如此，江山风物。夺却会稽头与印，已定江东半壁。九郡称雄，五侯臣服，一剑飞寒雪。入关以后，东归讵是人杰？　赖有骏马悲号，美人宛转，叱咤英风发。试问汉家今孰主，都向暮烟沉灭。百战难亡，千金可购，遗恨冲冠发。阴陵道上，乱鸦叫醒残月。

这首词乍看我们不会觉得有什么特殊，无非是概括《史记·项羽本纪》的有关史事，加以诗化的感慨而已，但稍微细读，我们就会发现，其实这首词全篇用了东坡"赤壁怀古"的原韵，而且用得浑化无迹，一如己出，没感觉他受到了用古人韵的束缚。

其实，在诗学史上历来有一种"公论"：和韵、次韵、步韵等"用韵"的创作方式往往是被诗论家所不齿的，认为用韵是文字游戏，不可能写出好作品，持此观点者甚至包括我最喜欢的、自称为他"二百年下私淑弟子"的大诗论家袁枚。作出这种负面评价的原因我们也能够理解，"清水出芙蓉，天然去雕饰"，自然、自在才能出好东西。但是问题还有另外一面：既然用韵的害处大家都这么清楚，为什么历朝历代无数诗人仍然在孜孜不倦、前赴后继运用这种方式写作呢？是不是"用韵"有它不可替代的合理性呢？

我对这个问题有一些思考，大概总结了下面几点意见：第一点，交际的需要。孔子云："诗可以兴、观、群、怨"，"群"就是公关、交际功能。要通过诗歌酬唱来拉近感情，促进交流，用对方成韵是对其人其作的尊重，也最易引起对方的情感共振，从而形成一种心灵间的"秘密的对话"①。

举个例子来说。2001年6月底，我在苏州大学拿到博士学位证书，即将启程返回东北。30日晚上，我到严迪昌先生府上辞行，严先生送了我他手里唯一一本大著《阳羡词派研究》作为分别的礼物。更珍贵的是，严先生打破了数十年不填词的惯例，在书上题了一首《鹧鸪天》送我：

> （大勇归去白山黑水间，正多好景致，无以言别，检旧帙作新句题存。 《鹧鸪天》或名《思佳客》，贺东山则又谓《半死桐》也。）
>
> 粉墨众相演百场，世间何处不无肠。焚心夜呗我已老，倚梦春吟君合狂。 空咄咄，笑苍苍，鱼游物外为谁忙。一当穿尽芒鞋了，始信天堂亦醉乡。

大家能想象我当时的心情，岂是"感激"二字所能了得！回到东北的第二天，我用"步韵"的方式写了两首《鹧鸪天》寄给先生：

> 壁上冷看俳优场，难消芒角尚撑肠。正多国人无病病，遂令老子不狂狂。 朱颜换，绿鬓苍，茶烟事业转觉忙（先生喜烟好茶，尝自称"茶烟阁"中人）。仙人自有安生法，微醺处是白云乡。
>
> 花月应排一万场，人世何必九曲肠。得道仙人自微醉，飘零国士且半狂。 风劲峭，骨坚苍，无悛事须火急忙（东坡诗云"火

---

① 见姜斐德（Freda Johnson Murck）《略说次韵诗作为秘密的对话》，首届国际宋代文学研讨会论文，2000年，上海。

急著书千古事"，项莲生云"不为无谬之事，何以遣有涯之生"，二语为吾辈传神写照，正在阿堵）。万物波澜云过眼，此心安处是吾乡。

　　跟先生相比，我的两首词写得并不好，但"好"在步了先生的原韵。如果不用原韵的话，表达感情的效果会一样吗？交际的结果会一样吗？这就是所谓"心灵间秘密的对话"，"用韵"之功亦大矣！依照这一解释，我们就能理解，董元恺用东坡原韵是对这首杰作的致敬，其实也是一种广义的"群"的功能的表达。

　　第二，表达的需要。韵字的选择很大程度上决定着作品的情绪格调，如果"用韵"双方存在类似的感受、观点，用相同、相近的韵字便可能对表达形成一种补益而非减损。这一点从上面的例子中也可以看出。

　　第三，从客观效果来看，"用韵"天然带有着督促创作者发掘语言最大潜力的功用，它在束缚思维的同时也砥砺了思维，在限制创作水准的同时也提高了创作技巧。这句话什么意思呢？一方面，韵字对你形成了限制，必须要在这一句句尾用这个字，但是你要组的词又不能和对方相同。人家用"鲜红"，你也用个"鲜红"，这不行，你最起码要写个"粉红""淡红"什么的。这就逼着你必须动脑，所谓"争奇斗艳，逞才使气"，诗词也就可以写得更精美，更出人意料。

　　现代西方诗学从现代语言认识论出发提出了"语言实验"理论，相信语言作为一个自足系统，有其自我更新的无限可能。从这意义上说，"用韵"已经为"语言实验"理论开先声了。"用韵"作品的产生与兴盛，正如诗中的"四声八病"，词中的"工尺定格"，它使艺术少了几分古朴、多了几分匠气，但却是顺理成章、穷则思变的。就技术操作层面而言，尤其是一种发展和进步。

　　第四，评论"用韵"对于诗歌创作的危害需因人而异，关键是看作者的才情能否很好地操控这种方式。一个人只能背八十斤东西，你让他背九十斤，他可能就走不动了，但另外一个大力士，可以背五百斤，你让他背三百斤，照样步履如飞，才力大小肯定是有巨大区别的。比如苏轼诗才如海，佳作如林，但他一生用原韵"和陶"多达一百二十四首，成为他平生创作别有意味的高峰之一；再比如明清之际的大诗人钱谦益，他一生写诗很多，名作也不少，但最享盛誉的代表作居然是十三叠、一百零四首步杜甫原韵的《后秋兴》。杜甫的《秋兴八首》是他自己、也是唐代七律的巅峰之作，钱谦益身当山崩海立的易代时期，沉痛煎熬，惊悸酸楚，于是他前后十三次步《秋兴》原韵，写出了后人评价最高的一组大型诗歌。在这个例子中，"用韵"完全没有伤害到钱谦益的诗歌成就，而且形成了他最重要的代表作，而且，这样的情况并非孤证，董元恺用东坡原韵写出了一首上佳之作，那也是"用韵损害"理论难以解释的诗史存在。这种复杂的文学现象本身就足以引起我们更深一层的思索。

如皋词人群

将地理坐标从常州北移到与扬州持平的纬度，再向东，可以看到南通辖下的如皋，这个小地方在清初词坛上也值得说一说。

为什么呢？两个原因：第一，如皋是明末四公子之一冒襄水绘园所在地。冒襄一家固然风雅不匮，其亲属后辈中也很多本色高手，何况当时流寓在水绘园、托庇于冒襄的不仅有一代宗师陈维崧，还有很多的遗民子弟，诸如方以智的儿子方中德、方中通，"江左三凤凰"的另外一家彭师度等，他们的慷慨悲歌留下了清初文坛一笔很可宝贵的记录。第二，陈维崧流寓如皋前后八年，他的词风在如皋至少直接影响到了好友张玚授、弟子何铁等人，还可能间接影响到水准不俗的薛斑。从这个意义上讲，如皋是阳羡词风"北传"的一个重要据点。

冒襄（1611—1693），字辟疆，号巢民，明崇祯十五年（1642）副贡生，明亡不仕，寄身水绘园，以诗文自娱。《影梅庵忆语》是"忆语体"鼻祖，最为后世所知。沈涛《水绘园吊冒巢民先生》说他"钩党东京籍，琴樽北海宾。清流几公子，白发老遗民。一代吟诗社，千金结客身。我怀不可见，寒日下荆榛"，很能勾画出他的面目。冒襄不以词名，现仅存十几首，严先生称他"偶有所作，感慨深沉，情见于辞"①，诚然。《鹊桥仙·重九日登望江楼，演阳羡万红友〈空青石〉新剧，老怀怅触，倚声待和》最为典型：

> 朴巢已覆，苔岑遥隔，剩有丹枫堪玩。今朝重上望江楼，怅南北、烟林全换。　尊前新谱，曲终雅奏，一字一声低按。纵然海水远连天，抵不得、闲愁一半。

从乾隆年间编成的《东皋诗余》来看，如皋词人群水平最高的应推名不见经传的薛斑。他生平不详，也仅保存下三十几首词，但词风鼓荡，最近乎陈维崧格调。如《念奴娇·吴门返棹，路过三塘，晤周格人。见示何铁画扇并词，即次原韵》：

> 飘蓬千里，恰归来、又是残冬时节。羞涩空囊从鬼笑，只剩登山双屐。歧路逢君，饥寒驱我，共叹家徒壁。清宵相对，空怜三月离别。　闻道北固狂生，挥毫纵饮，浊酒铛中热。更写幽人临绝崄，下视乘风飞鹢。松色堪餐，云根俨活，妙理浑难说。奇才如此，世胡欲杀何铁？

被薛斑称为"奇才如此"的何铁是见诸记载的陈维崧唯一的学生，也确实是一位沦落底层的怪才。何铁，字龙若，小字阿黑，丹徒人，长居如皋，有关传记说他"工元人词曲，精秦汉金石刻，善弹吹书画，喜出游，负名于时"，可以想见那种"北固狂生，挥毫纵饮，浊酒铛中热"的气概。何铁词仅存一阕，而且是一首最不容易写好的寿词，但他下笔不凡，富于清峻之气：

> 白发老羊裘，手执渔竿东海头。曾记茶轩留我饮，香浮，洗尽英雄滚滚愁。　相忆复三秋，教子名齐孙仲谋。疑似断山清侣鹤，

---

① 《清词史》，第89页。

优游，拄杖看云百尺楼。

——南乡子·寄祝逊翁先生七十荣寿

为什么说寿词难作呢？原因大家并不难理解，祝寿的诗词文都有固定的要求，那就是要祝福人家吉祥健康长寿等，不管用什么词汇来表达，意思总是要有的，这是交际的起码要求，没听说给人家写寿词，里边一堆忧愁、老病这些不吉利的字眼的。所以我们看，相声、笑话就常拿这些不得体的做法"抓哏"，比如郭德纲的相声《大上寿》，里边就说"哎呀老娘，我不知道今天是您的寿日，明年今天我还来给您祝寿，明年今天就是您的周年"，再比如郭德纲版的《白事会》，去探望病重的老爷子，站床边难过了半天，最后憋出一句"你也有今天"，送挽联横批写四个字"苍天有眼"，喜剧效果就出来了。

得体的做法当然是满篇吉祥话了，可是文学价值就很可疑，"诗穷而后工"嘛！满纸喜气洋洋注定了只能应用，而无法传世。宋词里也颇有一些寿词，一般都不可卒读，唯一写得好的是辛弃疾写给同样悲凉闲居的韩元吉的《水龙吟·甲辰岁寿韩南涧尚书》："渡江天马南来，几人真是经纶手。长安父老，新亭风景，可怜依旧。夷甫诸人，神州沉陆，几曾回首。算平戎万里，功名本是，真儒事、公知否。　　况有文章山斗。对桐阴、满庭清昼。当年堕地，而今试看，风云奔走。绿野风烟，平泉草木，东山歌酒。待他年，整顿乾坤事了，为先生寿。"所以我们看这位名不见经传的何铁，他的这首寿词就写得很不一般，能让我们依稀辨别出这位寿星的人格形象。

"白发老羊裘"，这一句是用了严光严子陵的典故。严光是汉光武帝刘秀的同学，刘秀登基以后，派人寻访严光，但严光隐居起来了，茫茫人海，上哪儿找呢？后来有人发现，在富春江边的一处钓台上，有个人三伏天穿着羊皮袄钓鱼，行迹太可疑了。上去一问，竟然是严光。刘秀见了严光很高兴，两人同榻而眠。严光不知道是睡相不好，还是有意的，睡觉时候把大腿放到了刘秀的肚子上。第二天上朝，太史令出班启奏："昨夜有客星犯帝座甚急"，刘秀大笑。这是很著名的隐士典故，但也有人写诗讽刺严光："一着羊裘便有心，虚名留得到如今。当时若著蓑衣去，烟水茫茫何处寻"① ——你要真想当隐士就别穿着羊皮袄在那钓鱼啊！那谁能找到你呢？这个典故用在这里，一方面透露出逊翁先生的隐士身份，一方面也写出了这位老隐士的精神气质。第二句"手执渔竿东海头"用的《庄子》的典故。《庄子·外物》说，有位任公子执钓竿在东海钓鱼，以五十头牛为饵，一年多都没有收获。不久一条大鱼上钩了，"牵巨钩錎没而下，骛扬而奋鬐，白波若山，海水震荡，声侔鬼神，惮赫千里"。任公子把这条鱼剖开腌制，自制河以东，苍梧以北，大家都来吃这条鱼还没吃完。把《庄子》中这个奇丽的想象用在寿词里，这位逊翁先生的人格形象就一下子清晰了起来。

"曾记茶轩留我饮，香浮"，这两句是实写，点出自己和这位前辈的渊源，下一句马上又宕开，"洗尽英雄滚滚愁"，再次虚笔挑明"英雄"与"愁"的字样，这位老隐士的人格形象至此已经非常完满。尽管我们不知道他的生平事迹，经历了怎样的沧桑，却宛如看到了一幅洗练的简笔画，精神气质都是栩栩如生。相比之下，词的下片不如上片，但"拄杖看云百尺楼"云云还是托住了上片的气势。能在体量不大的小词中写出尺幅千里之势，把祝寿对象的人格形象勾画得头角峥嵘，允为寿词中之上品。这位何黑凭这一首词也无愧于迦陵高弟子的身份了。

---

① 诗为宋人作，见郎瑛《七修类稿》卷二十九。

第五讲
"天下事，少年心"：
明遗民词群

关 于 遗 民 史

这一讲我们进入清初词坛的一个特殊群落，那就是遗民词。这个"遗民"群落我们习惯上基于"入清"这样一个事实，把他们放在清代文学里来讲，但标准称谓应该是"明遗民"，也就是明朝灭亡后遗留的子民。

"遗民者，天地之元气也"（黄宗羲：《谢时符先生墓志铭》），一部遗民史，源远流长，需要从商周之际的伯夷叔齐说起，以后但凡朝代更迭，就有象征着气节的遗民群体出现。但整部遗民史有三个时代的遗民"成色"最纯，那就是晋遗民、宋遗民和明遗民。因为这三个时代不仅涉及朝代更替，而且涉及异族入主，也就是说，除了国家主义，还有民族主义因素的介入，所以我们在历史上很少看到其他时代的遗民被称道、歌颂。与此相关的是，如果为异族政权"守节"，那就非但不值得称道，反而会遭到贬损，最典型的莫过于清遗民。我们其实在很长时间里是没有"清遗民"概念的，我们常常挂在嘴边的是"满清遗老遗少"，这里本身就包涵着贬抑的价值判断和丑化这一人群的目的。

这种"双标"的情况不能视之为理所当然。我在做近百年诗词研究的时候注意到了这一点，并发表了一点浅薄的感想，供大家参考：

应该如何认知和评价清遗民？是习惯性地站在汉族本位和机械进化论的台基上斥其为"遗老遗少"，还是到了可以平心静气审视他们复杂的内心世界的时候了？某种意义上来说，这已经不是遗民史研究必需回答的疑问，而是关乎传统文明价值判断的大问题。

我注意到，近年来，"清遗民"不仅渐成"话题"，并且也不再一边倒地讥刺和讽嘲，而是开始响起诸多的冷静理性的声音了……"世但知识时务者为俊杰，焉知不识时务者为圣贤耶"，金圣叹的这句批语自然难以贴切全体清遗民的身份和表现，① 但能持这样的角度观照，即便析离不出"圣贤之义"，至少也令我们意识到：清遗民们的选择比之诸多"飞上枝头变凤凰"的"风派新贵"如果不算是高尚，那么也实在不能算是个人品节的瑕疵和污点。而在此意义上，清遗民与构成遗民史精粹的晋、宋、明三朝遗民是不应有那么成色悬殊的裁量的。

雨欲退，云不放

回到明遗民群体，他们除了是遗民史最光彩的一页，而且是清代诗史具有"开山"意义的一个重要群落。严先生《清诗史》开篇用了二十多万字、几乎占全书四分之一的篇幅来谈明遗民诗，就足见他们在清诗史上的分量。与此相比，在清初词坛，遗民群落的表现没有诗歌那么"亮眼"，但也很有特色，不能小看。

我们先来看一位大家不太熟悉的词人，今释澹归。澹归（1614—1680），法名今释，澹归是他的字，也常被称为"澹归今释"。俗姓金，名堡，字道隐，浙江仁和（今杭州）人。明崇祯十三年（1640）进士，授临清知州。明朝灭亡后，金堡先后至福州、端州谒隆武帝、永历帝，任礼科给事中。顺治七年（1650）被诬，下锦衣卫狱，受到严刑拷讯，

---

① 金批本《水浒传》五十八回。

左腿折断，被遣戍贵州清浪卫。在押解途中金堡逃脱，间道入桂林茅坪庵剃度为僧，后辗转至广州海云寺充当碗头僧，也就是寺庙里的洗碗工。康熙元年（1662）至韶州丹霞山建别传寺，成为粤北一大丛林。

澹归的身份是出家人，为什么又把他算在遗民群体之中呢？我们在前面讲过"薙发令"的问题，所谓"留头不留发，留发不留头"，遗民之辈如果保留明朝发式，势必一死，改成清朝发式，又不甘心，于是相当多的遗民干脆出家为僧道，用来掩盖自己的遗民心迹。所以，清初的僧道与其他时期的僧道不同，我们往往将其视为遗民的一支。这在陈垣先生的名著《明清之际滇黔佛教考》中已经有了很成熟的判断，而澹归在去世近百年后遭遇"《遍行堂集》案"更是凸显了他披着僧人外衣的遗民身份。

乾隆四十年（1775），乾隆帝审阅各省呈缴的应毁书籍时，注意到澹归的《遍行堂集》，大怒之下，传下圣旨："查澹归名金堡……托迹缁流，借以苟活，其人本不足齿，而所著诗文中，多悖谬字句，自应销毁……并将所有澹归碑石……椎碎推仆，不使复留于世间。又闻丹霞山寺，系澹归始辟，而无识僧徒竟目为开山之祖，谬种流传，实为未便，但寺宇成造多年，毋庸拆废，着……将其寺作为十方常住，削去澹归开山名目……不许澹归支派之人复为接续"，这些话都是说得非常严厉的。圣旨一下，别传寺一蹶不振，失去了在岭南佛教中的崇高地位。有的文献记载说别传寺因此案惨遭清廷血洗，杀僧众五百余口，似不可信，于情于理，朝廷和地方政府都不至于为此大开杀戒。

先来看澹归的《满江红·大风泊黄巢矶下》：

> 激浪输风，偏绝分、乘风破浪。滩声战，冰霜竞冷，雷霆失壮。鹿角狼头休地险，龙蟠虎踞无天相。问何人、唤汝作黄巢，真还谤。　雨欲退，云不放；海欲进，江不让。早堆块一笑，万机俱丧。老去已忘行止计，病来莫算安危帐。是铁衣、著尽著僧衣，堪相傍。

据严先生考证，澹归的词大都作于康熙十年（1671）前后，那就是说，包括这首《满江红》在内的很多作品，都带有着他大半生乃至一生心事总结的色彩。的确，这首《满江红》就是借风浪险阻起兴，将自己的平生心迹浓缩在特定的场景和人物上面。开篇五句密集运用风浪、滩声、冰霜、雷霆等意象，将自身的跌宕经历和大动荡的时代气氛渲染得异常鲜明。鹿角狼头都是瞿塘峡上的险滩，比起黄巢矶的险恶算不了什么，其实更险恶的何尝不是这天翻地覆的时局？明太祖定都"龙蟠虎踞"的南京，如今他的后代还不是摧枯拉朽般走上末路？黄巢也好，大明也罢，历史成败，大概都是如此凄凉吧！

过片"雨欲退，云不放；海欲进，江不让"十二个字是所谓"词眼"，云雨撑持，江海激撞，从字面上讲，似乎不好解释，但却正符合古人"无理而妙"之说，自己目击心伤的这段历史之诡谲复杂、犬牙交错，再也没有比这十二个字更好的表达了。面对如此局面，已经渐进老境的自己还能怎样？只好"堆垝一笑"，视之如槁木死灰一般了！堆垝，困顿独坐之貌。万机俱丧，用的是《庄子·齐物论》的典故："南郭子綦隐几而坐，仰天而嘘，嗒焉似丧其耦。颜成子游……曰：'……形固可使如槁木，而心固可使如死灰乎'"？我们在文化史上讲"儒道互补"的命题，一般地说，"儒"常用于有为的顺境，"道"则用于无可为的逆境。澹归在这里用到庄子，也是依循着这样的规律的。

老病是人生之必然，老去了，出处行止就不再盘算；病来了，平素的安危也就没必要计较。回望自己的一生，何尝不像黄巢一样，"铁衣著尽著僧衣"，最终以僧衣伴随着老病之身呢？严先生说这首词"诡谲其词，似实又虚"，"联系一己遭际"，又对"当世黄巢（李自成）有所感慨"[①]。以"铁衣著尽著僧衣"的黄巢联系到自己身世，这是不难感受得到的，后一半的判断我则稍有一点不同意见。传说李自成并未战死九宫山，而是出家为僧，号奉天玉和尚，金庸小说《雪山飞狐》就演绎了这样的说法，但我以为按一般情理推断，在澹归创作本篇的康熙初年，李自成"著僧衣"的说法纵然有，恐怕也不会很广泛地传开，否则也早会引起朝廷侦骑的注意了。

这一点辨析并不重要，重要的是澹归这首词激扬悲壮，绝不在辛稼

---

① 《清词史》，第96页。

轩之下，而一种洞穿肺腑的痛感则是连稼轩也没有过的。严先生说他的词"苍劲悲凉，极痛切凄厉""比辛弃疾多苦涩味，较蒋捷为辛辣，这是遭际身世大悲苦心境的表现"①，论断精准至极。

千古奇作骷髅词

澹归还有一组词得到严先生很高的评价，不仅很罕见地全文录入《清词史》，而且称其"极尽淋漓痛快而又诙奇幻化的描述，是词史上不可多得的作品"②，那就是《沁园春·题骷髅图。梅花道人曾有此作，见其浅陋，乃别为之，得七首》。我们这里来看其中三首：

> 叹汝骷髅，骷髅汝叹，无了无休。便脂消杵白，抛沉海底；灰飞炉火，吹散风头。起倒非他，笑啼是我，生不推开死不收。谁来问，问谁来感慨，禁舌凝眸。　思量多少迁流，直趱得、纷纷作马牛。痛支离天地，紧穿过电；颠连民物，烂沙浮沤。后辙前车，爱悲憎喜，有得揶揄没得羞。还闻道，道汝能无事，我也无忧。

> 几个骷髅，被人敲磕，着甚干忙。见绮罗软美，生来结构；鞭捶怨毒，死去思量。蝼蚁为亲，乌鸢作客，朝露何由吊夕阳。谁家事，却自行自说，还自承当。　无端熟境难忘，有一点、灰生万点霜。任劈波鱼痛，明年昨日；穿空鸟痒，此土他方。旧恨非存，新欢莫续，地老难扶天又荒，好听取，唱尸林一曲，寸断柔肠。

> 我见骷髅，出尘妖媚，绝代豪华。占江山万古，千群斗蚁；交亲四海，两部鸣蛙。已脱囊藏，何劳粉饰，独露堂堂不似他。长怜悯，暂堆些马鬣，又作人家。　休教梦绕天涯，看流水、无心恋落花。问回风雪卷，谁来争席；横江月坠，任去磨牙。太乙符空，西方药尽，洒落相撑乱似麻。真平等，便渔阳鼓吏，谵杀三挝。

---

① 《清词史》，第95页。
② 《清词史》，第97页。

词题中的"梅花道人"系指元代著名画家、与黄公望、倪瓒、王蒙并称"四家"的吴镇（1280—1354），他有《沁园春·题画骷髅》云："漏泄元阳，爷娘搬贩，至今未休。吐百种乡音，千般扭扮；一生人我，几许机谋。有限光阴，无穷活计，汲汲忙忙作马牛。何时了，觉来枕上，试听更筹。　　古今多少风流，想蝇利、蜗名谁到头。看昨日他非，今朝我是；三回拜相，两度封侯。采菊篱边，种瓜园内，都只到、邙山土一丘。惺惺汉，皮囊扯破，便是骷髅。"这首词其实也不差，但一来格律上有些差错，从中可看出元人填词近曲的随意性；二来开头"漏泄元阳，爷娘搬贩，至今未休"几句，确实如《四库全书总目提要》所批评的"鄙俚荒谬"。看来澹归确实很喜欢这个题目，但感觉被吴镇写坏了，所以自起炉灶，而且兴致勃勃，一写就是七首。

澹归为什么喜欢这个题目呢？我想，原因我们不难理解。骷髅是个死亡意象，或者叫作生死意象，而生死，是各种哲学，包括宗教哲学在内都要去努力追究的终极问题。第一，澹归现在是僧人身份，佛教追究生死；第二，他学问渊博，通晓道家经典，对《庄子·至乐》篇所记的庄子与骷髅的对话也必然熟悉；第三，他身处明清易代之际，血火刀枪中，看得最多的就是生死；第四，他曾被诬陷拷打，自己闯过生死关。以上因素综合起来，那就决定了他看吴镇的词一定觉得"浅陋"，而自己关于生死又有那么多的话要说，当然就会奋笔疾书，大言炎炎，成就词史上这一组奇之又奇的作品。

所谓"奇之又奇"，我们能最直接感受到的就是意象极度密集，信息量特大，古今、生死、时空、真伪……各种命题交错闪现，不可捉摸，也不易解读，我们偷个懒，还是抄一段严先生的精彩评语看看：

> "题骷髅图"七首，一腔大哀情出以嬉笑怒骂之笔法。词中或
> 对人间沧桑的颠翻，或对生灵如蝼蚁的被践残，或对人魅转化、鬼
> 蜮伎俩的惑变……词中不免有人生无常、世情难测的宿命色调，但
> 总的说来是澹归历经凶险颠沛人生所积累的深沉感受的抒发，是那

个时代人难为人、鬼不成鬼的动荡昏沉的现实的一个侧面写照。①

值得补充的一点是：澹归这组词的表现方式，很接近现代文艺理论中的"暴力美学"一路，比法国的波德莱尔要早差不多两百年。和澹归大约同时代的八大山人，也在他的画作中展现了一种前无古人的怪异、荒诞之美。两个人又都做过僧人，恰好形成了一组镜像般的对照。他们的创作告诉我们：中国古典文艺是复杂、深邃、很耐咀嚼的，甚至有很先锋性的一面。

除此之外，严先生还提醒我们很重要的一点：写长调慢词，动辄联章叠韵，一写数首、十数首甚至数十首，显得凌厉激越，这是清词有别于前代词的一个重要特征。我们在前面"江村唱和"、此处的澹归词和后文的"秋水轩唱和"、阳羡词派等章节中会不断地看到并强化这一特点。

"骷髅词"的当代回响

从上文我们可以体会到，骷髅乃是佛道两家参悟死生之共途，把它写入咏物词，非有大胸怀、大手笔不能驾驭，这几乎是"死亡的诗学"背景下"哥德巴赫猜想"级的难题。② 澹归这一组词作为旷世绝作，对后人也产生了一定影响。我近年来研究二十世纪诗词史，读到尘色依旧（1969— ）的三首和作，深表赞叹。尘色依旧本名沈双建，江苏南通人，现任某职业学校教师，诗词总量逾千。其诗古近体兼工，既多关切历史现实，亦抒情写心，皆有精悍声色。他的三首《沁园春·骷髅》亦多虎跳龙拏之气，不减澹归手笔：

　　我问骷髅，骷髅问我，竟何如之？想情迷荒草，不辞霜浸；梦如死月，莫怨花迟。眼已空空，舌犹存否，说与先生岂不知。虫蚁

---

① 《清词史》，第97—99页。
② "死亡的诗学"系借用张晖文章名，《文学评论》2013年第4期。

意，竟悄然穿耳，凉意丝丝。　　谁言精魄如斯，但一掷、皮囊暗夜时。好唤来虎豹，饥餐渴饮；空余骨肉，雨打风筶。前世莲花，今生机会，笑煞庄严向古祠。寥落处，有几人记得，当日妍媸。

　　我对骷髅，骷髅对我，仔细端详。笑道旁弃置，不关矢溺；百年风雨，不减荒凉。天际归鸦，枝头鹈鸠，岂是因人啼断肠。空回首，正荆榛依旧，落日昏黄。　　恍然当日皮囊，肯妙想、奇思八宝妆。竟美人如玉，洞开两眼；诗心如火，凝骨严霜。或许温情，不应纵放，到此一般无短长。端详久，且碧磷擦拭，说与荒唐。

　　前世庄周，庄周前世，一般荒唐。甚其心烟灭，青冥浩荡；其颅如铁，制骨成觞。新酿才成，邀君何处，一饮骷髅是醉乡。休摇首，有古时明月，依旧清凉。　　未须玉嵌金镶，但酒浸、自然透体香。唤山灵山鬼，幽魂随舞；妖邪魑魅，影幻昂藏。摩顊遥思，搏人清景，磷火微明且作狂。更无语，想空空七孔，当日王嫱。

“情迷荒草”“梦如死月”“美人如玉”“诗心如火”“山灵山鬼”“妖邪魑魅”云云，无不怪怪奇奇，摇曳诡变，其中既蕴涵着哲思命题，又折射出现实心绪。不能小看这种“唱和”，往大里说，这是“清词经典化/清词接受史”的大问题，也是我们判断二十世纪旧体诗词品质的重要标尺。

天下事，少年心

　　澹归之后我们要说到大思想家王夫之（1619—1692）。清初三大思想家中，如果论诗，黄宗羲和顾炎武都是大家，但他们都不作词。王夫之的诗不如黄和顾，但词的创作量比较大，而且写得相当好，足以在遗民词群乃至清初词坛成一名家。王夫之的好词不少，但我一读之下难以忘怀的还是这一首《更漏子》：

斜月横，疏星炯，不道秋宵真永。声缓缓，滴泠泠，双眸未易
扃。　霜叶坠，幽虫絮，薄酒何曾得醉。天下事，少年心，分明点
点深。

这首词无题，如果试着给它加个题目可以叫作"秋宵"。词从秋夜
风景写起，徐徐道来："斜月横，疏星炯，不道秋宵真永。""永"者，
长也。在如此漫长的秋夜，不眠的词人又有着怎样的心事呢？"声缓缓，
滴泠泠，双眸未易扃"，"扃"者，关门窗也，这里用在"双眸"上，
诗的意味就出来了，词人的形象也出来了，这就慢慢地逗漏出自己的满
腹心事。"霜叶坠，幽虫絮，薄酒何曾得醉"，如果能酒醉麻痹了自己，
难得糊涂也就好了，可是自己还是双目炯炯，"天下事，少年心"越发
分明地在眼前闪现！

作为遗民，王夫之"深閟固藏""荒山敝榻"①，可谓坚贞卓绝；作
为学者，王夫之著作宏富，《船山遗书》二百三十余卷有如一部小型百
科全书；作为历史学家，王夫之别具只眼，常常有一种"深刻的偏颇"
或"偏颇的深刻"。前些年，我写过一篇小文章《张巡事件的非主流声
音》，曾经体会到这一点。② 什么叫作"张巡事件"呢？事情发生在我
们熟悉的"安史之乱"时期。玄宗天宝十四年（755），安禄山起兵叛
变，张巡以真源县县令身份在河北、河南一线起兵抗击叛军，后来和许
远同守睢阳古城，即今天的河南省商丘市。在睢阳，张许联军被困经
年，终于弹尽粮绝，援兵不至，在肃宗至德二年（757）城破被俘，他
和部将南霁云、雷万春等三十六人同时殉难。

至德二年，肃宗李亨派遣大将张昊代替见死不救的节度使贺兰进明
急援睢阳，就像我们在警匪片中经常看到的那样，在张巡死后的第三
天，张昊率领大部队赶到，但是已经无济于事，于是他命人为张巡撰写
悼词，总结其功过是非。在撰写悼词的过程中，有一个"议者"跳出
来讲了这么一段话："张巡开始守睢阳的时候，一共有六万人。粮食吃
完之后，他应该率领大家突围，结果张巡是以吃人为代价，坚持了这么

① 曾国藩《王船山遗书序》语。
② 见《文史知识》2007 年第 5 期。

长时间，这样的张巡能算是完人吗？"这位"议者"到底何许人也？史书没有记载，但他抓住了张巡守睢阳的一个重要细节，非常值得人深思。

什么是"食人"？同样见诸《新唐书》的记载：当粮食吃光的时候，很多士兵都被饿死，侥幸活着的人也是毫无力气。于是，张巡把自己的爱妾奉献出来，他说："诸君经年乏食，而忠义不少衰，吾恨不割肌以啖众，宁惜一妾而坐视士饥？"——你们各位很久没吃上饱饭了，但是忠义之气不见衰减，我恨不得把肉割下来给大家吃，难道还舍不得一个妾而看着你们挨饿吗？于是张巡杀了这个小妾，煮了一锅人肉给大家吃。张巡的副手许远——不知道是没有小妾还是没舍得——把他的仆人杀掉了，给大家吃。

在张巡、许远两位总指挥的榜样作用下，睢阳城内易子而食，"凡食三万口"。到睢阳城被攻破的时候，"遗民仅四百而已"。在上面的细节当中，"而已"这两个字其实是很难堪的。几万条生命就这样如一缕轻烟，消融飘散在史家的一声轻轻的叹息之中，在历史的潮流中打了个漩涡，连浪花都没有溅起一个，就平静得像什么都没有发生过，难道他们不曾有过痛苦的挣扎吗？不曾有过绝望的呼号吗？不曾有过"悲莫悲兮生别离"吗？不曾有过"阁泪汪汪不敢垂"吗？像这样的历史事件，我们真的是不忍细想，也不知该怎么评论。

在"张巡事件"的诸多评议中，王夫之的《读通鉴论》的意见很值得倾听。他在肯定张巡历史功绩的情况下，进一步指出："守孤城，绝外援，粮尽而馁，君子于此，惟一死而志事毕矣。"他说，让你守着一座孤城，没有外援，粮食都吃光了，仁人君子到了这个地步，自己一死殉国也就罢了。"过此者，则恣尤之府矣，适以贼仁戕义而已矣，无论城之存亡也，无论身之生死也，所必不可者，人相食也！"——你要超过殉国这个尺度，那就容易走向反面了，这叫"贼仁戕义"。不管城之存亡，不管身之生死，无论如何都不能做的就是吃人！王夫之在最后充满激情地得出结论："张巡吃人，不谓之不仁也不可！"在主流话语的强大压力下，王夫之尖锐地指出张巡的行为是"贼仁戕义""所必不可者，人相食"，而且下了一个"不仁"的最终结论。这些呼声一浪高过一浪,就好像是一道横天而至的闪电,曾经那么短暂而灿烂地照亮了人道主义的漫漫夜空。

什么是大思想家?什么是大师?当社稷丘墟,法统崩塌,呼天无灵,悲愤填膺,他们并不因为食人可以为自己捍卫的阵营带来某些利益而违心地高唱赞歌。他们懂得,不管什么借口,人都有不被同类吃掉的权利;他们懂得,在应该坚守的民族国家利益之上,还有"仁"的根本原则永远不能被动摇和毁弃。在我看来,对张巡事件的评议正好可以凸现王夫之作为大思想家的阔大气象和深沉情怀,也有助于我们理解何谓"天下事,少年心"。

王夫之晚年还有一首《鹧鸪天·自题肖像》,《清词史》中未选,我以为有点遗憾,这是王夫之一生的"结案陈词","天下事,少年心"在这里能看得更加清楚:

> 把镜相看认不来,问人云此是姜斋。龟于朽后随人卜,梦未圆时莫浪猜。 谁笔仗,此形骸,痛愁输汝两眉开。铅华未落君还在,我自从天乞活埋。

屈大均的《梦江南》

再来看屈大均(1630—1696)的《道援堂词》。在清初诗坛,屈大均与陈恭尹、梁佩兰并称"岭南三大家",洪亮吉论诗绝句云:"尚得昔贤雄直气,岭南犹似胜江南",认为他们的风骨和成就都超过了钱谦益、吴伟业、龚鼎孳并称的"江左三大家"。作为"岭南三大家"之首座,屈大均的诗史地位远远高过他的词史地位,但他的词也不可小觑,在清初词坛足称一家。

"晚清四大家"之一的朱祖谋以《望江南》论清代词人,题屈大均云:"湘真老,断代殿朱明。不信明珠生海峤,江南哀怨总难平。愁绝庾兰成。"一方面,这首词以为屈大均之词风是来自陈子龙的遗韵,这样说并不准确。严先生以为屈氏词更多的是"豪健":"主要表现为风云气盛，有股郁勃怒张之势，所以词中展现的空间开阔，悲壮情韵弥漫于一种寥廓感中。"① 为什么"豪健""寥廓"呢？这与他常年远游边关绝塞的任侠生涯有关系。

顺治七年（1650），清兵围广州，屈大均为避祸削发为僧，法名今种，字一灵，名其所居曰"死庵"，以示誓不为清廷所用之意。顺治十三年开始，以化缘为名开始云游四海，足迹半天下，尤其在陕西、山西一带为多。为什么大家都把目光瞄准这个地方呢？顾炎武的《天下郡国利病书》中有一个看法：陕西地处黄土高原，地势较高，从军事作战的角度来讲可谓居高临下，可以势如破竹，从秦朝开始，历代君主从陕西起事者一般都可以克定大业，所以秦晋一带是未来大明朝恢复的根本。因为长期漫游北方，得江山之助，他的词风显得苍茫寥廓就不难理解。

另一方面，朱祖谋的词也很有价值，它的确点出了屈大均"哀怨愁绝"的特征。像屈大均这样的遗民之辈，对故国怀有深情，在个人情感方面也是"情之所钟，正在我辈"。他在陕西榆林游历的时候，遇到了一个叫王华姜的女子。两个人情谊深笃，结果回到广东没有几年，王华姜一病不起，年仅二十五岁。屈大均伤痛欲绝，写下《哭华姜》绝句一百首，这恐怕是中国历史上篇幅最大的一组悼亡诗了。

了解了上述背景，我们再来读屈大均的《梦江南》二首：

> 悲落叶，叶落落当春。岁岁叶飞还有叶，年年人去更无人。红带泪痕新。

> 悲落叶，叶落绝归期。纵使归来花满树，新枝不是旧时枝。且逐水流迟。

第一首的"叶落落当春"需要加个注释。我是东北人，在江南生活过几年，但都不能理解为什么春天会落叶。直到 2010 年春天去广州

---

① 《清词史》，第104页。

开会，当地的老师告诉我广东的树都是春天长出新叶子，把旧叶子顶下去，所以都是春天落叶的。我这才恍然大悟，懂得了屈大均这句词。文化学研究中有一项"地理环境决定论"，在很大程度上，所处的地理环境决定了文化的内容。比如说，北方人比较习惯穿深色衣服，其实是因为北方风沙较大，气候干燥，浅色的衣服穿出去一天，回来就看不得了，深色的衣服显然比较耐脏。到了江南烟水之地，大家就喜欢穿浅色的、鲜艳的衣服，因为比较潮湿干净。这当然是最表层的现象了，这些年以广州大学曾大兴老师为代表，一批学者致力于文学地理学研究，取得了诸多可观的成果，很值得关注。

回到《梦江南》。这两首词可以作悼亡悲逝词来看，说是悼念王华姜的，或是悼念其他友人的都可以，很有朱祖谋所说"哀怨愁绝"的味道。但是如果我们结合屈大均的生平心事，又觉得如此理解显得格局小了一些，简单了一些，其背后是不是有着更沉郁的关于社会现实的关切与感喟呢？所谓"岁岁叶飞还有叶""纵使归来花满树"，会不会是表达光复大明的期望和信心呢？但是"年年人去更无人""新枝不是旧时枝"，在抱有满腔希望的同时，眼看大势衰颓，狂澜难挽，心头也不免生出一叠叠的悲怆吧！

就遗民群体而言，"年年人去更无人"至少有两层含义：一种是人天永诀。每逝世一个人，遗民阵营中就少掉一个人；另一种就是改变立场、逐步离开遗民阵营的人。比如康熙十七年（1678）所开的博学鸿词科对遗民阵营就是一次沉重打击，大量持遗民立场的名士，上到黄宗羲、傅山，下到朱彝尊、潘耒，最终都不同程度地承认了清朝正统的合法性，其中有些抵抗，也都是少数人，而且能量也很微弱了。这一类迹象不都是"年年人去更无人""新枝不是旧时枝"吗？我们不能确定屈大均写这两首词时内心一定想到了这么多，他的意旨可能在有意无意之间，但"作者未必然，读者何必不然"，我们根据屈大均的行迹心性联想到这些，应该也不全是捕风捉影的无根游谈吧！

泪珠儿，从今止；眼珠儿，从今洗

在我看来，明清之际的文化巨人除了顾、黄、王三大家之外，方以智也应该算一个。方以智出身桐城方氏文化望族，祖父方大镇是大理寺少卿，相当于今天的最高人民法院副院长，父亲方孔炤任湖广巡抚，地位超过一般的方面大员，所以方以智与陈贞慧、侯方域、冒襄并称"明末四公子"，一身而兼有仕宦书香世族的特征。至于他本人之才华横溢尤令人惊叹，不仅在传统的诗文书画领域称一时俊杰，也不仅介入朝政，具有相当的影响力，而且在哲学、宗教、自然科学等方面具有卓越的造就。他早年受西方传教士毕芳济、利玛窦影响，广泛阅览西方科学书籍，成为最早接受"地圆说"和"脑主思维"说、最早提出金星水星绕太阳运行、最早做"小孔成像"物理实验的中国人之一。单从这一点来说，就不愧为中国文化史的一位奇人、通人和巨人。方以智研究近些年来成为海内外多个学科研究的热点，著作林林总总，其中任道斌先生的《方以智年谱》和余英时先生的《方以智晚节考》最为著名，也最为重要。

方以智存词不多，但水准颇高，严先生称其词"不仅为清初遗民词的精华，也是有清一代安徽词人足称冠冕的名家"①。我们这里只看一首，《满江红·梧州冰舍作》：

> 烂破乾坤，知消受、新诗不起。正热闹、黄金世界，红妆傀儡。兰蕙熏残罗绮骨，笙歌饯送沙场鬼。被一声、霹雳碎人间，春心死。　泪珠儿，从今止；眼珠儿，从今洗。见青山半卷，碧云千里。鸣涧响遮归鹤语，冷风剪破雕龙纸。几万重、楼阁一时开，团瓢里。

在明末清初的变乱年代，方以智的一生也和别人一样，极尽曲折跌宕之能事。他崇祯十三年（1640）中进士，任翰林院检讨。李自成攻进北京，方以智被捕，并遭胁迫指认同僚。我们下文要讲到的龚鼎孳就自述说，他当时化妆成"小家佣保"，就是方以智把他的真实身份揭穿的。后来方以智乘机脱逃至南京福王政权，马士英、阮大铖等将其卷入

---

① 《清词史》，第107页。

"逆案"，意欲除之而后快。方以智于是伪装道士逃到天台、雁荡山中，靠卖药为生。顺治三年（1646），方以智在南明桂王政权任职，又追随桂王败逃梧州，数年后被清兵拘捕。广西提督马蛟麟胁迫其投降说："官服在左，刀剑在右，你自已选择吧！"方以智从容弃官服就刀剑，视死如归。马蛟麟佩服不已，亲手解开绑绳，允许他出家为僧，羁养于梧州古刹冰井寺。这首《满江红》就作于此时。

　　了解上述背景，我们才能体会到这首词的内蕴。诚然，其中有一些佛教思想的渗入，比如"几万重、楼阁一时开，团瓢里"就很典型，在一定程度上显示了方以智目前的僧人身份，但更不能忽视的是其中与僧人身份很不匹配的那种热肠热血。"烂破乾坤""黄金世界，红妆傀儡""被一声、霹雳碎人间""泪珠儿，从今止；眼珠儿，从今洗"等句子都是激切喷薄，咄咄逼人，不仅刻画出自己的风骨气质，也为易代之际遗民一辈剪出了很清晰的侧影。我们这一节讲到的四位遗民词人有三位是出家人（屈大均系出家后又还俗），这就很清晰地显示出清初僧道群体与遗民群体极大范围的交集，除了上面提到的几位，著名的遗民诗僧至少还有函可、担当、苍雪、函昰、读彻等。小说《西游补》的作者董说也是其中一员，他的法号叫作南潜，字月涵，这一特定时期的文化史、诗歌史现象是很值得深入研究的。

第六讲
"辇毂诸公"首座龚鼎孳
与"秋水轩唱和"

顾贞观晚年有一封写给朋友的《论词书》，里面总结清初词坛风会有一段精辟之语："自国初辇毂诸公，尊前酒边，借长短句以吐其胸中。始而微有寄托，久则务为谐畅。香严、倦圃领袖一时。唯时戴笠故交，担簦才子，并与宴游之席，各传酬和之篇，而吴越操觚家闻风竞起，选者作者，妍媸杂陈。渔洋之数载广陵，实为斯道总持，二三同学，功亦难泯。"这就是说，清初词坛的"辇毂诸公"（也就是各位高官）对风气的转换起到了非常重要的作用。其中首先提到的那位"香严"指的是龚鼎孳，我们可以名之为"辇毂诸公"首座。

双料贰臣

龚鼎孳这个名字大家可能比较陌生，但在明清之际，他既是一言九鼎的高官，也是名扬四海、与钱谦益、吴伟业并称"三大家"的大才子，同时又是一个面目复杂、难以简单定论的历史人物。我受严先生《清词史》的影响，对龚鼎孳很早就发生了兴趣，1998 年所作的硕士论文就是《龚鼎孳研究》，2001 年所作博士论文《清初金台诗群研究》中龚鼎孳也占了很大篇幅，算是最早系统研究龚鼎孳的人之一，所以可以多说一点。

龚鼎孳（1616—1673），字孝升，号芝麓，合肥人，所以世称"龚合肥"，明崇祯七年（1634）中进士时年仅十八岁，授湖广蕲水（今湖北浠水）知县，因在扫地王农民军包围中孤城坚守七年有功而上调中央，任兵科给事中。这个官职品级不高，但主监察弹劾，权力颇大。龚鼎孳少年得志，耿直敢言，曾创造了一个月连上十七份弹劾奏章的记录，其中且包括周延儒、陈演两位首辅大学士。明末党争是否导致亡国、如何导致亡国是件很复杂的事情，我们在这里不细说，但可见当时龚鼎孳意气风发、勇于担当的状态。崇祯十六年（1643）十月，龚鼎孳因为连参权臣惹怒了崇祯皇帝，被关入监狱，几个月后刚被释放，李闯王的大顺军就攻入了北京。

龚鼎孳被闯军俘虏后投降，接受直指使的任命，大概相当于在明朝的职位。又过了两个月，大顺军大败于山海关一片石，满清军团进京。龚鼎孳再次投降，仍担任给事中。贰臣历史上很多，像龚鼎孳这样短短几个月投降了两次其他政权的则还不多见，所以我称他"双料贰臣"。此后短短一年中，龚鼎孳连升三级。到顺治十年、十一年（1653—1654），已经升到了吏部右侍郎、户部左侍郎、都察院左都御史的高位，大概相当于今天的组织部副部长，财政部常务副部长、监察部长，这十年左右龚鼎孳可谓青云直上，一帆风顺。顺治十二年（1655），他因为审理案件时偏向汉人受到处分，被降为上林苑蕃育署署丞，差不多就是孙悟空担任过的弼马温角色，是个养马的官儿。八年后又恢复左都御史的官职，此后历任刑部、兵部、礼部尚书，并于康熙九年（1670）、十二年（1673）两任会试主考，官职声望达到顶点，但不久即病逝，没有能够进一步发挥自己在历史舞台上的作用。

大节与小节

按传统眼光进行政治的、道德的裁判，龚鼎孳这样无耻的"双料贰臣"是应该一棒打死、无可商量的，因为他大节有亏嘛！这样说很简洁明快，但还需要注意另外一些"小节"。

首先是龚鼎孳对遗民故交的保护。我们来看这样几件事。

第一，顺治十年（1653），湖南遗民陶汝鼐遭遇"叛案"，被判死刑。龚鼎孳为之宛转开脱。

第二，顺治十一年（1654）桂王政权派往山西的总兵官宋谦准备起兵被捕，供认与自己来往策划的有一位"朱衣道人"傅山傅青主。傅山于是被捕讯问，一年后以"实不知情"无罪开释。这件事真相一直没能说清，直到民国时期清史专家邓之诚考证了三法司的原始档案，才知道主审官是左都御史龚鼎孳，"盖有意宽之"。我们现在看傅山的集子，其中并没有与龚鼎孳往还的迹象，看来傅山自己也不知道有这么一位"恩人"。

第三，徐州阎尔梅破家抗清，被清廷视为眼中钉肉中刺，遭遇通缉最严酷的时候，他曾令自己的妻妾自杀，又恐怕朝廷发掘泄愤，预先推平了祖坟，只随身带了一个儿子亡命天涯。康熙初年，朝廷颁布诏命，凡从事抗清活动者，只要投案自首，保证日后不再从事反清活动，就可以无罪释放，但阎尔梅等人不在其列。阎尔梅没办法，只好联络了自己的老友刑部尚书龚鼎孳，两人在京城外的一座破庙秘密见面，请他为自己疏通。最后阎尔梅居然成功获得"宽大"，在此后的京师文人聚会上常常会看到他的身影。这件事最为著名，也最难以置信，所以后来的一些文献如《随园诗话》中就演绎出了"捕快来到龚尚书府搜查阎尔梅，龚夫人顾媚将阎藏在闺房里才躲过一劫"之类的传说。

除了这几件"官司"，龚鼎孳还在家里庇护和供养着不少遗民之辈。南京纪映钟、黄冈杜濬、湖南陶汝鼐都是一住十年，所以当时又有"长安三布衣，累得合肥几死"的说法。龚鼎孳庇护供养这些老朋友到什么程度呢？杜濬从京城回到老家，路上没有钱买茶叶，写信给龚鼎孳，龚鼎孳赶紧寄钱供他买茶。回家后一看女儿大了要出嫁，办不起嫁妆怎么办？写信给龚鼎孳，龚鼎孳又寄钱给他女儿办嫁妆。

这些举动，以前我们常常戴着有色眼镜，或者说这是新朝权贵对故明遗民的有意羁縻和笼络，或者说这是龚鼎孳出于内心愧疚的"自赎"行为。我认为未免看得太浅了，我在博士论文中说："这是一种穿透和抛弃了政治对立以后的在人文生态驱动力作用下的行为结果，惟有此推动力，龚才能把全副身心投入在这一实质的'文化拯救'工程上，而遗民界对于龚的广泛认同和赞誉之超越同负重望的钱、吴也只有通过这一角度方能真正辨析清楚。"

这里的最后一句话是什么意思呢？前文吴伟业部分我们曾经讲过，钱谦益、吴伟业都受到过当时舆论的严厉讥刺，但针对龚鼎孳这位远比钱、吴 "无耻" 的 "双料贰臣" 的讥讽似乎并不多，也不严重。杜濬反而在一篇文章中说："求之当世，处以为身者当如宣城沈耕岩先生，出以为民者当如合肥龚芝麓先生"，也就是说，当遗民要像沈耕岩，当官要像龚鼎孳，这是非常高的评价了。

寄声逢掖贱，休作帝京游

龚鼎孳对待遗民故交可谓尽心竭力，在奖掖后进、爱惜人才方面美谈更多。我们后文要讲到的顾贞观最早就是经过他的称赏，才获得大学士明珠聘为家庭教师的机会，这才有了后来与纳兰性德的交谊，以及 "绝塞生还吴季子" 的千古佳话。还有一位溧阳人马世俊，进士落榜，穷困潦倒，拿着文章求见龚尚书。龚鼎孳读至悲壮之处，热泪盈眶，马上赠与他 "炭金" 八百两白银。"炭金" 是委婉的说法，意思是供买炭取暖的，而八百两在当时是很大一笔钱了。马世俊度过难关，第二年竟然一举考中了状元。

特别应该提到的是龚鼎孳对两位文坛巨擘朱彝尊和陈维崧的爱惜誉扬。顺治末年，朱彝尊所依靠的同乡前辈曹溶在广东左布政使任上被降为大同兵备道，朱彝尊正处于 "无枝可依" 的凄惶时期。康熙二年（1663），龚鼎孳与夫人顾媚见朱彝尊《酷相思·阻风湖口》词有 "风急也，潇潇雨；风定也，潇潇雨" 之句，大加叹赏，以顾媚的名义拿出一大笔钱赠与朱彝尊。这件事朱彝尊感戴终生，所以康熙十二年（1673）龚鼎孳去世时，他写了《龚尚书挽诗》八首，悲情苦语，十分真挚，甚至写下了 "寄声缝掖贱，休作帝京游" 的决绝语。缝掖，大袖单衣的意思，儒者所服。朱彝尊的意思是：龚尚书已经去世了，那些贫苦书生不要再来京师了，因为没有人再欣赏你们了！

康熙七年（1668），一代词宗陈维崧结束 "如皋八年" 的漂泊生活，携新刻《乌丝词》辗转抵京。龚鼎孳既是他父亲陈贞慧的老朋友，更欣赏这位故家子弟"文章似海，转益苍茫"的才华，[1] 竭尽力量推奖接济。为了给陈维崧扬名，龚鼎孳曾经大张筵席，遍请官场文坛名士做客。把所有人安排好座位后，才隆重请出陈维崧，让他一介青衣坐在首席。大家都非常惊讶，可也有心胸狭隘者愤愤不平的。再过若干年，有一位席上的宾客出任江苏学政，特地找来陈维崧，专门要考他不擅长的八股文，准备寻衅滋事。陈维崧知道这是那次宴会惹的祸，央求了不少朋友才把这件事摆平。这当然是后话了，可也足见龚鼎孳当年对陈维崧赞赏鼓吹到了何等地步。

君袍未锦，我鬓先霜

世事常有尽心竭力而不能为者，以龚鼎孳的地位和努力，陈维崧这次京师之行还是一无所获，铩羽而归。对这样的结果，龚鼎孳无可奈何，又十分痛惜，临别之际，写下六首《沁园春》为陈维崧赠行。我们来看两首：

> 髯且无归，纵饮新丰，歌呼拍张。记东都门第，赐书仍在；西州姓字，复壁同藏。万事沧桑，五陵花月，阑入谁家侠少场？相怜处，是君袍未锦，我鬓先霜。　秋城鼓角悲凉，暂握手、他乡胜故乡。况竹林宾从，烟霞接轸；云间伯仲，宛洛褰裳。暖玉燕姬，酒钱夜数，绾髻风能障绿杨。才人福，定清平丝管，烂醉沉香。

> 彼美何其，绣口檀心，婉娈清扬。怪须髯如戟，偏成斌媚；文章似海，转益苍茫。玟瑁为簪，珊瑚作架，十五城偿价未昂。朱弦发，听短歌日短，长恨情长。　无端雪涕欢场，尽潦倒、荒迷事不妨。胜流黄思妇，鸳机组织；从军荡子，马硝腾翔，有托而逃，是乡可老，粉黛英雄总断肠。君试问，任痴人济济，谁似羚羊。

---

[1] 龚鼎孳：《沁园春·读乌丝集和顾庵阮亭西樵韵》句。

第一首最打动人的地方肯定在 "相怜处，是君袍未锦，我鬓先霜" 这几句，其字里行间洋溢着的惋惜、同情、爱誉，我们数百年之后读起来仍觉得深受感动。第二首值得一说的是 "须髯如戟，偏成妩媚" 这两句。陈维崧是历史上第一个给自己画填词图的人，他请了一位善画的和尚大汕画了一幅《迦陵填词图》，"设色横幅，髯敷地衣坐，手执管伸纸欲书，若沉吟者，意象洒如。旁一蕉叶，坐丽人，按箫将倚声，云鬟铁衣，神仙中人也"①。这幅画在词坛引起巨大轰动，并引发了晚清民国的 "填词图热"。夏志颖有一篇《论 "填词图" 及其词学史意义》，对此有系统的清理，可以参看。② 从图中看，陈维崧确实没有辜负自己 "陈髯" 的绰号，一部大胡子颇为潇洒，但是 "须髯如戟，偏成妩媚"，如此阳刚的外貌，填出小词却楚楚动人，极其妩媚，这就形成了一个人、文之间的不小反差。

引申开说点闲话，这样的人、文反差其实很不少，足以构成一个文学史现象。我们读诗词小说，一般都会习惯性地根据自己阅读的感觉把作者想象成心目中完美的形象，觉得这样芬芳的文字一定是出自什么什么样子的帅哥美女之手，可惜有的时候大谬不然。传说有一位四川内江女子，看了《牡丹亭》以后入了迷，把作者汤显祖和书中的柳梦梅想象成了一个人，于是千里迢迢来到江西临川寻找自己的梦中情人，结果见到汤显祖 "皤然一老翁也"，顿觉天旋地转，人生失去了全部意义，于是投水自尽。可见古代人追星的疯狂程度一点都不亚于我们，甚至还犹有过之呢！

这个例子比较极端，也过于悲惨了。就一般状况来说，纳兰性德传世最可靠的一幅画像是由大画家禹之鼎手绘的，一点儿也不像钟汉良演绎的样子，不仅粗豪，也很苍老，说他五六十岁都有人信。再比如金庸先生，他的小说洋洋千万言，可谓舌灿莲花，辩才无碍，可本人却有些口吃。他当《明报》老板的时候常常不找手下谈话，布置工作就写个纸条交给别人，可见 "须髯如戟，偏成妩媚" 是具有一定普遍性的。

其他的词句我们不详细解释了，就算粗读一遍，词篇中的真挚情感

---

① 沈初：《陈检讨填词图序》。
② 《文学遗产》2009 年第 5 期。

已经足够打动我们。作为当事人，陈维崧当然感激莫名，无可言喻，当时的唱和之作中即有"四十诸生，落拓长安，公乎念之""古说感恩，不如知己，卮酒为公安足辞""况仆本恨人，能无刺骨；公真长者，未免沾裳"这样的动情佳句。十一年后，陈维崧考中博学鸿词科，任翰林院检讨，想起当年龚鼎孳送给自己的"君袍未锦，我鬓先霜"之句，仍然感动涕零，于是用龚氏平生最钟爱的"秋水轩唱和韵"写下了"论深情、碧海量还浅"的一首《贺新郎》：

> 事已流波卷。忆春帆、酒中浇恨，将词排遣。填到销魂千古曲，烛泪一时齐泫。红渍透、吴笺蜀茧。知己相怜袍未锦，论深情、碧海量还浅。丁香结，甚时展。　　买臣自分难通显。又谁知、此生真见、禁林春扁。俯仰钟期成隔世，便化云中鸡犬。也刻骨、衔恩未免。今日锦袍虽换了，记前言、腹痛将他典。买素纸，向公剪。

长歌当哭，情难自已，一段词坛佳话这才画上句号。

临去世之际，龚鼎孳仍念念不忘汲引后进，他把吴江诗人徐釚托付给同僚梁清标，道："如虹亭（徐釚号）之才，可使之不成名耶？"这是他此生最后一个"美谈"，却足以使他的文化人格在这句奄奄一息的嘱托中闪出最耀眼的光彩。他毕生破家"养士"，去世后四壁萧然，给自己刻文集的钱都没有留下不说，还因为生前典贷，债主盈门。很多债主看见堂堂尚书府的清寒状况，不由得眼泪汪汪，"叹公清介"。遥想此景，不免令人深觉怅然。

这不是"小节"！也不是可以在断言其"为人实无本末"后轻描淡写地说一句"好集令誉"（邓之诚语）、"又真能爱才"（沈德潜语）便可带过的！我们需要那些慷慨赴死的忠贞之士昭示人间大义所在，也需要那些品行皎如日月的遗民之辈昭示民族气节所存，然而我们就不需要龚鼎孳这样一种看来不那么凛然神圣者为民众、为文化作一些切实有益之事了么？莫非有了政治这面"正义"之帜就可以对他伟岸高洁的个人品节漠然视之，甚至嗤之以鼻？余秋雨说："其实个人人品最是了不得，最不容易被外来的政治规范修饰或扭曲。在这一点上，中国历史对'大节'、'小节'的划分常常是颠倒的"①，此语用之于龚鼎孳，实在是太精辟了！

秋水轩东道主

谈龚鼎孳对清初词坛的影响，他自己的创作只占一小部分，由他推动的"秋水轩唱和"是继红桥唱和、江村唱和之后的又一次大规模唱和活动，参加人数之多、作品质量之高都远超前两次。那么秋水轩唱和是怎么发生并蔚成规模、产生巨大影响的呢？这个问题比较复杂，需要慢慢道来。

要先从"秋水轩东道主"周在浚说起。周在浚（1640—1696 后），字雪客，河南祥符（今开封）人，著名贰臣周亮工（1612—1672）的长子。在乾隆朝敕编的《贰臣传》中，周亮工是排在"乙编"的前几名的。周亮工在明朝任监察御史，入清后一度官运亨通，最高做到户部右侍郎，但际遇也更加坎坷。他在顺治十一年（1654）和康熙八年（1669）两次被判处死刑，但都没有执行。周亮工"两濒于死"是什么原因呢？深层动因应该是南北党争，表层原因则是经济问题。

他到底有没有贪污受贿、巨额财产来源不明等经济问题呢？我没有专门做过考察，但从情理上讲，应该是有的。周亮工在明清之际文化史上是一座重镇，他热衷于著书、编书、刻书，经他手刊刻的书绝大多数都是价值极高的传世之作。如记录福建风土人情的《闽小纪》，如当时文人的书信集《尺牍新钞》《尺牍续钞》《藏弆集》，如记录篆刻家行迹的《印人传》，最绝的是居然还有一部古代数学家的传记《畴人传》。在古代，单刻这些书恐怕就是一笔极大的开销，何况他还经常"振恤孤寒"，花费也很大，我感觉这显然不能单靠他的俸禄来支撑，这里面保不齐有着不少的"灰色收入"。但同时，我在博士论文中写到周亮工这一部分时发了两句感慨："倘真以贪污所得用于刻书，虽亦不光彩，则

---

① 《山居笔记·流放者的土地》，文汇出版社 2002 年版，第 48 页。

又不知贤于后之墨吏几何矣！"答辩的时候苏州大学的王永健老师特地提出这两句，认为有点意思。

回头再来说周在浚。康熙十年（1671），周在浚以"名父之子"的身份游京师，借了他父亲老朋友孙承泽在京城西南郊的一处小别墅下榻，① 此地就是名震词坛的秋水轩。因为其父周亮工的人脉，也因为周在浚个人的才华声望，前来秋水轩作客者络绎不绝，一时间大有文艺沙龙的味道。

盛夏时节，有一位特殊的客人来到，那就是名词人、柳洲词派的代表人物曹尔堪。这一年曹尔堪进京有两个目的：一个目的是了结奏销案。顺治末年，曹尔堪受到奏销案的连累被罢职回家；第二个目的是"营求再起"，希望还能恢复原官。尽管有龚鼎孳等老朋友相助，还是以失败告终。于是打定主意回家了，南下之前，听说周在浚在秋水轩，就过来看望一下。两人相谈甚欢，"秋水一壑，心骨俱清……雨后晚凉，停鞭小坐"②，一时兴起，曹尔堪在秋水轩壁上题写了一首《贺新郎》，抒发此际心境。龚鼎孳看到这首词，大加称赏，唱和再三。纪映钟、徐倬、陈维岳、周在浚、王士禄、杜首昌等陆续加盟，这就形成了清初词坛三大唱和的顶峰——秋水轩唱和。

作为临时的秋水轩东道主，周在浚不仅积极参与，且广泛征集辑录，主持编刻成书。由他刻成的"遥连堂"版《秋水轩唱和词》共收入词人二十六家，词作一百七十六首。按词作数量排序，可制下表：

作者	词作数量
龚鼎孳	22
徐倬	22
纪映钟	17
周在浚	15

---

① 孙承泽（1592—1676），号北海，又号退谷，顺天大兴（今北京）人，崇祯四年（1631）进士，官至刑科给事中，入清官至吏部左侍郎。著有《春明梦余录》《庚子消夏记》《溯洄集》等四十余种。孙氏在明清之际文化史上地位不亚于周亮工，值得有心者探究。

② 曹尔堪《纪略》，引自《清词史》第120页。

续表

作者	词作数量
王豸耒	12
陈维岳	12
龚士稹	8
曹尔堪	7
王士禄	6
蒋文焕	6
黄虞稷	6
王蓍	5
冯肇杞	5
曹贞吉	4
王概	4
宗元鼎	4
杜首昌	4
陈祚明	3
张劭	3
梁清标	2
沈光裕	2
汪懋麟	2
张芳	2
宋琬	1
吴之振	1
吴宗信	1

这个数字已经很可观了，但还只是康熙十年之后一段时间内周在浚个人所辑录的数量。事实上，在当时及其后比较长的时间里，"大江南北先后邮筒互寄者真是洋洋大观，诚所谓'一时词场之盛'"①，秋水轩唱和产生的影响远不止此！

① 《清词史》，第122页。

秋 水 轩 首 唱

那么，秋水轩唱和到底有什么魔力吸引了大江南北的词坛好手，其特征又是怎样的呢？严先生说："秋水轩之集虽然没有提出任何主张和宗旨，但……可以感觉到一种'心骨俱清'为貌、'纵横排宕'其神的离心情绪。唱和篇什中所激射的莫名的悲凉和惆怅、难以言传的郁积极其显然。"① 我们可以从曹尔堪的"首唱"《雪客秋水轩晓坐，柬檗子、青藜、湘草、古直》说起，来体会一下严先生的断语：

> 淡墨云舒卷。旅怀孤、郁蒸三伏，剧难消遣。秋水轩前看暴涨，晓露着花犹泫。贪美睡、红蚕藏茧。道是分明湖上景，苇烟青、又似耶溪浅。留度暑，簟纹展。　萧闲不羡人通显。笑名根、膏肓深病，术穷淳扁。衮衮庙牺谁识破？回忆东门黄犬。沧海阔、吾其知免。埋照刘伶扬酒德，倒松醪、好把春衣典。词赋客，烛频剪。

词上片全写秋水轩景致，只在"剧难消遣""红蚕藏茧"两处隐约逗露出失意情怀，抒情的重心全在下片。"笑名根、膏肓深病，术穷淳扁"，功名之念，深植心中，就是扁鹊这样的医圣恐怕也医不好啊！这是清醒后的自嘲，下两句立即转入锋利的自省和洞察。"衮衮"二字后面常常接"诸公"二字，曹尔堪则径直斥之为"庙牺"——无非是供奉在帝王权力筵席上的祭品而已！一部建功立业、雄心勃勃的历史，在曹尔堪笔下，竟付之以轻飘飘的"庙牺"二字，真是大有庄子的味道，非大清醒的失意者不能道此语。

下句中的"东门黄犬"用的是李斯的典故。李斯是"庙牺"的典型，他当年为秦相，权倾朝野，典章制度尽出其手，为秦朝的建立立下汗马功劳，但是一代霸才被宦官赵高玩弄于股掌之间，最终被推上刑

---

① 《清词史》，第122页。

场，落得个 "具五刑、腰斩、夷三族" 的悲惨结局。在刑场上，李斯看了看同样五花大绑的儿子，说："现在回忆起当年，咱们爷俩儿在上蔡县东门，牵着黄狗满山遍野地追野兔子的时候，那可真是快乐呀！" 曹尔堪把这个典故用来解释 "庙牺" 二字，极妥帖，也极冷峭。此之谓一篇之词眼也。

这一阕 "秋水轩首唱" 给我的总体感觉是 "峻峭" 二字，不光是 "衮衮庙牺谁识破" 的那种心情的 "峻峭"，还包括章法的峻峭和语势的峻峭。章法的峻峭主要表现在上片即景，下片生情，铺陈跌宕，有烘云托月之妙。语势的峻峭则主要表现为韵字之险。我们可以看看韵脚——上片 "卷" "遣" "泫" "茧" "浅" "展" 六个字，下片 "显" "扁" "犬" "免" "典" "剪"，也是六个字。习惯上我们称秋水轩这些词为《贺新郎》"剪" 字韵，其实相比之下这个 "剪" 字还不算太险的，"遣" "泫" "茧" "展" "扁" "犬" "典" 都比它险得多。险韵多，可供纵横驰骋空间就小，那就逼迫你在语势上要极尽巧思，要有很大的词汇量才能把词填好。不能不说，这种韵字之险带来的语势的峻峭是很具挑战性的，它能极大地挑动词坛好手们的逞才斗胜之心，倒要看看用这么险的韵我能不能写好。秋水轩唱和日益扩展到很惊人的规模，这个技术原因我们不能忽视。

秋 水 轩 首 座

周在浚是秋水轩的东道主，曹尔堪发起首唱，这次唱和的第三个关键性人物就是龚鼎孳。他既是当时词坛中官场地位最高的 "辇毂诸公" 之首座，也是积极参与、大力推动这次唱和的 "秋水轩首座"。从上面的详表中我们可以看出，龚鼎孳共填了二十二首 "贺新郎剪字韵"，与徐倬并列冠军，所以当时人即说："《秋水轩唱和词》一编……始于南溪学士（曹），而广于合肥宗伯（龚），纵横排宕，若瑜亮用兵，旗鼓相敌。"①

---

① 汪懋麟：《秋水轩唱和词序》。

龚鼎孳的二十二首"剪字韵"大都写得相当精彩，尤其是其中险而又险的"茧"字韵位。严先生说："'茧'字韵位至为关键，如把意象选得好而准，是最能体现特定心态的点睛之句"①，那么，无论是赠行遗民曾灿的"随旅燕、栖巢如茧"，还是写身世的"沸汤投茧"，状世态的"乾坤围茧"，以及追忆平生的"理不出、乱愁成茧"，全都妥帖沉郁，一字千钧。

"理不出、乱愁成茧"的这一首尤其值得我们看看。词前小序云："《影梅庵忆语》久在案头，不省谁何持去，辟疆再为寄示。开卷泫然，怀人感旧，同病之情略见乎词矣"，这几句话的信息量已经很大了。《影梅庵忆语》是冒襄悼念董小宛的名作，自己的妻子"横波夫人"顾媚是董小宛的姊妹行，同在"秦淮八艳"之列。现在两位绝代佳人都已谢世，所以读起来自然会有"同病之情"溢于言表：

> 雁字横秋卷。乍凭栏、玉梅影到，同心遥遣。束素亭亭人宛在，红雨一巾重泫。理不出、乱愁成茧、骑省十年蓬鬓改，叹香熏、遗挂痕犹浅。肠断谱，对花展。　　帐中约略芳魂显。记当时、轻绡腕弱，睡鬟云扁。碧海青天何限事，难倩附书黄犬。藉棋日、酒年宽免。搔首凉宵风露下，羡烟霄、破镜犹堪典。双凤带，再生剪。

"乍凭栏，玉梅影到，同心遥遣"对应词序中"辟疆再为寄示"一句。翻开《影梅庵忆语》，似乎看见了董小宛亭亭玉立的样子，怎能不让人为之泫然？"骑省十年蓬鬓改"的"骑省"是指悼亡诗的鼻祖潘岳，这里借指自己和冒襄。"帐中约略芳魂显"则是用了汉武帝李夫人的典故。李夫人病逝后，汉武帝思念不已，于是找来方士少翁设坛作法。武帝在帐帷里看到烛影摇晃，隐约见一身影翩然而至，却又徐徐离去，便凄然写下《李夫人歌》："是邪非邪？立而望之，偏何姗姗其来迟。"龚鼎孳用这个著名典故，既关合自己对顾媚、冒襄对董小宛的思

---

① 《清词史》，第117页。

量悼念，又再次强调《影梅庵忆语》追魂摄魄的艺术魅力，可谓一石双鸟。但是，无论怎样深沉的思念，也是 "碧海青天何限事，难倩附书黄犬"，已经人天永诀，不可能把这份思念传递给对方了！只能 "藉棋日、酒年宽免" 而已。长日下棋，长年饮酒，只用 "棋日酒年" 四个字就浓缩提炼出来了，极其新颖，语势也峻峭，是全篇写得最好的地方。

下文 "羡烟霄、破镜犹堪典" 这一句也深可玩味。表面来看，这是简单翻用了 "破镜重圆" 之语，往深想一层，难道这里没有包含着自己作为贰臣身名瓦裂的愧悔吗？与同列的钱谦益、吴伟业相比，龚鼎孳的自忏自赎要弱得多，但弱不等于没有。借着悼念妻子流露出的这一点悲凉是很能透现出龚鼎孳复杂的内心世界的。

就龚鼎孳个人来说，晚年的 "秋水轩剪字韵" 构成了他词创作的又一座高峰。因为写得多，又写得好，八年后陈维崧在填词悼念他的时候才说：合肥夫子平生最爱秋水轩剪字韵，集中唱和多达数十，所以我悼念龚先生也用了这个 "剪字韵"，"所谓招魂必效楚声也"。这话讲得也很真诚，也很有意思，足以看出龚鼎孳与秋水轩唱和之间的紧密关系和重要作用。

五 和 秋 水 轩

我在研读清代词史和学写诗词的过程中，对 "秋水轩剪字韵" 印象特深，三十年中曾五次用之填词。这里只说三、四两次。

1998 年春天，我来到苏州大学参加博士生入学考试，也终于见到了景仰八年、通信四年的严迪昌先生。5 月 11 日，在先生府上长谈，回来后填一阕 "秋水轩" 呈先生一笑：

> 奇花新雨卷。但残春，茫茫百事，谁驱谁遣。先生高卧复高谈，一笑温然破法。语细细，抽丝剥茧。我亦生涯磨坷惯，兴湍扬、肯较当年浅。酒正醇，眉应展。　　袞袞浮世谁通显。吾但眠，林间牖下，随人圆扁。游戏文章谋粱稻，一半空中苍犬。偶狂

言，师其宽免。先生定知敝意久，只微醺、闲闲翻坟典。香奁句，何须剪。（此日谈及拙作武侠说部《剑圣风清扬》，向先生解释风清扬一夫三妻非出所愿，先生以为无妨。故末句云云）。

这首词大抵是写实，我当时的茫然失落而又雄心勃勃，先生微醺之后的温厚慰藉，基本上都写出来了。这是我的人生转折点之一，是自己走上学术道路的开始，所以敝帚自珍，我很看重它"记事珠"般的意义。

2001 年博士毕业后，我回到母校吉林大学执教。仅仅过了两年时间，严先生即重病入院，至 8 月 5 日，终告不治。我千里迢迢回苏州为先生送行，哀痛之余，以秋水轩韵填词一阕，置于先生灵前：

> 蓦地惊飙卷。立中宵、荒荒万绪，谁能飏遣？忆到杨枝塘外雨，泪同旧雨急泫。平生事、枯蚕缚茧。蝶梦布衫徒自苦，想可能、苦海回头浅。眉间锁，几回展？　　伤心全藉奇文显。凭腕下、凤起蛟腾，月丰云扁。卅年横箫复说剑，轻他琦琮豚犬。只在劫、失意难免。七百余日别未久，竟重来、与此断肠典。天人痛，若刀剪。

同样在《诗词课》里，我谈到了自己的这首习作："当年与先生初见面的时候，我就用了秋水轩韵，五年后再用居然已是悼念，'天人痛，若刀剪'绝非虚言。先生的去世对我是非常巨大的精神打击，感觉精神上的大树轰然倒塌，此后不再有凉荫的庇佑，也不再有方向的指引。三年之后，我受同门的委托，主持《严迪昌先生纪念文集》的编纂工作……出版以后，我才逐渐觉得心理上接受了与先生永别的事实，终于无奈地平静下来了。'每从醉酣追往梦，聊凭文字证因缘，天意总难言'，这就是人生况味吧！佛家讲'爱别离苦'，那真是深刻的哲学！"

第七讲
哀艳无端互激昂：
陈维崧与阳羡词派（上）

通过前面的讲述，我们应该对百派争流、千帆竞渡的清初词坛有了比较清晰的印象，但单靠这些相对散碎的片段，还不足以让我们理解李一氓先生提出的、严先生在《清词史》中贯彻的著名判断："论清词不崇顺康，则有清一代为无词。"我们要把眼光看向清初词坛乃至清代词坛的重点区域，那就是成就卓绝、影响深远的两大词派：阳羡与浙西，以及共同构成清初词坛巅峰地位的"京华三绝"：纳兰性德、顾贞观和曹贞吉。

先来谈阳羡宗主、我的第一偶像陈维崧。从年轻的时候读到《湖海楼词》，我就特别喜欢陈维崧，所以拿他的名和字给自己儿子命名。虽然后来由于研究方向的调整，没做过很深入的陈维崧研究，这份喜欢则一直保存了下来，直至现在。

从"家门煊赫"到"饥驱四方"

陈维崧（1625—1682），字其年，号迦陵，江苏宜兴（古称阳羡）人。宜兴陈氏在晚明以书香仕宦著称，气节之重，享誉天下。维崧祖父陈于廷在天启朝官至左都御史，是东林党的中坚，与阉党殊死争抗，品格刚介。父亲陈贞慧与方以智、侯方域、冒襄有"明末四公子"之目，曾经参与起草声讨阉党阮大铖的名文《留都防乱公揭》，这是明末政局中的一件大事。崇祯十一年（1638），亲近阉党的杨嗣昌入阁拜相，阮大铖在南京欣喜若狂，四处扬言："吾将翻案矣，吾将起用矣"，陈贞慧闻之，不胜愤慨，与吴应箕、顾杲共同商议，写成"大字报"（公揭），邀集了一百四十多人的签名满城张贴，给了阮大铖及其背后的阉党势力猛烈一击。阮大铖只好混迹于城外的牛首山一带，不敢入城，往日嚣张气焰荡然无存（陈贞慧：《防乱公揭本末》）。陈贞慧因此文此事扬名天下，成为新一代的复社领袖。当然，这件事情也产生了一些后果。阮大铖从此对东林、复社士子刻骨怀恨，在南明投靠马士英掌握大权后，对陈贞慧为首的"清流"群体实施疯狂报复，酿成了一批冤案。陈贞慧在南明亡后，埋身乡里，至死足迹不入城市，被黄宗羲称为"清流"之魁。我们在讲吴伟业的时候提到过陈贞慧高居竹楼、不践新朝土地的事情，遗民立场之坚贞让人肃然起敬。陈维崧的叔祖陈于鼎、陈于泰等也都以文章气节著名于世。所以，宜兴陈氏家族，单纯从家族文化的角度来看，也是明清江南地区文化望族中很有价值的一支，值得做一点文章。

　　陈维崧生长在这样的环境中，自幼就深深受到激昂慷慨、毅烈悲壮的情感熏沐。根据他的自述，十岁的时候"禀祖父命，代作杨忠烈（杨涟）像赞"，已经写出"衣冠之祸，剧于娆圣，六月霜飞，白虹贯井"的苍凉语。十七岁考中秀才，为一县之冠，翌年拜在陈子龙门下学诗。不久明朝灭亡，陈维崧从早年的"家门煊赫""不无声华裙屐之好"的"意气横溢"状态迅速堕入"中更颠沛，饥驱四方"的飘零生涯之中。[1] 特别是陈贞慧顺治十三年（1656）病逝以后，家里遭到豪强大族咄咄逼人的凌迫，陈维崧为避祸飘零到如皋，在冒襄的水绘园中寄身八年之久，三弟陈维岳飘荡湖海，四弟陈宗石则入赘到商丘侯氏，当了侯方域的侄女婿。兄弟四人，三个漂流在外，只剩下二弟陈维嵋株守田园，保护祖先留下的基业。在那样的乱世中，世家大族的凋零是格外迅速而剧烈的。于是，怀着重振门楣的愿望，一向抱有浓郁故国之思的陈维崧在康熙十七年（1678）经大学士宋德宜推荐应"博学鸿词"科

---

[1]　陈宗石（维崧四弟）：《湖海楼词跋》。

考试，以第一等第十名授职翰林院检讨，参修《明史》。仅三年以后，就在眷故怀乡的寂寞凄凉中罹患重病，临终前曼声长吟"山鸟山花是故人"，旋即溘然长逝。

第一身份是词人

陈维崧文学造诣多端，其诗上承陈子龙、吴伟业，藻绘瑰丽，感慨深沉，为吴氏娄东一派高弟子，"梅村体"的重要传人之一。他的《拙政园连理山茶歌》《寄黄黎洲先生求为先人志墓》《顾尚书家御香歌》等一批歌行如果掩去姓名，置之乃师集中，一般人是不易分辨的。

其文骈散兼长，而骈文尤精，称得起清代一大作手。其笔力之重大、摛藻之富艳、音节之铿锵、格调之峻拔，都远在同时诸名家之上，因而在骈文史上据有很重要的一席之地。我的同门师弟杨旭辉教授著有《清代骈文史》，花了很大篇幅对陈维崧的骈文予以论述，各位可以参看。在我看来，清代也是骈文的振兴期，一般的中国文学史教材常常只提到汪中的《哀盐船文》，那是远远不够的。最起码，清初骈文两大高手，陈维崧和"红豆词人"吴绮是应该占有一定地位的。陈维崧非常重视自己的骈文，临终前留遗嘱的时候不谈诗词，唯独牵挂骈文。他说："别的事情我也不大遗憾，最可惜者，我心中还有两千篇骈文没有写出来！"足见他的骄傲和自负。

尽管如此，陈维崧的骈文成就还是为词名所掩。在各体裁中，陈维崧对词用功最深，成就、名气也最大。他的《湖海楼集》共五十四卷，词竟然有三十卷之多。这个比例是很不寻常的，绝大多数别集都是诗文比重占得比较大，陈维崧的词占了全集卷数的一半以上，说他的第一身份是词人是没有争议的。这三十卷词一共有1629首，加上辑佚所得应该在1700首上下。这个数字是苏轼词作的近五倍，辛弃疾的近三倍，所以陈廷焯在《白雨斋词话》中说陈维崧"填词之富，古今无两"，就古人来说，的确如此。我近些年研究近百年词史，现当代颇有一些人在数量上是超过陈维崧的记录的，至于质量，那就相去甚远。所以写得既多又好，陈维崧还是拥有这项中国词史纪录的。

早在当时，他的词创作就已经得到词坛同人的崇高赞誉，并且以自己卓绝的艺术实践吸引和团聚着宜兴一地近百家词人，形成清代前期产生巨大影响的阳羡词派，他是理所当然的词派宗主，也是清代词坛的一代宗师，千年词史的超一流高手。

无事不搜，无意不入

陈维崧的词不仅数量惊人，对于词体功能的拓展尤其贡献杰出。在他手中，无论在理论层面或者创作层面，词都真正得到了与经史诗文并驾齐驱的推尊，获得了空前的解放。翻开一部《湖海楼词》，我们透过词人的如椽之笔，看到了那个特殊时空当中的风云幻化、喜笑悲愁。举凡战事之凶险，故国之追念，山水之隽美，百姓之疮痍，文人之雅趣，闺阁之幽情，都活脱脱地涌现纸端，真可称"无事不搜，无意不入"的词史未有之壮观。在他的笔下，一切"诗庄词媚""词别是一家"之类固陋的陈说都被扫荡无遗。就其作品题材的广度和深度而言，特别是那种"存经存史"的卓绝见地和庄严精神而言，陈维崧的创作堪称是"前不见古人，后不见来者"的。

带着这样一种眼光浏览他为我们描绘的璀璨繁复的现实长卷，可以清晰地觉察到一种呼之欲出的"哀"的悲剧底蕴。那原是一个悲剧的时代，词人又经历着悲剧的人生，那么浓郁的"哀情"怎能不借淋漓文字一吐为快？在词中，陈维崧哀故国，哀家族，哀身世，哀生民，哀英烈，哀友朋，哀一切可歌可泣之人，哀一切可啼可笑之事。这份"哀艳无端"的"激昂"情韵真正展现了一代词坛大师的沉痛怀抱，也让我们得以窥见那一代知识群体共通的心路历程。

陈维崧词铸就的独特艺术个性和风神，为词史贡献了鲜明奇崛、不可替代的"这一个"。关于迦陵词风，其同乡挚友、阳羡词派三驾马车之一的蒋景祁有一段话值得注意，他说："读先生之词者，以为苏辛可，以为周秦可，以为温韦可，以为左、国、史、汉、唐宋诸家之文亦可。盖既具什佰众人之才，而又笃志好古，取裁非一体，造就非一诣，豪情艳趣，触绪纷起。"（《陈检讨词钞序》）蒋景祁的断语指出两点：第一，迦陵词才情艳发，气魄绝大；第二，迦陵词风格多端，各极其美。他的话虽夸张一点，但也抓住了要害，不能算是乡曲阿私之言。

这里我们要特别补说的是：如何认识前人论迦陵词每以辛弃疾为标准来比较其短长的问题。艺术渊源的追溯是必要的，但是过分关注其相同点，容易导致对迦陵、稼轩之间的差异视若无睹，也不能确切估价陈维崧的词史价值和地位。实际上，差异不仅有，而且，恰恰是时代、经历、主体才性等诸多方面的差异才将陈维崧与辛弃疾这两位后先交映的词坛巨擘区分开来的，也让我们看到一部烂熳丰富的词的历史。所以从某种意义上讲，"关注差异"正是我们观照明清诗词等"冷门"断代文体的一个基本而重要的原则。何谓"关注差异"？如果把鲁迅先生的感慨"一切好诗到唐都已做完"当成学理性判断，并视为金科玉律，随之发展出"一切好词到宋都已做完"之类的定理，那么，我们的清代诗词研究，或者说唐宋以后的诗词研究就完全被取消了合理性和合法性。实际上当然不是如此，元明清时代的诗词自有他自己的价值。价值从哪儿体现？是在"差异"而不是在相似点当中体现的，所以说，关注差异，我们的研究才有基本的落脚点。

哀民生之多艰

抒述民生之哀痛向来不是"小词"的主题，就算推而广之，以"农村""田园"命名的话，田园诗、农事诗在诗里边是一大宗，但是在词里面就远远够不上一宗。苏轼写过"牛衣古柳卖黄瓜""道逢醉叟卧黄昏"，辛弃疾写过"七八个星天外，两三点雨山前""城中桃李愁风雨，春在溪头荠菜花"，我们印象比较深的大概就是这几首了。像范成大《四时田园杂兴》那样写农村生活的各个方面，尤其写民生疾苦的，在清代之前我们还很少见到。到了清初，陈维崧倡导词与经史诗文可以等量齐观，那就自动自觉地把经史诗文反映的主题拿到词中来反映，"长太息以掩涕兮，哀民生之多艰"的现实精神和历史责任感使这一类型成为他和阳羡同人着力抒述的重大主题，这是时代发展、词史发展的一个好的信息，也是清词自成体格的一个重要方面。先来看《南乡子·江南杂咏六首》中的两首：

> 天水沦涟，穿篱一只撅头船。万灶炊烟都不起。芒履，落日捞虾水田里。

> 鸡狗骚然，朝经北陌暮南阡。印响西风猩作记。如鬼，老券排家验钤尾。

《南乡子》有好几体，我们常见的是平韵格，双调，陈维崧用的是《花间集》中的"欧阳炯体"。两首小词，前一首写水灾。在天水交接的浩茫中，一只小船穿过篱笆。这是词人在苍苍泽国中给我们摄取的一个特写镜头。寻找湮没在水下的可怜的财物？或者寻找一点可以果腹的吃食？词人不说，但一种苍凉已透现纸端。由此展开去，岂仅这一只小船在孤寂地漂泊？千家万户其实都在饥寒交迫之中！他们只能穿着草鞋，迎着夕阳，捞几颗虾来做一家人的晚餐了。可是即便这样萧瑟的生涯，依然还不能躲开令人窒息的苛捐重税。后一首开篇就是酷官暴吏的《下乡图》。所谓"悍吏之来吾乡，叫嚣乎东西，隳突乎南北，哗然而骇者，虽鸡狗不得宁焉"，柳宗元《捕蛇者说》中这怵目惊心的一幕依旧不走样地上演于每一寸土地！税吏们在完税文书盖上猩红如血的公章，再一家家查验，唯恐有没交税的漏网之鱼。面对如此狰狞面目，词人不作评论，只轻轻点染以"如鬼"二字，即已活画出了暴吏们狰狞可憎的面目与民众发自心底的极端愤懑之情，笔调冷峻之极。

以词特别是小令的形式抒写类似杜甫《三吏》《三别》的主题，是陈维崧的创新，足以见出他的真胆识、真精神。用笔则意不说破，锋芒内敛，若绵里藏针。评论家们如陈廷焯等颇有为迦陵词不能"沉郁"而感到遗憾的，看看此类作品，从情感到笔调，哪里不够"沉郁"了呢？

再来看《水调歌头·夏五大雨浃月，南亩半成泽国，而梁溪人尚有画舫游湖者，词以寄慨》：

> 翠釜一朝裂，铜狄尽流铅。江南五月天漏，炼石补仍穿。骤若淫龙喷沫，狂比长鲸跋浪，庐舍没长川。菱蔓绕床下，钓艇系门前。　今何日，民已困，况无年。家家秧马闲坐，墟井断炊烟。何处玉箫金管，犹唱雨丝风片，烟水泊游船。此曲纵娇好，听者似啼猿！

我们都熟悉杜甫《自京赴奉先县咏怀五百字》的名句："朱门酒肉臭，路有冻死骨。"如今，在陈维崧的家乡，大雨浃月之后，一面是"墟井断炊烟"的灾民，一面却有"犹唱雨丝风片"的"画舫游湖者"，这岂不正是杜诗的又一个隔代版本？词人又怎能不捉起如椽之笔，"词以寄慨"？

词上片极写水势之狂猛，灾情之严峻，"翠釜""铜狄""天漏""淫龙""长鲸"等一系列意象排闼而至，笔调也和洪水一样湍流汹涌，极尽渲染之能事。有了上片的极意铺陈，下片开头才有基础发出"今何日，民已困，况无年"的大声疾呼：就是平常年景，老百姓的日子已经够困窘的了，何况今年又没有任何收成！问题是，面对如此人间惨相，那些"画舫游湖"者怎么还有心情看着"玉箫金管"，听着"雨丝风片"，他们到底是何等样的心肝？词到最后，作者已经怒发冲冠，他忍不住要一针见血地正告那些悠哉悠哉的富贵闲人："此曲纵娇好，听者似啼猿！"这十个字气势凛然，字字有千钧之力，那些富贵闲人听在耳中，能不面如土色吗？

词的上片极力铺叙，过片夭矫振起，煞拍卒章显志，就笔法而论，也是迦陵词中的上乘佳作。至于那些不亚于杜甫的震撼人心的大声疾呼，更是足以穿越时空，一直震响在我们的耳畔。

明亡三十年祭

赵园先生在《明清之际士大夫研究》曾经总结过一个现象——

“遗民不世袭”，那就是说，在明朝有官职、有功名的可以做、也应该做遗民，他们的后代则不强求做遗民。从这一点来说，陈维崧出仕不算是污点，但是因为陈氏家族与大明朝盘根错节的渊源，故国之思在他身上一点都不显得稀薄，那也就成了他的词创作的另一个重要主题。

先来看《夏初临·本意，癸丑三月十九日用明杨孟载韵》：

> 中酒心情，拆绵时节，瞢腾刚送春归。一亩池塘，绿阴浓触帘衣。柳花搅乱晴晖，更画梁、玉剪交飞。贩茶船重，挑笋人忙，山市成围。　蓦然却想，三十年前，铜驼恨积，金谷人稀。划残竹粉，旧愁写向阑西。惆怅移时，镇无聊、掐损蔷薇。许谁知？细柳新蒲，都付鹃啼。

需要解释一下词题中的“本意”二字。词体在初起的时候是没有词题的，词牌即是词题。比如“雨霖铃”就写雨声滴沥，“女冠子”就写女道士，“临江仙”就写一个女子（一般是女道士）站在江边，顾名思义，“夏初临”写的就是夏天刚刚到来的景象。大概到北宋的张先才开始有简短的词题，比如他的名作《天仙子》，也就是“云破月来花弄影”那一首，就加了词题，说州里举行宴会，自己没能参加，略有怅惘，不过是说明了词作的背景而已。真正将词题与词作形成一个“互动”的不可分割的有机整体，要到“指出向上一路”的苏东坡。他的名作《定风波》，词前小序云：“三月七日，沙湖道中遇雨。雨具先去，同行皆狼狈，余独不觉，已而遂晴，故作此。”舍去了这篇小序，就不能理解他的“莫听穿林打叶声，何妨吟啸且徐行”“一蓑烟雨任平生”“也无风雨也无晴”等警句的内涵，更不能理解他借自然界的风雨“写心”的深意。

顺便一说，我们熟悉的武侠小说大家金庸在《天龙八部》五册书里写了五首“回目词”，用的就是“本意”之法。如第一册写段誉游历奇遇，故调寄《少年游》；第二册写乔峰的胡汉身世之谜，故调寄胡地乐曲《苏幕遮》；第三册写萧峰冲锋陷阵，平楚王之叛，故调寄《破阵子》；第四册写虚竹与天山童姥、李秋水、梦姑之纠葛，故调寄《洞仙歌》；第五册写萧峰自尽之悲壮结局，故调寄《水龙吟》。文献记载，《水龙吟》为笛曲，声情凄壮，与萧峰自尽的氛围相合。

这样的词作虽近乎文字游戏，笔力用心也很不一般了，且此类"文字游戏"既非人人可玩，也不是才情窘狭者可以玩好的。五首"回目词"中，似应以《苏幕遮》《破阵子》《洞仙歌》较佳，意境之浑成雄厚则以《破阵子》称最。由"塞上牛羊空许约"二句联想到萧峰一掌打死阿朱、偕隐之梦化为泡影之大转折，真令人仰天浩叹！

回头来看陈维崧这首词，他用"本意"二字并不是简单地发思古之幽情，跟后面的"用明杨孟载韵"一样，起的都是伪装和淡化的作用。杨孟载即杨基，明初著名诗人，与高启、徐贲、张羽并称为"吴中四杰"。陈维崧想伪装淡化什么呢？夹在中间的"癸丑三月十九日"！癸丑，康熙十二年，公元1673年。"三月十九日"，我们现在看起来觉得很平常，但在明清之交上下几代人的心中，这绝对是一个铭心刻骨的日子。甲申年（1644）三月十九日，明思宗朱由检自缢于煤山的歪脖树上，标志着大明王朝的正式灭亡。而本篇写于康熙十二年，上距甲申正好三十年！明白了这一节，我们就完全可以给这首词换一个题目——《明亡三十年祭》！

严先生评价陈维崧与阳羡词派，常常用"气盛胆张"四个字，我以为这首词是最典型的气盛胆张。尽管这个时期康熙亲政，改变了此前的高压策略，又值三藩之乱，朝廷顾不上大兴文字狱，但是顺治末到康熙初的几起大案才刚过去十几年而已，刀光剑影，依然寒人毛发，陈维崧居然稍加伪装淡化，其实也相当于直白地写出了"明亡三十年祭"，没有胆气哪敢如此下笔！

词上片还是写得很纤徐舒缓的。"中酒心情，拆绵时节，瞢腾刚送春归"，"中酒"意同"病酒"，不一定真的喝酒，主要写心情的慵懒。"拆绵"，换下棉衣，穿上单衣，即《论语》所说"暮春者，春服既成"的意思。以下从"一亩池塘"到"山市成围"都是铺叙初夏景致：浓绿扑帘，柳絮飘飞，燕子呢喃，满载着新茶的船到处都是，卖春笋的人来往穿梭，本来萧疏冷清的山间野市忽然变得熙熙攘攘，好不热闹！

这样的热闹生机和我们的预期是很不同的。明亡三十年祭，应该很冷清、很悲凉、很萧瑟才对，但偏偏写得极生动、极热闹、极秾丽，那么很显然，这是为下片的突转蓄气势、做铺垫的。"蓦然却想，三十年前，铜驼恨积，金谷人稀"，笔触如刀，直接探向三十年前的亡国之恨。三十年间，沧海桑田，人世变幻，但心中那份亡国伤痛却不因时光流逝而凋残。"划残竹粉，旧愁写向阑西。惆怅移时，镇无聊、搯损蔷薇"，这几句极写自己的怅惘愁苦，既宕开上句过于直露、干犯忌讳的亡国之悲，也为下句埋下伏笔。煞拍的"细柳新蒲"用杜甫《哀江头》"江头宫殿锁江门，细柳新蒲为谁绿"的语意，杜诗前两句是"少陵野老吞声哭，春日潜行曲江曲"，那么这四个字就潜含着野老吞声、匍匐江滨的意绪，再加上啼血的鹃声，一派黍离麦秀之感就表达得极为浓足。

本篇借"夏初临"之外壳抒写亡国悲慨，匠心独运，章法谨严，以淡墨写深哀，一片苦情呼之欲出，是陈维崧的精心结撰之作。

南曲第一苏昆生

孔尚任的经典剧目《桃花扇》在末出第四十出之后特别增加《余韵》一出，为全剧作结。《余韵》中三个人物，一个老赞礼，是虚构的；另外两个都实有其人，一个是我们讲过的柳敬亭，还有一位是号称"南曲天下第一"的大歌唱家苏昆生。三人相见，共话沧桑。老赞礼自弹弦子自唱【问苍天】一段，柳敬亭自弹弦子自唱【秣陵秋】一段，苏昆生则自敲云板唱弋阳腔【哀江南】套曲一套。最后一段【离亭宴带歇指煞】堪称是千古绝唱，"眼看他起朱楼，眼看他宴宾客，眼看他楼塌了"三句更是把历史真谛一语道破：

> 俺曾见金陵玉殿莺啼晓，秦淮水榭花开早，谁知道容易冰消。眼看他起朱楼，眼看他宴宾客，眼看他楼塌了。这青苔碧瓦堆，俺曾睡风流觉，将五十年兴亡看饱。那乌衣巷不姓王，莫愁湖鬼夜哭，凤凰台栖枭鸟。残山梦最真，旧境丢难掉，不信这舆图换稿。诌一套哀江南，放悲声唱到老。

苏昆生（1600—1679），原名周如松，河南固始人，流寓南京，以善歌出入公卿府邸和青楼妓院，与柳敬亭一起投入左良玉幕下。左良玉死后，苏昆生一度出家为僧，后在苏杭一带以歌求食。他度曲有出神入化之妙，吴伟业称其歌唱"阴阳抗坠，分刊比度，如昆刀之切玉"，并为他与柳敬亭合作《楚两生行》，为"梅村体"中名作之一。可见，苏昆生与柳敬亭一样，都是身系南明痛史的符号化人物，孔尚任将他们写在《桃花扇》结尾，本身就凸显了这两位风尘奇士之于这段历史的特殊认识价值。陈维崧秉持乃师吴梅村先生的意思，以《贺新郎》一调赠苏昆生，诗词相映，辉耀文坛：

> 吴苑春如绣。笑野老、花颠酒恼，百无不有。沦落半生知己少，除却吹箫屠狗。算此外、谁欤吾友？忽听一声河满子，也非关、泪湿青衫透。是鹃血，凝罗袖。　武昌万叠戈船吼。记当日、征帆一片，乱遮樊口。隐隐柁楼歌吹响，月下六军搔首。正乌鹊、南飞时候。今日华清风景换，剩凄凉、鹤发开元叟。我亦是，中年后。

开篇以吴苑春色领起，刻画出苏昆生"花颠酒恼""沦落半生"的颓唐。颓唐是因百无聊赖，百无聊赖则是由于国亡家破造成的满腔块垒，那么听到凄凉的《何满子》旋律，啼鹃之血怎不打湿衣衫？一个匍匐江滨水涘、感慨细柳新蒲的"野老"形象至此定格，且凝成遗民群整体人格之象征。

下片追忆苏氏周旋于左良玉幕府之往事，大明朝复辟最好的契机就在"月下六军搔首"之际灰飞烟灭。然则作为此段史事的第一目击者，这位"鹤发开元叟"心底当然会泛起阵阵凄凉。本来，词笔一路聚焦于苏昆生，至此已经神完气足，但陈维崧濡染大笔，偏偏在煞拍写出"我亦是，中年后"六个字。这真是惊人的一笔！当年叱咤风云的"你"垂垂老矣，而昔日意气道上的"我"不也到了中年，且心底是一样的衰飒，一样怀抱着历史的悲慨、亡国的哀怨？以此知心语绾结全篇，既得寄赠之三昧，又使题旨加倍深厚，用笔之妙，真是令人叹为观止。

一副生绡泪写成

陈维崧抒写故国之思的第一名作当推《沁园春·题徐渭文〈钟山梅花图〉，同云臣、南耕、京少赋》：

> 十万琼枝，娇若银虬，翙如玉鲸。正困不胜烟，香浮南内；娇偏怯雨，影落西清。夹岸亭台，接天歌管，十四楼中乐太平。谁争赏？有珠珰贵戚，玉佩公卿。 如今潮打孤城，只商女、船头月自明。叹一夜啼乌，落花有恨；五陵石马，流水无声。寻去疑无，看来似梦，一幅生绡泪写成。携此卷，伴水天闲话，江海余生。

阳羡词人群有多次联章和作，如"虎丘五人墓"感怀先烈，"无锡鬼声"折射世情，康熙十年（1671）的这次题画"实质上是一次群体性的凭吊故国活动，而且又是只在阳羡一派内部特有的'大题'之作"[1]。徐渭文，名元珙，是阳羡名画家，词人徐喈凤的堂弟。有些文献误作"徐渭"，那是把他和大名人徐文长弄混了。康熙十年，徐渭文游南京，陈维崧赠序就嘱咐他要"一访畸人而隐于绘事者"，也就是心怀兴亡之痛的隐逸之流。大明朝一始一终都在南京，徐渭文画的这幅《钟山梅花图》自然也别有怀抱，隐寓了浓稠的故国之思。阳羡词人以不同词调题咏殆遍，形成了一种绝好的图文互动格局。在这些酬唱作品中，陈维崧这一篇无疑是翘楚，就连对其词风不少指摘的陈廷焯都说这首词"情词兼胜，骨韵都高，几合苏、辛、周、姜为一手"。

"十万琼枝，娇若银虬，翙如玉鲸。正困不胜烟，香浮南内；娇偏怯雨，影落西清"，这几句以雄奇绮丽的意象写钟山梅花之壮观妩媚，"困""香""娇"等字眼暗暗逗起下文的"夹岸亭台，接天歌管，十

---

① 《清词史》，第178页。

四楼中乐太平。谁争赏？有珠珰贵戚，玉佩公卿"数句，词笔步步探入。当贵戚公卿在接天歌管中乐享太平的时候，殊不知已经"渔阳鼙鼓动地来，惊破霓裳羽衣曲"了！下片直接"如今潮打孤城，只商女、船头月自明"一句，由昔日之繁华转入今日之荒凉，更点出亡国主题，再顺势接上"一夜啼乌，落花有恨；五陵石马，流水无声"的对句，亦景亦情，将遗民心绪烘托得具体可感。"寻去疑无，看来似梦，一幅生绡泪写成"，这三句既是情感蓄积至此必然有之的感慨，更是全篇最警策悠远之"词眼"。是画？是愁？是泪？全都打叠在这一声浩叹之中了。

我们刚才提到陈廷焯的评语，他说这首词"几合苏、辛、周、姜为一手"，这不能算是过誉，但他主要还是从气体、字句等技术层面着眼。如果从立意的大处看，我们应该看到这首词中蕴含着非常复杂的遗民心绪。诸如"一夜啼乌，落花有恨"的哀思，对"珠珰贵戚，玉佩公卿"们"十四楼中乐太平"的误国行径的怨慨，以致"寻去疑无，看来似梦"的泪眼愁看，这都是遗民群体孤臣孽子感情的披露。悲凉，幻灭，欲哭无泪，欲隐无地，这些悲凉沉郁的情绪都是包孕在清词丽藻之间的。越是以漂亮的字面来写，这种悲凉就越撼人心魄，此之谓"加一倍法"，以乐景写哀，其哀倍之。

这次独特的酬唱联吟格局，其实是阳羡词人借徐渭文这幅《钟山梅花图》遥寄故国哀思，是负载了清初知识阶层心灵史的一次活动，所拈者为大题目，寄寓者为大意义。在清朝初年，因为这种民族情绪而遭致惨祸者不知凡几，故而"一幅生绡泪写成"的悲戚后面其实隐藏着刀光剑影，也寄寓着这一词群非凡的胆力和勇气。对此，我们不能不在"知人论世"的前提下予以表彰。

"今古事"与"身世恨"

怀古咏史之作也是《湖海楼词》的一大宗。在总结陈维崧的"精悍""横霸"风格形成的原因时，严先生特地强调了他的史识史才："自辛弃疾以后，在清初吴梅村是善用史笔入词的一位，陈维崧则以其纵横议论、洞照古今的手眼大大发展了一步。"① 并举《满江红·汴京怀古》中"夷门""官渡"两首为例。我以为如果再细分的话，他的怀古咏史词还可以划成两类主题：一类抒发故国沦亡的黍离之悲，一类寄寓英雄失路的身世之感。《满江红·秋日经信陵君祠》当数后者：

> 席帽聊萧，偶经过、信陵祠下。正满目、荒台败叶，东京客舍。九月惊风将落帽，半廊细雨时飘瓦。柏初红、偏向坏墙边，离披打。　今古事，堪悲诧；身世恨，从牵惹。倘君而仍在，定怜余也。我讵不如毛薛辈，君宁甘与原尝亚？叹侯嬴、老泪苦无多，如铅泻。

这首词有的文献认为作于康熙七年（1668）陈维崧入京求仕不得、失意南归途中，乍一看很合理，但我们查一下周绚隆先生的《陈维崧年谱》，就能看到陈维崧康熙七年暮冬时节才从北京动身，到开封已将岁暮，不可能"秋日"经过信陵君祠堂。其实陈维崧与中州关系较深，经行开封不止一次，这一次借凭吊信陵君抒发自己的感慨是在康熙十四年（1675）。②

"席帽聊萧，偶经过、信陵祠下。正满目、荒台败叶，东京客舍"，开篇这几句就很有画面感，有点像电影里的航拍镜头。"席帽"，古代流行的遮阳帽，古人常以"席帽随身"来指求取功名，这就奠定了全篇的失意基调，为后文的身世之感张本。接下来是工整的对句，这是《满江红》的常见做法。出句"九月惊风将落帽"，用的是孟嘉典故。《晋书》载：孟嘉为征西将军桓温参军。某年重阳，桓温在龙山设宴，有风吹落孟嘉帽，嘉不知觉。温命孙盛作文嘲嘉，嘉即答之。其文甚美，四坐嗟叹。此事反映了东晋名士注重清谈玄理、忘情于物外的韵致。作者在这里隐隐以孟嘉的文采风流、雅量高致自拟，以照应前文"席帽聊萧"的落拓之感。对句"半廊细雨时飘瓦"既是写秋日实景，也暗用了李商隐《重过圣女祠》中"一春梦雨常飘瓦，尽日灵风不满

---

① 《清词史》，第205页。
② 周绚隆：《陈维崧年谱》，人民出版社2012年版，第484页。

旗"的名句。"柏初红、偏向坏墙边，离披打"，再以秋雨坏墙、红柏摧折的景象逗引出下片"堪悲诧"的"今古事"与"从牵惹"的"身世恨"。

注意"倘君而仍在，定怜余也"这一句，这是全篇"词眼"，前铺后补，核心就是为了说这一句话。当年温庭筠过陈琳墓曾写过两句诗："词客有灵应识我，霸才无主始怜君"，传递了千古怀才不遇者的心声。陈维崧今日过信陵君祠，他与温庭筠的心志是遥相呼应的，有此一句，胸中的牢骚不平即喷薄而出："我讵不如毛薛辈，君宁甘与原尝亚。""毛薛辈"指信陵君的门客毛公、薛公，秦国乘信陵君留赵不归出兵伐魏。二人冒死劝信陵君归国，解救魏国大难。陈维崧说：如果我有幸和你生活在一个时代，得到你的赏识，难道我不如他们么？而以你的雅量高致，难道宁愿和平原君、孟尝君等人并列么？

需要特别注意，"君宁甘与原尝亚"并不是非要贬低平原君和孟尝君，这是古代诗文常见的"尊题之法"。杨慎《升庵诗话》云："书生作文，务强此而弱彼，谓之'尊题'"，陈维崧经信陵君祠，自然要"尊"信陵君，于是说"君宁甘与原尝亚"，改天到河北，经平原君祠，再写一首怀古词，那就要"尊"平原君，改成"君宁甘与陵尝亚"了。这是用笔之法，不能当真，主要目的还是抒发自己肮脏不平的怀抱。煞拍"叹侯嬴、老泪苦无多，如铅泻"三句以凄凉叹息照应开头，仍回到失意落寞的现实之中。陈廷焯《白雨斋词话》有评语云："慨当以慷，不嫌自负。如此吊古，可谓神交冥漠。"何谓"神交冥漠"？所谓"吊古"不是简单发思古之幽情，而是要乘坐时光机器穿越时空，与古人四目相对，促膝谈心，心灵产生同频共振，那才是真正得到精髓的吊古之作。

中原走，黄叶称豪风

一般说来，小令由于篇幅短狭，很难写得波澜壮阔，腾跃激扬。陈维崧则以他出众的才华和惊人的创造力在令词中描绘出一般只能寓于长调的慷慨沉雄境界。这无疑是他对词的发展作出的又一贡献，而怀古之作又最为典型。如《点绛唇·夜宿临洺驿》：

> 晴髻离离，太行山势如蝌蚪。稗花盈亩，一寸霜皮厚。　赵魏燕韩，历历堪回首。悲风吼，临洺驿口，黄叶中原走。

这首词作于康熙七年（1668）十月。这年夏天，陈维崧由避祸八载的如皋冒襄家入京谋职，虽得到龚鼎孳等大僚的激赏，仍失意而归。初冬日，途经临洺驿投宿，在苍茫夜色中俯仰今古，感慨万端，故国之痛与身世之悲一并兜上心头，因有此作。

词上片写眼中景，开头便连用两个奇特的比喻：一是把岩峦静蓄之状比作发髻；一是把山岭跃动之势比作蝌蚪。我觉得前者的灵感来源于黄庭坚的"满川风雨独凭栏，绾结湘娥十二鬟"，已经很精彩了，后者则气魄特大，眼界特高，词境顿时为之一振。此种句子非胸吞云梦者不能道，最能见出迦陵的独异处。为什么这样讲呢？我们现在有飞行器，航拍太行山的全景，一眼就看得出来山势的蜿蜒起伏，但是古人没有飞机，他只能凭眼界胸怀去想象，去"微缩"。李贺写《梦天》诗，最后写到"遥望齐州九点烟，一泓海水杯中泻"，眼光胸怀得有多么宏大、想象力得有多么飞腾辽阔，才能写出这样的句子！

三四句由全景视角转入特写镜头，以盈亩的稗草暗示连年兵祸带来的荒凉灭寂，为下文吊古之幽情伏笔。其"一寸厚"三字质感逼真，力透纸背。下片转入抒情，激荡的情思急漩而起。"赵魏燕韩"诚然是吊古，却也未始不是一个"故明"的符号。就在不到三十年前，此地不还是血火交映，满目疮痍？而自己心怀黍离之悲，行役天涯，日暮途穷，此时心境又怎一个"愁"字了得？于是，悲风怒叫，黄叶飙飞中，一个词人踽踽独行、苍凉悲愤的形象纤毫毕现。"悲风吼"三句凌厉之极，那吼声里也正包涵着词人的郁勃心音。

此词为湖海楼集中名作，现代词曲大师卢前《望江南·饮虹簃论清词百家》论陈维崧云："中原走，黄叶称豪风。小令已参青兕意，慢词千首尽能雄。哀乐不言中"，就是以此篇为焦点的，可以觇见其在《湖海楼词》中的地位。

顺便一说，词学批评史上有两种论词的特殊方式：一种是论词绝句，一种是《望江南》论词词。论词绝句近年来得到了越来越多的关注，而注意《望江南》论词词者不是很多，其实从朱祖谋到姚鹓雏再到卢前，总数也有两百首左右，做个小型的有意义的研究也是没有问题的。

《湖海楼词》中的风声

这次失意南归路上，陈维崧的词创作形成了一个小高潮。《南乡子·邢州道上作》与上面的《点绛唇》几乎作于同时，也很值得一读：

> 秋色冷并刀，一派酸风卷怒涛。并马三河年少客，粗豪，皂栎林中醉射雕。　残酒忆荆高，燕赵悲歌事未消。忆昨车声寒易水，今朝，慷慨还过豫让桥。

这首词比较好读，只讲两点就足够了。其一，本篇最精彩的是"一派酸风卷怒涛"之句，由此可以联想到，《湖海楼词》中"风"的意象用得很多，也各尽其妙。《点绛唇》里有"悲风吼"，《醉落魄》里有"风低削碎中原路"，《清平乐》里有"怪底烛花怒裂，小楼吼起霜风"，《好事近》里有"话到英雄失路，忽凉风索索"，再加上本篇的"一派酸风卷怒涛"，无不精彩绝伦。那些或凄冷、或悲凉、或激壮、或酸楚的风声其实正是陈维崧心灵深处的回响。

其二，"慷慨还过豫让桥"中的豫让是侠文化史上一个很值得寻味的人物，他所持守的"众人国士"的报施观念是侠文化的一个重要原则。豫让乃晋国人，曾做过范氏和中行氏的门客，但并不知名。后来智伯消灭范氏和中行氏，豫让转到智伯门下，智伯对他极为器重尊敬。不久，"三家分晋"的大戏上演，赵襄子攻灭了智伯，还把智伯的头制成酒器，以解心头之恨。豫让长叹道："女为悦己者容，士为知己者死，不替智伯报仇，我的魂魄也会感到羞愧！"于是变更名姓，漆身吞炭。"漆身"就是在身上涂漆，让皮肤长满恶疮；又怕赵襄子认出自己声音，吞下火炭，烧坏声带，在市上行乞，连妻子见了也认不出他。金庸在《倚天屠龙记》中写的明教光明右使范遥改名苦头陀，卧底汝阳王门下，用的就是豫让这一手，只不过把漆身改成毁容，把吞炭改成装哑巴而已。

不久，豫让埋伏在赵襄子必经的桥下，伺机刺杀，但被赵襄子发觉。赵襄子一脸问号："你在范氏、中行氏门下做过事，智伯把他们全灭了，你不仅不为他们报仇，反而改换门庭，投靠了智伯。现在智伯被我杀了，你为什么这样执着地为他报仇呢？"豫让说："我在范氏、中行氏门下做事，他们以众人（一般人）待我，我自然以众人报之；智伯以国士待我，我又怎能不以国士报之呢？"说罢横剑自刎。

我讲"金庸小说与中国文化"的专题课，后来结集成《江湖夜雨读金庸》一书（辽宁人民出版社 2020 年版），在"侠的报施观念"部分是特别提到豫让的，其中也未尝不含有陈维崧的悲壮之音吧！

长夜哭，阴山后

当然，只沉埋在一己的身世之感中长吁短叹，这个"大词人"的"大"字也是要打个不小折扣的。陈维崧的一千七百篇《湖海楼词》中，目击心伤的时世之痛楚可谓数不胜数，他的名作《贺新郎·纤夫词》就特别呈现了"三藩之乱"中一个被强征的纤夫与妻子的对话，颇有如今的纪录片味道，而当他自己的堂叔陈玉铸被流放极边穷野的宁古塔，堂弟万里省亲，三年始一往返，那种切肤之痛怎能不使他长歌当哭？

> 休把平原绣。绣则绣，吾家难弟，古今稀有。万里寻亲逾鸭绿，险甚黄牛白狗。一路上，夔蚿作友。辛苦瘦儿携弱肉，向海天、尽处孤踪透。三年内，无干袖。　平沙列幕悲风吼。猎火照，依稀认是，云中生口。马上回身争拥抱，此刻旁人白首。辨不出、穷边节候。犹记离乡年尚少，牧羝羊、北海双双叟。长夜

哭，阴山后。

　　——贺新郎·弓冶弟万里省亲，三年旋里，于其

归也，悲喜交集，词以赠之，并怀卫玉叔暨汉槎吴子，即用赠苏昆

生原韵

　　词题中的"卫玉叔"是陈维崧的叔祖、崇祯四年（1631）状元陈于泰的第三个儿子陈玉铸，虽然辈分高，年龄则比陈维崧小七岁。他顺治十五年（1658）被流放宁古塔是因为什么事情呢？根据目前文献还难以考证，最大可能是与前一年的科场案有关。"弓冶弟"名念祖，于康熙十年（1671）前后去宁古塔探望父亲，康熙十二年冬返乡，一时传为令人唏嘘不已的佳话，所以陈维崧说自己"悲喜交集"。词的开篇就是一声高唱："休把平原绣！绣则绣，吾家难弟，古今稀有"，李贺《浩歌》诗云"买丝绣作平原君，有酒惟浇赵州土"，这里反其意而行之，不要绣平原君了！我家这位"难弟"所做的事情远比平原君值得传诵——"万里寻亲逾鸭绿，险甚黄牛白狗。一路上，夔蚿作友"，迢迢万里越过鸭绿江去寻亲，一路上与猛兽蚊虫为伴，遇到的艰难比长江上的黄牛峡、白狗峡要险恶多了。"辛苦瘦儿携弱肉，向海天、尽处孤踪透。三年内，无干袖"，念祖带着自己的儿子探访老人，海天尽处留下了瘦儿弱孙相挽相携的孤苦身影。这三年里，哪有一刻不流泪的呢？

　　下片转入三代人相逢的特写镜头——"平沙列幕悲风吼。猎火照，依稀认是，云中生口。"生口，奴隶之意。千辛万苦，总算看见了自己的父亲，但早已不是"善谐笑，工围棋，嫣秀可喜"（吴兆骞《秋笳集》语）那个江南才子模样，而是如同蛮荒之地的野人一般了。我们完全能够理解严酷环境对一个人的改变可以有多大，只要想象一下小李子在《华尔街之狼》和《荒野猎人》里的不同造型就够了。"马上回身争拥抱，此刻旁人白首"，当一家三代历经漫长时间和艰难历险终于拥抱在一起的时候，那会是何等令人"悲喜交集"的场面！但陈维崧没有从正面花笔墨来写，而是轻轻一句"此刻傍人白首"，万语千言就都说尽了。"辨不出、穷边节候"，"马上回身争拥抱"这一瞬间，塞外的

狂风骤雪仿佛一下子消失，只剩下三代人紧紧相拥、涕泪交流的身影，定格在天地之间！

大家可能记得，史上最佳电影之一《肖申克的救赎》里有这样一个桥段：安迪给监狱的囚犯播放了一曲《费加罗的婚礼》，瑞德的画外音说道："到今天我也不知道那两个意大利娘们儿在唱些什么，其实，我也不想知道。此刻只可意会，无法言传。歌声直上云端，飘向远方，超越了失意囚徒的灰色梦想，宛如美丽的小鸟飞入我们心房。在这一刻，沉重石墙全部消失无踪，鲨堡众囚仿佛重获自由。"我想，陈玉铸祖孙三代当时就是这样一种心境吧！而陈维崧和史蒂芬·金的下笔又是何其相似，难怪有人说："好的文学都是相似的，不好的文学则各有各的不好。"

当时被流放宁古塔的还有大名人吴兆骞，也就是词题所谓"汉槎吴子"，故最后数句将陈玉铸与吴兆骞合写一处："犹记离乡年尚少，牧羝羊、北海双双叟。长夜哭，阴山后"，最后六个字也令人如闻其声，惨然久之。时世的创痛远比穷边极北的风刀霜剑严酷锋利得多，这首词作出了最出色的记录，所以，它是情难自禁之作，长歌当哭之作，也是激荡喷薄之作。尤其是需要读懂那种特定的时代场景，才能够予以真切体会的佳作。

值得补述的是，陈卫玉没有能够像吴兆骞那样得到"大有力者"的臂助而被合法地赎还故里，后来他老无所依，伺机逃归，那时已经是康熙二十五年（1686），也就是陈维崧病逝四年之后。这对情谊笃深的叔侄，终竟没能再见一面。

陈 维 崧 小 结

讲了十首左右的词作，现在我们可以对陈维崧做个小小的总结了。

前面我们提到陈维崧风格多端，各极其美，这是基本事实，那么他的主导风格是怎样的呢？我以为可以用"沉雄凌厉"四个字来概括，严先生在《清词史》中是这样说的："骨力劲挺警拔，气势浑茫磅礴，神思飞扬腾跃，情致酣畅淋漓""纵笔写来，浩浩荡荡，茫茫苍苍，紧裹着一股激烈爆发的冲击力量，完全不顾任何习惯的审美倾向的约束"①，确实如此。从这样的评价我们也可以看出，尽管陈维崧博涉百家，取法众长，但他主要举起的是苏辛一派的大旗。如果按常见的不太科学的豪放、婉约二分法而言，陈维崧是词史上继苏辛之后成就最高的豪放派词人。

值得注意的是，晚清词论家陈廷焯曾发过这样的感慨："迦陵词沉雄俊爽，论其气魄，古今无敌手。若能加以浑厚沉郁，便可突过苏辛，独步千古，惜哉！"对此，严先生一针见血地指出："文学风格是不可能如中药配方那样加减药味，事先构想最佳方案，创作过程中再来修补增删风格构成成分的。"严先生说，陈廷焯下面这段话倒是很符合艺术辩证法的："蹈扬湖海，一发无余，是其年短处，然其长处亦在此。盖偏至之诣，至于空前绝后，令人望而却步，其年亦人杰矣哉！"

确实如此，不仅陈维崧的词有缺点，任何词人都有。问题是我们还应该看到，与缺点共生的长处是什么。更重要的是，他那些最好的作品有没有这样的缺点，我们评价一个诗人/词人，毕竟是要以他的上乘佳作来论定他的风格特征和文学史地位的，所以不能抓住普通作品中的缺点就自诩为有眼光，甚至对其大加贬抑。比如说，有的先生论浙西派殿军郭麐的词，他就找出若干首郭麐比较普通甚至比较差的词摆在那儿，说："你看，郭麐的词写得多差！"这太容易了，我们同样也可以找出苏东坡十首写得最差的词，辛弃疾十首写得最差的词，说："你看，他们的词写得多差！"这样的结论当然是不能成立的。

很多文学史谈到陈维崧的词都不忘了写上一句，说他"不能含蓄，过于直白"，其实在陈维崧所有创作当中，这只是一个很小的支流。很多人都有这个缺点，为什么苏轼不加这一句，辛弃疾不加这一句呢？我想，大概还是因为大家在潜意识层面对清词存在歧视，总以另类眼光视之的缘故吧！

---

① 《清词史》，第 204 页。

向 偶 像 致 敬

古代词人中，陈维崧差不多算是我的第一偶像，尽管没有他的才情，但在自己的习作中，还是受到他的一些影响。比如说，陈维崧最常用的词调是《贺新郎》，《湖海楼词》中有一百多首，所以吴梅先生说："即苏辛复生，犹将视为畏友也。"（《词学通论》）我受其影响（当然也包括辛弃疾的影响），《贺新郎》也填得最多，个别的或许还有点自己偶像的味道。如作于 2012 年秋天的《赠红雨、阿兰、振涛诸兄，兼怀马波》：

> 难得纾愁抱。相逢处，意气犹昔，真薄云表。略似少时旧梦影，狂言尚堪绝倒。浑忘却、中年料峭。毕竟大有萧条感，三日来、三祝活着好。沧桑事，看过了。　　某处墓已生长草。向南天、一杯遥奠，空想音笑。当筵一曲将进酒，人与江山俱老。听来是、苍茫律调。江南江北拍天水，者良辰、高会能多少。秋深矣，送归鸟。

我的师兄兼诗兄马波 2012 年春天因心脏病英年早逝，秋日几位老友聚会，他的去世自然成了中心话题之一，所以有感而发，写了这首词。有几位朋友看后说，"大有迦陵风味"，我心窃喜，虽自己才力不及，不能走他"霸悍"的路数。这首能稍得其"沉郁"，我已经很开心了。

《沁园春》也是陈维崧钟爱的词牌之一，这个词牌里多处可以对仗，有点"词中骈文"的意思，陈维崧是骈文大家，将骈文手段施用在小词上，自然是牛刀杀鸡，盘旋如意。我读迦陵的《沁园春》略有心得，也写了不少篇。2018 年，金庸先生去世，作为他的老读者和半个吃金庸饭的人，不能不有所表示，于是学写了一首《沁园春·别金庸先生》：

呜呼金翁，竟辞人间，我失江湖。记东海桃萼，三春眉妩；北溟冰火，九剑独孤。清眸若星，浮生驰电，降龙掌能降得无？冥冥月，看寒窗雪夜，天外飞狐。　世界漫漫迷途，谢先生、奇文枕边书。将浑沦万象，果因加减；慈悲千手，缘分乘除。梦里河山，刀头人欲，抟作魔幻小拼图。公归矣，剩苍莽烟水，一望模糊。

这首《沁园春》我自己并没有多满意，平平而已，但有一点是我与大多数悼念金庸者不同的：别人常常把着眼点放在"英雄侠义"上面，而我心目中，金庸笔下的江湖更多指向的是"人性"与"悲悯"。"清眸若星，浮生驰电，降龙掌能降得无"，这说的是命运靡常的无力与无奈。萧峰以降龙十八掌纵横天下，所向披靡，但他还是被命运无情地捉弄于股掌之间，不仅从武林中人人景仰的大英雄"堕落"成了杀父母、杀师父、杀朋友的"大恶人"，连"双眸粲粲如星"的心上人阿朱也被他一掌打死了，演出了一场俄狄浦斯式的悲剧。读到"塞上牛羊空许约"那一段，我们的心头又会翻起怎样的波澜！后面所谓"世界漫漫迷途""梦里河山，刀头人欲"等，指向的无非都是悲悯与人性的主题。这是我多年读讲金庸的感悟与体会，那就会不自觉地形诸词章，从而在立意方面"略深一筹"。"谢先生、奇文枕边书"，这是我个人对金庸先生的致敬，也是对自己的词坛偶像迦陵先生的致敬。

第八讲
哀艳无端互激昂：
陈维崧与阳羡词派（下）

阳羡词派的活跃期与基本阵容

上面我们用了不小篇幅来讲陈维崧的词，一直没能讲到以他为宗主的阳羡词派。这一讲我们继续来谈阳羡词派的基本情况，对阳羡词人群进行简单扫描。

关于阳羡词派形成的社会背景、宗法渊源、活动时期、基本阵容、创作风貌等问题，《清词史》已经有所交待，但为了全书的结构平衡，还没有描述得十分详尽。《清词史》出版后，严先生又撰写了《阳羡词派研究》，被推为词学流派研究的开创性、典范性著作。谈阳羡词派，这本书的参考价值要更大一些，但考虑到本书的篇幅与平衡问题，我们同样不取《阳羡词派研究》，而是主要依据《清词史》介绍一些基本情况。

我们从阳羡词派的活跃期说起。严先生在《清词史》中将陈维崧的创作历程分为三期，其创作的起点应该在顺治七年（1650）左右，也就是他自己所说的"是时天下填词家尚少"、自己与邹祗谟董以宁"起而为小词"的时候（陈维崧：《任植斋词序》），那么这也就是阳羡词派活动的时间上限。从康熙七年（1668）到康熙十七年（1678）这十年，既是陈维崧词创作的成熟期、爆发期，也是整个阳羡词派最为活跃、充满生机的时期。随着陈维崧被征"博学鸿词"，北上京城，阳羡词派失去了中军渠帅，慢慢也就淡散下来了。他们活动期的下限，窄一点说，应该在康熙二十一年（1682）陈维崧去世；稍宽一点说，在康熙二十七年（1688）万树去世；再宽泛一点，在康熙三十四年（1695）蒋景祁去世，总共也不过四十年左右的时间。但就在这不长的时间里，区区弹丸之地的宜兴一邑，就围绕着陈维崧涌现出上百位词人，这在词史上几乎是空前绝后的壮丽景观。

百余位阳羡词人中，除陈维崧外，闻名于当时词坛、如今有词集传世者还有二三十家，大概可以分为以下几个层级类别：

一是除陈维崧外阳羡词派的另外两位巨擘：万树、蒋景祁。

二是陈维崧的知交好友，阳羡词派中坚骨干：史惟圆、徐喈凤、任绳隗、曹亮武、董儒龙。

三是陈维崧的兄弟子侄：陈维嵋、陈维岳、陈维岱、陈履端、陈枋。

四是因流寓而入阳羡籍者：史可程、史鉴宗、龚胜玉。

五是词僧：弘伦、原诘、随时。

六是相对外围但也成就不俗者：徐瑶、徐玑、孙朝庆、万锦雯等。

上面的分类标准有些交叉，不严格合乎逻辑，但阳羡派的重要词人基本囊括进来了。严先生对此有极为精彩的论断："阳羡词派是清初变幻动荡的历史背景下聚合起来的一个既有鲜明的政治倾向，又带有浓厚乡土色调的词派。其组成人员中，或是遗老逸民、忠烈后裔，或是迁客谪宦、放废之士。他们或轻狂放逸、寄情烟霞，或愤世嫉俗、浪迹湖海，或侘傺无聊、沉沦下幕，或息隐篱门、酣醉高卧……家国之痛，幻灭之怨，压抑之悲，废弃之愤，又复将他们驱遣到一起，同声以求，同病相怜，相濡以沫，沟通其情，酿变出一组悲慨的、萧瑟的、激荡的、冷峻的、疏放的、凄寂的这样多层次、多音部的和声歌哭。其基调则是郁勃奇崛、凄苍清狂的'商'音。"①

阳羡词派的理论建树

作为一个高度成熟的、成就卓著的词学流派，阳羡词派的理论主张是我们所不能回避的。简单说，陈维崧和他的盟友们的词学理论可以概括为以下三方面。

第一，尊体论。词乃小道，花前酒边，流连风月，这是一直以来大家的一般性认识。虽经过苏辛等天才词人"指出向上一路"，还是没能完全廓清积重难返的成见。特别是经过明代的长时间衰敝，这种观念再一次甚嚣尘上，成为大多数人的共识。陈维崧等人经过对词史的回顾，对时世人心的把握，不仅以卓绝的创作，而且从理论上第一次全面清晰地提高了词的地位。

陈维崧在《词选序》中首先高举起苏辛一派的大旗，他说："东坡稼轩诸长调又骎骎乎如杜甫之歌行与西京之乐府也。"那也就是说，词并不"小"，它的价值是完全可以与顶级一流的诗歌相提并论的。在后文中，陈维崧又将这个提法进一步推进："为经为史，曰诗曰词，闭门造车，谅无异辙"，将大家最看不起的词与最看得起的经、史、诗摆在了同样的位置和高度。所以在文章末尾，他再次强调：我们为什么要做这部词选呢？"选词所以存词，其即所以存经存史也夫。"②

应该看到，这是词史上第一次有人明确地打破了根深蒂固的"学科／文体鄙视链"，把词与经、史、诗放在一起来平视。绵延整个清代词学史的"尊体"之说，源头是要追溯到陈维崧这篇胆识兼备的文章的。

第二，尊情论。既然"尊体"，不视词为小道，必然要以性情作为创作的根基，从而鄙夷那种一味雕琢文藻、讲求门户的习气。这方面徐喈凤《词证》中有一段话讲得特别好：

> 魏塘曹学士《峡流词序》云："词之为体如美人，而诗则壮士

---

① 《清词史》，第171页。
② 均见《清词史》，第184—185页。

也；如春华，而诗则秋实也；如夭桃繁杏，而诗则劲松贞柏也"，罕譬最为明快。然词中亦有壮士，苏、辛也；亦有秋实，黄、陆也；亦有劲松贞柏，岳鹏举、文文山也。选词者兼收并采，斯为大观，若专尚柔媚绮靡，岂劲松贞柏，反不如夭桃繁杏乎？……词虽小道，亦各见其性情。性情豪放者，强作婉约语，毕竟豪气未除；性情婉约者，强作豪放语，不觉婉态自露。故婉约固是本色，豪放亦未尝非本色也。后山评东坡词"如教坊雷大使舞，虽极天下之工，要非本色"，此离乎性情以为言，岂是平论？

这里已经说得非常清楚，只要有真性情，豪放也好，婉约也好，都是本色，何必把"诗庄词媚"一类陈腐之见当成定律，不敢越雷池一步呢？

第三，重音律。崇尚苏辛、推重豪放本色不意味着忽视音律的重要作用，这可以以万树的《词律》二十卷为代表。《词律》共收唐宋金元词六百六十调，一千一百八十余体。万树一一校订平仄音韵，句法异同，确定规格，是词学史上第一部集大成式的词谱，所以后人称这本书"为词宗护法，可谓功臣"（吴衡照：《莲子居词话》语）。

"啮草根求活" 的史惟圆

阳羡词人群中，我们首先来看史惟圆和他的《蝶庵词》。史惟圆是与陈维崧论交三十年的最为密切的词友之一，但其个人行迹没有任何载录，显得非常神秘，简单说，他的人生形态就是"隐士＋寒士"吧！其《念奴娇·自寿》把这种形态写得真切可感，略无扭捏作态处：

> 粗豪意气，忆当年、蚁视中原人物。年少雕虫矜小技，便欲请缨天阙。排突金门，驱驰玉塞，徒有冲冠发。荒鸡夜叫，迢迢魂梦飞越。　谁念暗换年华，依然潦倒，啮草根求活。赢得秋霜明镜里，一裲芒鞋闲客。雨棹烟帆，酒旗戏鼓，流落无人说。冷清清地，夜窗扑尽残雪。

　　单从题材的角度来看，自寿词也是一类容易出彩的好题目。我们读诗词，有一些特殊时间节点的题材是值得注意的，比如说除夕诗词、自寿诗词。不管是某一年的生日，或是某一年的除夕，它牵扯到的常常不是这一天，也不是这一年，而是会盘点这之前的整个人生，生存状态、心灵世界就都呼之欲出了。史惟圆这首自寿词也是如此。一开头说自己"粗豪意气，忆当年、蚁视中原人物"，少年时候何等心志宏阔，理想远大。"年少雕虫矜小技，便欲请缨天阙"，尽管回头看那一点雕虫小技不足道也，但是那种"请缨天阙"的豪情自己也很珍惜。"排突金门，驱驰玉塞，徒有冲冠发"，到"排突""驱驰"两个词，豪气逐渐低落下来了。经过挫折打击，流离颠沛，终于知道自己徒有冲冠之发，那些理想终于被现实磨损得粗粝圆钝，只剩下荒夜鸡叫声中的一片片回忆而已！

　　下片转入眼前的现实，"啮草根求活"五个字是一篇词眼，可谓高度浓缩概括了寒士阶层的生态与品格。寒士和布衣是古代社会两大底层群体，寒士指经济困窘的读书人，布衣指没有功名者，两者既有差异，又常有交集。我们观察古代社会文化生态，这两个群体不仅是重要的组成部分，而且常常是可以挖掘出最真实、最典型信息的那一部分，所以很多有眼光的学者，比如严先生，他的《清词史》和《清诗史》就对寒士布衣群体予以特别的关注与表彰，所谓"特重表微"是也。回到词篇中来，下面的"一緉芒鞋""雨棹烟帆，酒旗戏鼓"都是对"啮草根求活"五个字的细化和强化。到煞拍"冷清清地"四字，既是夜窗残雪之景，也是总括自家状态与心态之句，举重若轻，极清冷，又极鲜活。

　　史惟圆另有一首《减字木兰花·暮冬杂咏》之二，也是写心抒情的上佳之作：

　　　　寄愁天上，碧落青霄平似掌。石破多时，散作春檐夜雨丝。
　　　　埋忧地下，移却南山成旷野。根蔓牵萦，又逐郊原春草生。

这首词换个题目可以叫作"咏愁"，这不仅是最常见的题材，而且前人已经写出了太多"只能被模仿，无法被超越"的经典句子。比如"离恨恰如春草，更行更远还生"，比如"离愁渐远渐无穷，迢迢不断如春水"，比如"只恐双溪舴艋舟，载不动，许多愁"，比如"遍人间烦恼填胸臆，量这些大小车儿如何载得起"。面对这么多"在前"的"珠玉"，史惟圆这首词还是别具一格，别具心裁，很可一读。

词一开篇就是破空奇语："寄愁天上"，注意，这里用的是"完成时"，不是"我想""我要"，而是"我已经"把愁寄放到了天上，那就可以摆脱它了吧？但是并没有——"石破多时，散作春檐夜雨丝"，石破天惊，随着细雨，那愁又从天上回到了人间，照样纠缠着我。那怎么办？——"埋忧地下，移却南山成旷野"，我把愁深深的底下，再拿南山压在上面，这总行了吧？"根蔓牵萦，又逐郊原春草生"——还是不行！那愁又随着春天的绿草生长出来了，还是一样在我眼前摇曳！

奇妙之想，奇妙之笔，史惟圆这首词是足以加入"咏愁诗词"的经典序列中去的，而这样根蔓牵萦、形影相随的"愁"不也正是他"啮草根求活"的寒士心态的另一角度的抒发吗？

"冻雀"曹亮武

再看曹亮武（1637—?）的一首词。曹亮武是陈维崧的中表兄弟，从词风上讲，有清挺健举、不受羁缚的一面。他的《南耕词》中《贺新郎》"马字韵"叠至三十首之多，才情仅亚于陈维崧而已。另外，曹亮武也未见有功名仕履，寒士状态与史惟圆略同。《南柯子·冻雀》很能传递出自己清峻疏寒的心声：

> 无计寻余粒，何心噪野田。忍寒小立冻檐前，盼煞南枝争啅、杏花天。　鹰隼真堪怖，罝罗剧可怜①。一群黄口共啾然，慎尔相

① 罝（jū）罗：泛指捕捉鸟兽的网。《国语·鲁语上》："兽虞於是乎禁罝罗。"韦昭注："罝，兔罟；罗，鸟罟也。"

从饮啄、恣翩翩。

就题面来说，这是一首标准的咏物词。作为诗词之大宗，自古及今，可"咏"之"物"已经越来越少，越来越难翻出新意。但清代词人在这一块土地上还是戮力耕耘，开拓了不少新题材、新意境。浙西词派大树特树咏物之风，其末流甚至走火入魔我们姑且不论，很多见性情、有寄托的题目也常常闪现在清代词人笔下。比如何采（1626—1700）的《柳梢青·咏枭》："莫厌枭鸣，山人衣白，载酒曾听。如拍悲筑，如吹商笛，如轧哀筝。　　不随燕燕莺莺，也不学、时禽变声。明月清风，繁霜积雪，四季三更"，不仅选择了最不吉利、最没有诗意的猫头鹰，而且做的还是正面文章。"不随燕燕莺莺，也不学、时禽变声"，这话是很见风骨的。何采是顺治六年（1650）进士，少年早达，但年方三十即急流勇退，隐逸终老，他引猫头鹰为同调，这里面别见乾坤，大有文章。《南柯子·冻雀》也是这样一种性情寄托兼备的咏物之作。

"无计寻余粒，何心噪野田"，已经吃不上东西了，还有什么闲情逸致在野田里闹闹嚷嚷、叫叫喳喳呢？"忍寒小立冻檐前"，扣词题中的"冻"字，把冬日麻雀写得非常生动，很有画面感。"盼煞南枝争啅、杏花天"，"啅"，鸟鸣之意，多希望春天来了，我们就可以在杏花里穿梭来往，闹闹嚷嚷！

读上片，我们已经能体会到曹亮武所刻画的寒士状态与心态，但还是比较普泛性的，真正凸显出明清之际文人特定心态的还是下片的前两句——"鹰隼真堪怖，罝罗剧可怜"。罝罗，也就是网罗。这十个字一写，那种特定时空中动辄得咎、风刀霜剑的感觉就全出来了。所以后文说"一群黄口共啾然，慎尔相从饮啄、恣翩翩"，看看家里的儿女，咱们还是小心一点，"安全第一"吧（这是李连杰版电影《方世玉》中的一句口头禅）！

表面写"冻雀"，实则写"寒士"，与其说这是曹亮武的自况，还不如说这是他替整个寒士群体发出的心声、画出的肖像。在每一个强权高压的历史时期，敢于付出鲜血和生命的代价相对抗者，如同韩瀚所写的——"她把带血的头颅/放在生命的天平上/让所有苟活者/都失去了/——重量"，这样的人我们当然无比尊敬，但他们也注定是极少数。绝大多数的文人、知识分子在面对"鹰隼""罝罗"的时候，不都是"忍寒小立冻檐前"？不都是"一群黄口共啾然"，劝告自己"慎尔相从饮啄、恣翩翩"吗？从这个意义上说，曹亮武笔下的"冻雀"形象又是超越了特定时空，获得了更多的普泛性的。

万树的 "堆絮体"

史惟圆、曹亮武，还有我们没讲到的徐喈凤、任绳隗都堪称阳羡词派的核心成员，但如果要推出"阳羡三驾马车"的话，另外两驾非万树（1630？—1688）和蒋景祁（1646—1695）不可。

万树以他的巨著《词律》二十卷成为阳羡词派独当一面的巨头，而且开拓、奠基了词学中的"词谱之学"，这个贡献是很了不起的。尽管很多人对万树也有批评指责，《词洁》的编者先著就说他治学粗疏；到民国，冒广生更激烈地说："自万红友一言，误尽学子。郑叔问扬其波，朱古微承其绪，而天下尽受其桎梏矣。"（冒广生《四声钩沉》语）作为筚路蓝缕之作，万树的《词律》有些粗疏是难免的，先著只看到了他的缺陷而回避他的成就，这种攻讦不足为训。至于冒广生的说法，我个人同意他解放格律的态度和立场，但不同意他把"误尽学子"的责任都归到万树头上。

有意思的是，作为词谱词律之学的开创者，万树自己的词不仅不显得晦涩难懂，而且还格外清新流动，大有民歌风味。比如《醉花间·相送》：

> 难相送，不相送，相送难相共。君已满囊愁，添带侬愁重。
> 河澌今夜冻，雀舫移难动。长亭路未遥，易入红楼梦。

词很浅显，没什么好讲的，要注意的是"红楼梦"三个字。"红楼"与"梦"都是诗词中很常见的意象，但"红楼梦"三个字连在一起，我在小说之前只在万树的词里看见过。当然，这与我眼界不宽有关，于是，借助网络的方便我又搜检了一下，比万树用得早的只有一例：唐代诗人蔡京（不是宋代的蔡京）的《咏子规》里有"凝成紫塞风前泪，惊破红楼梦里心"的句子。与万树同时代的也有一例：吴懋谦的《七夕立秋二首》其二中有"殊方白雁愁边鸟，故国红楼梦里人"的句子。到底有没有可能是其中的哪一例影响到曹雪芹对小说的命名呢？这个问题恐怕要交给专业的红学家来解决了。

万树更有意思的一首词是《苏幕遮·离情》：

> 彩分鸾，丝绝藕，且尽今宵，且尽今宵酒。门外骊驹声早骤，恼杀长亭，恼杀长亭柳。　　倚秦筝，扶楚袖。有个人儿，有个人儿瘦。相约相思须应口，春暮归来，春暮归来否？

不难发现，这首词的上下片各有两句重复之处，音节特别谐婉，言情特别深挚。这是万独创的体式，他称之为"堆絮体"，也就是柳絮成堆、上窄下宽的样子，很形象。从"堆絮体"我们可以辨认出万树在词律方面的造诣，同时还关涉一个当代词坛的小掌故。

前些年，网上有一位很有名、也很神秘的女词人孟依依。之所以说她神秘，是因为她成名多年，粉丝无数，但没有人见过她的真面目。不仅从未在线下露面，连照片也没人见过。她的词被称为"依依体"，其中一首《苏幕遮·冬日》是引起过强烈反响的：

> 雪霏霏，春杳杳。一树梅花，一树梅花好。爱惜琼瑶何忍扫。雪满园庭，雪满园庭道。　　念行人，铺素稿。欲写相思，欲写相思巧。只说梅花将落了。君要归来，君要归来早。

这首词被称为"依依体"的代表作，不少人以为是孟依依的创体，后来孟依依自己也澄清了，大家才知道是来自万树。相较之下可以看出，万词较多民歌通俗活泼情味，孟词则稍"雅正"，因而魅力也远不如万词。如不计较水准之高下，网络词人传灯续火的"守正"态度还是可以看得很清晰的，也很可尊敬的。

蒋景祁与《瑶华集》

> 丝尽春蚕吐。检遗编、其人斯在，疾风吹暑。零乱瑶华诗千卷，只少狮儿似虎。论此恨、茫茫难度。绝调广陵人解否？怕伤情、莫再冰弦鼓。铁马暗，櫓前舞。　　君才福报今如许。未争差、玉堂支俸、天厨酌醑。火浣奴衣何堪羡？负郭田荒禾黍。一笑耳、掀髯毋怒。蠹简流传人腹痛，料夜台、李白差无苦。伤往事，总成古。

这首《贺新郎·端阳后四日检迦陵遗集有感》出自阳羡词派第三驾马车蒋景祁。词本身我们不讲了，并没有太精彩，但这首词牵涉一件词坛大事：陈维崧弥留之际，把著作手稿郑重托付给蒋景祁。蒋景祁花费多年心血，选编了《陈检讨词钞》十二卷，并选钞了陈维崧的诗文及骈文。从这个意义上讲，蒋景祁是保存整理陈维崧创作文献的第一人。

但是之所以能够和万树、陈维崧并称为阳羡词派的三驾马车，蒋景祁的主要成就表现在选政方面。我们现在作一个诗选、词选，属于普及性工作，在学术评估体系里属于低层次的工作，但能选好诗词谈何容易！古人为什么称之为"选政"？从海量诗词里选出千八百首甚至二三百首作为一个时代的代表，或者从一个人的大量诗词作品中选出几十首，最能体现出他的成就，既需要眼光，还需要襟怀和魄力。这与宰相选拔人才是一样的，是一种极其重要、关乎大局根本的行政举措，"选政"云云，是说得很恰当的。

就我们的学术研究而言，诗词选本常常是凸显理论主张的一个重要手段，是一个流派形成的基本要素之一。我们现在对于文学流派的界定一般有四个要素：1. 领袖式的中心人物；2. 围绕在他身边的基本创作阵容；3. 共同的或相近的审美和创作倾向；最后一个就是鲜明的理论主张。理论主张从哪儿反映出来？有时候是直接的理论文章，像陈维崧的《词选序》；有时候就是通过选本。浙西词派的成派过程中，朱彝尊的《词综》就起了至关重要的作用。《凡例》中一句"词莫善于姜夔"，理论主张就出来了。后来的常州词派，除了张惠言阐发的"意内言外""比兴寄托"，还要依据他的《词选》。《词选》甄选得非常严格，从唐五代一直选下来，总共只选了一百一十六首词，那就成为张惠言审美理想中最高层次的样板，常州词派的理论就逐渐形成了，词坛风气也随之改变。所以我们说，选本研究是词史、词学史研究的一个非常重要的部门，值得引起大家的注意。

蒋景祁编选的《瑶华集》是清初词坛规模最大、拣选最精、成就最高的一个总集。这本书刊刻于康熙二十六年（1687），分成二十二卷，共选入词人 507 家，词 2467 首。从当时的文献条件、印刷条件来看，这个规模是相当惊人的。更加难能可贵的是，蒋景祁并没有带着门户之见把它作成一本"阳羡词选"，而是本着"主性情"的宗旨和开放的胸怀兼收并蓄，博采广集，对当时词坛的主流、支流都有着比较恰当的反映。全书选词最多的当然还是陈维崧，148 首，其次则是朱彝尊的110 首，其他如钱芳标选 50 首，曹贞吉选 46 首，史惟圆选 45 首，龚鼎孳、曹溶、沈谦选 41 首，纳兰性德选 39 首，梁清标、陈枋选 34 首，吴绮选 32 首，吴伟业、陈子龙、邹祗谟、曹尔堪选 29 首，这个比例也大体上把握得比较精准，大都符合后来词史研究对清初词坛坐标的判断。所以李一氓先生称赞《瑶华集》"差足备顺康一代之典型"，给予了很高评价。

我在前些年研究网络诗词，曾应某出版社邀请，花了八个月时间编了一本《网络诗词三十家》，略微知道一些其中甘苦，所以对蒋景祁的"选政"工作也有更多的认同与尊敬。①

---

① 该书因故未出。

董儒龙的寻梦之思

阳羡词人还有一位年辈较晚、半生游宦的董儒龙也值得一提。董儒龙（1648—1718 后），字蓉仙，康熙二十五年（1686）任贵州威宁经历、湄潭知县，因与上司不合去官，归乡已在康熙三十四年（1695）年近半百时。著有《柳堂词》，数量颇丰。

在追随陈维崧酬唱的阳羡词人中，董儒龙是最年轻的，也是去世最迟的一位，从他身上可以见证阳羡词派由盛到衰的全过程。他的词也是颇为地道的"阳羡嫡传"，出笔爽直，自抒性灵，没有勾描扭捏一类习气。《沁园春·闻过》以文为词，满腹牢骚，大有稼轩意趣，也很能勾勒出自家面目：

> 识几个字，率一味真，人谓书呆。叹郁乎文哉，卷堂散去；都平丈我，负笈齐来。瞎女憎西，裸民笑縠，是是非非互抵排。卿诚懃，好绳愆纠谬，取厌朋侪。　佞柔到处和谐，便无妄、毋欺曷贵哉。况学如钩曲，封公侯爵；性同弦直，死道边埋。敬戢良箴，走虽不敏，请事斯言免后灾。从今改，拟昧心承顺，扪舌藏乖。

这首词好玩的地方在于用了古代笑话的典故。冯梦龙《古今谭概·谬误部》记载，有位"宿儒"路过乡下学堂，听见老师将《论语》中的"郁郁乎文哉"读成"都都平丈我"，让孩子们大背特背，于是纠正了过来，没想到学童们都不认同他的读法，"皆骇散"。时人于是编了两句话："都都平丈我，学生满堂坐；郁郁乎文哉，学生都不来"。董儒龙把这个笑话用在词里，这是不多见的"打猛诨入"的作法，足见这位"阳羡殿军"的才情与襟怀。

以笑话典故入诗词者比较少见，我还见过一个，恰巧也是用了《古今谭概》。

乾隆间大诗人黄景仁的《两当轩集》卷十有一首七律《旅馆夜成》：

斜月阴阴下曲廊，燕眠蝠掠共虚堂。床头听剑铮成响，帘底看星作有芒。绿酒无缘消块垒，青山何处葬文章。待和烛舅些须语，又恐添渠泪一行。

这首诗比较有名，意思总体上也很明白，但尾联二句，特别是"烛舅"二字不好理解。直到读了《古今谭概·文戏部》"十七字诗"一条，才恍然大悟，原来黄景仁是拿笑话入诗的：

正德间，有无赖子好作十七字诗，触目成咏。时天旱，府守祈雨未诚，神无感应。其人作诗嘲之曰："太守出祷雨，万民皆喜悦。昨夜推窗看，见月！"守知，令人捕至，曰："汝善作十七字诗耶？试再吟之，佳则释尔。"即以别号西坡命题。其人应声曰："古人号东坡，今人号西坡。若将两人较，差多！"守大怒，责打十八。其人又吟曰："作诗十七字，被责一十八。若上万言书，打杀！"守亦哂而逐之。一说：守坐以诽谤律，发配郧阳。其母舅送之，相持而泣。泣止，曰："吾又有诗矣：发配在郧阳，见舅如见娘。两人齐下泪，三行！"盖舅乃眇一目者。

看来《古今谭概》在清代确实是很流行的书了。
董儒龙还有一首《贺新郎·赠梦庵禅师》也很有意思：

人世真如梦。羡吾师、万缘勘破，呼庵为梦。手植梅花梅子熟，不与梨花同梦。又岂解、巫山入梦。只有词场爱游戏，谢池边、不少西堂梦，钟午吼，兀残梦。　予生曾误南柯梦。爱隍中、覆蕉于鹿，痴人说梦。今遇维摩参妙谛，终愧同床各梦。何日醒、邯郸客梦。剩有一言还借证，至诚心、却道从无梦。师所取，是何梦。

整首词从头至尾押同一韵，叫作"福唐体"或"独木桥体"，当然是被归入文字游戏的了。但董儒龙这一首赠"梦庵禅师"，就取"梦"字大做文章，把各种"梦"淋漓尽致地罗列渲染下来，最后提问："师所取，是何梦"。这就不仅是为禅师写"梦"，也有自己寻"梦"的意思在里边，从而大有禅趣，颇具哲思，与一般的文字游戏并不相同。从这两首词来看，董儒龙作为"阳羡殿军"是并无愧色的。

第九讲
浙西词宗朱彝尊与浙派词人群 ═

应 "运" 而 生 的 浙 西 词 派

这一讲我们进入清初词坛，乃至整个清代词坛影响最大的词派——浙西词派。先来谈浙西词派的形成。

古人常用"应运而生"这个词来解释某些人物和现象的出现，其实这个"运"说起来并不神秘。当时代的车轮滚动到某种速度，必然要产生与其相适应的惯性和冲力，从而造就相应的痕迹。浙西词派的登坛亮相就是应"康熙盛世"之"运"而产生的文化要求的一个必然结果。

我们这里所说的"盛世"并不含有当下意义上的歌颂赞美之意，而是对清朝定鼎以来形势变化的客观陈述。从顺治入关到康熙十七年（1678），三十多年的时间里，因为"夷夏大防"的民族矛盾、"反清复明"的人心离散、"三藩之乱"的内部纷争，朝廷一直保持着紧绷的高压态势。换句话说，就是"武功"先于"文治"，优于"文治"，高于"文治"。从统治术角度而言，圣祖玄烨的确是比较英明的清醒者，他意识到，这种"武功"既不能长久，也不是"清平盛世"之所应有，所以在"三藩之乱"平定事业刚刚看到曙光的康熙十七年，他就大幅度调整文化政策，推出了"博学鸿词"特科考试。

"博学鸿词"的直接目的是网罗草野遗贤，淡化他们的离心倾向，表现得温情脉脉，求贤若渴，但同时也暗含着强制遗民之辈承认"国朝"正统的肃杀，更重要的是，要向天下宣布"文治"时代的来到，大众渴盼的"盛世"已经翩翩走上历史舞台。一子落下，撬动全局，康熙皇帝的大手笔的确很见功力，跟此前此后的一些统治者相比，其襟怀的宽广程度也是值得尊敬的。

首先，"网罗"和"淡化"的目的总体上是达到了的。尽管其中还有不少积极的或消极的对抗，但知识阶层大多还是表现出认同，甚至是"奔竞"。有人就四处托关系、走门路，公然行贿，求得"征士"资格，以至于当时流传的打油诗讽刺说："圣朝特旨试贤良，一队夷齐下首阳。家里安排新雀帽，腹中打点旧文章。当年深自惭周粟，今日翻思吃国粮。非是一朝忽变节，西山薇蕨已精光。"

其次，对于"国朝"正统的承认也已经成为大势所趋。黄宗羲不仅是遗民界的旗帜，而且以绝食抗争这次"特科"，但从这时候起，他在为别人所写的墓志铭中已经开始使用清朝年号，并有"国朝""今圣天子"一类字样。傅山拒不参加"博学鸿词"，对康熙皇帝特旨授他的中书舍人头衔也从不提起，但内心也不可能不有所软化。如余秋雨所说："这个时候说他对康熙本人还有多大仇恨，大概谈不上了。"遗民中的最强硬派是这样，别人的态度和立场我们就不难想象。

这是从大的"国运"方面而言，就小的"词运"而言。康熙十七年（1678）左右又正处在"盟主位虚"的节点上，老一辈的词家如吴伟业、龚鼎孳已经先后谢世，曹溶已经老病缠身，屡征不起；新一辈的词家如王士禛正在向神韵宗师的目标稳步迈进，无意争强较胜于词坛，而纳兰性德的年龄资望又不足以号令群雄。至于陈维崧，他那种激扬悲壮的词风及其内含的对现实的批判抵制倾向显然也不是"盛世"所需要和能容纳的。

如此七折八扣，再三过滤，朱彝尊就成了几乎唯一的人选。论年龄，他五十岁上下，正是年富力强；论声望，他是"江南三大名布衣"之一，不仅经史之学誉满学林，更是与王士禛齐名为"南朱北王"的大诗人；论词学，他编选的《词综》这时恰好出版，所张扬的正是"盛世"所需要的清空醇雅的词风，而由他领衔的《浙西六家词》也已编定，一个词派所需要的基本阵容业已具备。天时、地利、人和，朱彝尊无一不有，新一代词坛领袖真是"舍我其谁"。

尽管如此，在天子脚下的北京城引领改变词风也不是件容易事，可是"机缘之对于一个人的某种奇妙的恩赐，有时真可令人瞠目于后"①。恰恰在这个时候，朱彝尊随身带来一册自己录存的南宋遗民咏物词集《乐府补题》。他将《乐府补题》交给蒋景祁刊刻成书，广为传播，征求唱和，一代词风即由此启变，而他的领袖地位也就由此顺利奠定。

一代奇书《乐府补题》

那么，《乐府补题》是一本什么样的书，为什么凭借它就可以改变词坛之风会呢？

南宋末年，王沂孙、周密、张炎等十四位遗老逸民以五个词牌分咏蝉、莼、白莲、龙涎香、蟹等五物，共得词三十七首。表面上看，《乐府补题》是一本咏物词集，实际上其中借所咏之物影射了宋朝亡国的史事，倾吐了对故宋的眷念怀恋之情。由于蒙元的暴戾高压，词人们被迫采用这种隐曲寄托的手法抒发怀抱，将咏物词的抒情功能推向了一个新的高度。②

问题是，《乐府补题》咏叹的乃是遗民情怀，而且是异族入侵、以夷变华态势下的遗民情怀，在清初不是应该很敏感才对吗？为什么这种唱和可以得到容忍，甚至是鼓励和支持呢？

对此，严先生详细比较了陈维崧和朱彝尊两篇《乐府补题序》情感色彩的不同，又详细比较了两个人所作的《台城路·蝉》与《天香·龙涎香》，从而得出结论：陈维崧是比较直率地揭开了"赵宋遗民"底蕴的，唱和中也大抵寄托哀思的成分居多；朱彝尊则措辞谨慎，只以"宋末隐君子"一语带过国破家亡之类实质性问题，唱和中也舍"神"取"形"，为咏物而咏物的倾向较为明显。所以严先生说："（朱彝尊）正是借《补题》原系寄托故国之哀的那个隐曲的外壳，在实际

---

① 《清词史》，第234页。
② 关于《乐府补题》的研究，姚道生的博士学位论文最值得参看，香港浸会大学，2016年。

续补吟唱中则不断淡化其时尚存有的家国之恨、身世之感的情思。这种'淡化'沉淀心底深处的与新朝统治不相协调的心绪，无疑是顺应特定的政治要求，也符合时代演变的正常秩序，王朝统治势力对此自然容许存在的。"①

严先生已经说得非常精辟了，我接着这段话再补充一点想法：在前文我说过，跟此前此后的某些统治者相比，康熙皇帝的襟怀宽广程度是值得尊敬的。实际上，这次"博学鸿词"意在羁縻，以康熙为代表的统治层对遗民心绪是做出了一定妥协让步，给出了一部分认可空间的。以《乐府补题》为例，陈维崧这种直率表达遗民心绪的，尽管看了有点刺眼，但文人有风骨、有个性嘛，为了羁縻稳定的大局，忍让了也就是了；至于朱彝尊这样小心谨慎，还能淡化国仇家恨的，那是最理想了，由他领袖词坛让人放心！这恐怕就是庙堂集团当时的心理状态。

我们还可以在二月河的小说《雍正皇帝》里找一点论据：因为九王夺嫡，儿子们为了争皇位闹得不可开交，康熙又急又气，说了一段教训儿子们的心里话：

"为了收拾汉人的心，朕费了多少工夫？"康熙阴沉沉地说道，"三藩乱起，十一省狼烟冲天，朕也不敢停止科考。黄宗羲顾炎武写了多少辱骂本朝的诗文，朕硬着头皮礼尊，一指头也不敢碰他们；开博学鸿儒科是亘古没有的盛典，这群硕儒们有的死不从命，有的装病不来，有的故意不缴卷，有的存心把诗写错韵……朕都咽气忍了，还不是为了这江山，还不是为了你们这群不成器的东西？！"说着，眼泪已走珠般滚落下来，他两手手掌向上空张着，抖动着，下气泣声说着，几乎近于哀恳："汉人是多少人？一百兆还多！我们满人这一百多万，混在里头，胡椒面一样，显得出来？可你们……还要闹，抠鼻子挖眼睛，盘算着你吃了我，我吃了你！你们到底要闹到什么份儿上？闹到树倒猢狲散？闹到五公子割据朝堂，闹到……我们回满洲，汉人卷土重来？"②

① 《清词史》，第241页。
② 《雍正皇帝·九王夺嫡》第二十七回《落井下石诚王摇舌 杯弓蛇影雍王惊心》。

尽管是小说家言，但我觉得从文化心态上讲，是比较接近于真实的。关于《乐府补题》也应该作如是观。

浙西"先河"曹溶

谈朱彝尊之前，有必要先谈他的同乡前辈、被称为浙西词派"先河"的曹溶。说曹溶是浙派"先河"，有朱彝尊的权威表述为证。在为曹溶《静惕堂词》所作的序中，朱彝尊明确说道："余壮日从先生南游岭表，西北至云中。酒阑灯灺，往往以小令慢词，更迭唱和……数十年来，浙西填词者，家白石而户玉田，春容大雅，风气之变，实由先生"，这段话传递了两个信息：首先，朱彝尊说他走上填词之路与曹溶的引领有一定关系；其次，曹溶开启了浙西词风。前一个信息是没问题的，所以我们说曹溶是浙西"先河"；第二个信息则需要辨析。能不能从此逆推曹溶的词风也是白石、玉田一路的呢？

曹溶（1613—1685），字秋岳，号倦圃，明崇祯十年（1637）进士，官至御史。与龚鼎孳一样，也是先降大顺、后降大清的"双料贰臣"，所以与龚鼎孳并称"龚曹"。我们前文引顾贞观《论词书》说"香严、倦圃领袖一时"，可见其词坛影响一度与龚鼎孳相埒。入清后官至户部侍郎，降级任广东左布政使，又降为山西按察副使，备兵大同，康熙六年（1667）遇"裁缺"归里，"博学鸿词"考试与开明史局之时两次获荐，均不复出。

从曹溶的简历中可以看到，尽管他入清后有过一段平步青云、备位高官的时光，但因为在南北党争中受到"海宁相国"陈之遴的牵累，屡遭打击。这种宦海浮沉的经历一方面造就了他晚年的离心情绪，两次获荐不起恐怕不只是老病的原因，也有曹尔堪"岂复梦金马门哉"那样的失望和愤懑；另一方面，凡此种种恶心绪，也必然要形诸作为"心声"的诗词，从而表现出满纸的颓唐牢骚情态。单从这个角度看，他的词的主导性风格也不大可能是"春容大雅"、清空醇正的。

我们来看曹溶的《念奴娇·将赴云中留别胡彦远，兼戏其卖药》：

疮痍四海，笑澄清计短，须鬓如戟。酒社飘零诗友散，高卧元
龙百尺。女子知名，男儿失意，聊学韩康剧。千金肘后，何方堪愈
愁疾。　我亦北阮穷途，鲛人泪尽，双鬓多添白。风雪差排关塞
去，不唤伤心不得。马背多寒，貂裘易敝，秉烛娱今夕。渭城歌
彻，楼外晚山重碧。

词题中的"云中"即山西大同，可见是在康熙初接到降调山西的
任命后所作，这就决定了全篇愤慨不平的基调。胡彦远，即胡介，钱塘
（今杭州）人，著名遗民，隐居于市井之间，以卖药为活，所以曹溶说
"兼戏其卖药"。

这么平常的一句词序我们可以引申出两个大问题。第一，遗民的生
计问题。遗民既然不入仕新朝，也就没有了经济来源。除非家世豪富，
可以坐吃山空，绝大多数没有这种条件的怎么办？所以我们在文献中看
到遗民们为了生计，也辛辛苦苦去做私塾先生、做小生意，算卦、行医
等，都是之前自己瞧不起的"贱业"，现在也不得不委曲求全。一年两
年还好，十年八年，甚至几十年呢？赵园先生在《明清之际士大夫研
究》提出过一个词特别形象——"逼拶"，遗民要承受时间的、精神
的、经济的各方面的"逼拶"，那种日子真称得上艰苦卓绝。

第二，贰臣与遗民的交往问题。一方面，贰臣与遗民两界之间壁垒
森严、冰炭不同炉。有些人是坚决与做了贰臣的老朋友割席绝交，不再
来往的，比如陈贞慧、徐枋、陈确等；另一方面，很多遗民在坚持气节
和立场的前提下，和贰臣朋友保持着一定的甚至是很密切的交往。比如
我们前边讲到的杜濬，他有"松知秦历短，柏感汉恩深。用尽风霜力，
难移草木心"的坚贞自白，气节昭然，同时又在龚鼎孳府里一住十年，
买茶叶的钱、给女儿办嫁妆的钱都得龚鼎孳来出。再比如贰臣的"领
袖"钱谦益与遗民的领袖黄宗羲，按说两个人应该势同水火吧！事实不
然。钱谦益去世之前几乎身无分文，办后事的钱都没有。正好有人求他
给写一篇文章，给的报酬很高。钱谦益想赚这笔钱办后事，但自己又写
不动。两难之际，黄宗羲过府探望，钱谦益一下子抓住了救命稻草，让
人把黄宗羲"软禁"起来，要什么给什么，帮我把这篇文章写好了再

出来。他的后事其实是黄宗羲帮他赚钱才办成的。曹溶也是一位与遗民广泛交往的贰臣，与顾炎武的交往尤其密切。谢正光先生《清初诗文与士人交游考》中就专门有一篇文章讨论这件事情。

明了了上述背景，我们才能更深入地理解这首词。"疮痍四海，笑澄清计短，须髯如戟"，开头就是怪话连篇，劈空而来。这世界满目疮痍，咱们却束手无策，徒有一腔失落愤懑而已！"酒社飘零诗友散，高卧元龙百尺"，这是感叹年少时的豪情不再。并以陈登（元龙）的典故照应上文的"澄清"，过渡到胡介身上。"女子知名，男儿失意，聊学韩康剧"这三句是词题所谓"戏其卖药"的话。韩康是东汉的著名隐士，他想要逃名隐身，于是改做卖药生意，但是文人卖药，毕竟也和平常人不一样。他有个怪脾气：从不讲价。他觉得我在成本上加一点合理的利润，没有多要啊，还价不就是对我人品的怀疑吗？一来二去，这个怪脾气在卖药这行里又出名了。有一天，来了一位大嫂跟他买药，非还价不可，韩康坚决不准。大嫂急了："难道你是韩康吗？卖药都不能还价！"结果卖药这行韩康也干不下去了。这是对胡介的"戏"，但"戏"中有同情，有辛酸，有悲凉。我们看诗词，如果题目中有"戏"的字样，应该多留点神，"戏"常常不是单纯的戏谑玩笑，里边是含有眼泪的，诗人的真精神往往在此。

"千金肘后，何方堪愈愁疾"，"千金"不是指钱，而是指《千金方》，全称《备急千金要方》，孙思邈著，共三十卷，二百三十二门，收集药方五千三百首，被誉为中国历史上最早的临床医学百科全书。古代人穿衣服常常在肘后缝一个口袋，里边装上一部《千金方》，万一遇到病伤，赶紧拿出《千金方》查找治疗方法。曹溶说：肘后有千金方又能怎么样？能治愈我心中的愁苦吗？

由此接入下片的"我"——"我亦北阮穷途，鲛人泪尽，双鬓多添白。风雪差排关塞去，不唤伤心不得"。清朝的广东未必比山西发达，问题是这次"关塞去"是"风雪差排"的贬谪，哪儿能不伤心呢？伤心归伤心，但"马背多寒，貂裘易敝，秉烛娱今夕"，我们还是达观一点，秉烛而游，及时行乐吧！"渭城歌彻，楼外晚山重碧"，煞拍以景结情，既是对朋友的惦念，也是对自己命运的无奈和开解。

这首词上片要比下片好些，总体给我们的感觉是"须髯如戟"，头角峥嵘，芒刺在背，冷峭的口吻非常显然。曹溶也是名利场中人，但他在这首词里的清醒和疏离感，让我们看到了贰臣群体的另一种面相。《静惕堂词》有两百多首，其中不乏歌酒赠妓的无聊篇什，但类似《念奴娇》这样的作品也不少。可以看出，与浙西词派心仪的白石、玉田清空醇雅词风，差距还是比较大的。我们承认曹溶对朱彝尊的引导作用，所以称他为"先河"，但从他与浙西词风的关系而言，这个"先河"的确是需要划上引号的。

《眉匠词》是朱彝尊的词集吗

接着看朱彝尊词。朱彝尊的词集有四个：《江湖载酒集》《静志居琴趣》《茶烟阁体物集》和《蕃锦集》，但前些年很多学者说有五个，一时成为定论。在屈兴国等辑校、浙江古籍出版社出版的《朱彝尊词集》① 里多了一个《眉匠词》，严先生《清词史》中也对《眉匠词》用了不少篇幅来论述，以为《眉匠词》没有被编入《曝书亭集》，显然是作者"悔其少作"而删去的。

那么，到底有没有这个词集，其作者是不是朱彝尊呢？

同治九年（1870），莫友芝为丁日昌所编《持静斋藏书纪要》撰写了一个条目："《眉匠词》一卷，国朝朱彝尊撰。词皆已入集，此手稿也"，首次提出《眉匠词》一书的存在。丁日昌在《持静斋书目》进一步考证说："《眉匠词》，旧钞本。国朝朱彝尊手稿，犹未编《江湖载酒集》时之本。"况周颐注意到了这本书，在《蕙风词话续编》里记下了"《眉匠词》，竹垞少作，丰顺丁氏持静斋藏本"一行字，引起了学界更多的注意，但这个稿本很长时间也没有被发现。

直至 1988 年，南京大学古典文献研究所在《古典文献研究（1988）》中，影印了台湾"国立中央图书馆"收藏的"三余读书斋钞本"《眉匠词》，这才让我们看到了这个传说中的词集的真面目，并逐

---

① 1994 年版，后翻印多次，至 2018 年版，《眉匠词》始终见收。

渐引起了学界的上述回应，形成了大家广泛认可的结论。

2004 年前后，我在网上浏览有关文献的时候，发现一篇网文，题目是《眉匠词作者考论》，作者署名"纳兰庑"。一读之下大吃一惊，这篇文章以非常确凿的证据证明了《眉匠词》并非朱彝尊所作，其真正作者是乾隆中后期的一位名词人、"后吴中七子"之一的沈清瑞（1758—1791）。至于为什么这个钞本题作"朱彝尊撰"，是误会还是有意作伪，具体原因我们就不清楚了。我惊诧之余，还找到纳兰庑先生的电子信箱，给他发了一封信，请问其真实身份，并想多打听一点"内幕"。这位先生给我回了个邮件，寥寥数语，只说自己非学术圈中人，因为爱好，考证了以后就发到网上了。多年以来，这位先生是何方高人成了我心头的一个谜团，直到最近才通过著名藏书家韦力先生的文章找到线索，得知纳兰庑的真名叫陈琦，是武汉的一位藏书家。

文章太长，论证过程很详细，我们不细说了，但结论我是信服的。又过了一段时间，我受某出版社之托，联系到我的同门师兄、赣南师范大学的王利民老师主持《曝书亭全集》的整理。[①] 我就特地问到《眉匠词》怎么处理，王老师说他也看到了这篇网文，同意作者结论，所以《曝书亭全集》就没有收入《眉匠词》。鉴于这个问题在学界还没有形成广泛共识，我们在这里特地予以说明。

并不"清空"的沉郁悲愤之篇

进入朱彝尊词集，我们也按照"《江湖载酒集》——《静志居琴趣》——《茶烟阁体物集》——《蕃锦集》"的次序来讲。首先看朱彝尊《解佩令·自题词集》：

> 十年磨剑，五陵结客，把平生、涕泪都飘尽。老去填词，一半是、空中传恨。几曾围、燕钗蝉鬓？　不师秦七，不师黄九，倚新声、玉田差近。落拓江湖，且分付、歌筵红粉。料封侯、白首

---

① 吉林文史出版社 2010 年版。

无分。

这首词是名作，凡是选朱彝尊词，即便很少，一般也不会遗漏这一篇。综览诸家解说，不难发现大多数人都把它当成朱氏追步姜张"清空"词风的宣言，甚至干脆直说"人既清空，词更清空"①。表面上看，这很合乎逻辑：张炎提出"清空"的概念——朱彝尊倡导"清空醇雅"的词旨——朱氏在本篇明确表示自己宗仰张炎，所以，此篇是"清空"之典型。然而此篇真的"清空"吗？

首先需要解决的问题是：何谓"清空"？这个词风格论的重要范畴由张炎在《词源》中提出："词要清空，不要质实。清空则古雅峭拔，质实则凝涩晦昧。姜白石词如野云孤飞，去留无迹；吴梦窗词如七宝楼台，眩人眼目，拆碎下来，不成片段。"很明显，此处的"清空"是与"质实"作为对应概念出现的，所指乃是一种与秾挚绵密的"梦窗词格"背向而行的清新空灵的审美趋向。简要言之，即"洁而不腻，不著色相，显得官止神行，虚灵无滓"②。但如果结合古代文论传统来悉心体察，"清空"二字又不止单向指称文学风格，它也同时蕴涵着对于个人品格的界定和评价。"清"，即不沾染尘俗，面向纷扰红尘表现出一种孤傲且悖离的人生态度。"空"也不仅是"虚灵"之意，它还意味着对繁杂世相的漠视，以至完全不在意下。以此来衡量张炎心目中的典范——姜夔的作品与人品，称之如"野云孤飞，去留无迹"是很恰切的。

如果以上对"清空"的阐释大致不错的话，这将是我们辨析朱竹垞此词究竟"清空"与否的前提之一。另一前提是需辨清本词的大致作年。在朱氏的四个词集中，本篇见于康熙十一年（1672）编就的《江湖载酒集》中，所以词题中"自题词集"之"词集"并非指其词集之全部，而仅是指《江湖载酒集》。这一年朱彝尊四十四岁，有人称本篇为朱彝尊晚年之作，时序之误必然会导致理解上的偏差。此一点辨析对我们把握全词意蕴至关紧要。

---

① 《金元明清词鉴赏辞典》，南京大学出版社 1989 年版，第 709 页。
② 方智范等：《中国词学批评史》，中国社会科学出版社 1994 年版，第 98 页。

开篇三句"十年磨剑，五陵结客，把平生、涕泪都飘尽"，就以慷慨悲凉的姿态涵括前半生的辛酸际遇。朱彝尊生于明崇祯二年（1629），甲申明亡时年方十六岁，次年以家贫入赘归安教谕冯镇鼎家不久，清兵南下两浙，朱彝尊即离家奔走江湖，联络抗清。顺治七、八年间，还跑到绍兴与魏耕、祁理孙、班孙兄弟（即世所称祁五、祁六两公子）图谋起事。顺治十三年（1656）开始，朱彝尊随曹溶南游岭表，北出云中，其后又泛沧海，客京华，走济南，广交天下异才奇士，那么"十年磨剑，五陵结客"云云正是他这一段非常生涯的概括描述。然而恢复朱明天下的誓愿不成，自己除了博得"江南三大布衣"的虚名以外，只能"糊口四方，多与筝人酒徒相狎……短衣尘垢，栖栖北风雨雪之间"[1]。如此高远深沉之理想，如此羁愁潦倒之生涯，词人怎能不悲吟出"把平生涕泪都飘尽"的变徵之声？

如此看来，开篇三句即以饱含悲郁的身世感为全篇奠定了并不"清空"的基调，后文"老去填词，一半是、空中传恨。几曾围、燕钗蝉鬓"也便不是风流偶傥之意气的表述，反而恰恰可从貌似轻倩的文字间为其坎壈际遇寻得旁证和补充。"老去填词"是功业未成的无奈抉择，而其中竟有一半是为法秀所呵的"空中语"，这岂不正说明他是借"醇酒妇人"以抒胸中块垒吗？

需要解释一下"空中语"，这是词史上一个著名的典故。后文提到的"天下词手数秦七黄九"中的"黄九"黄庭坚写过不少艳词，其中颇有一些是"三俗"的。比如说"你共人、女边著子，争知我、门里添心"，你和别人"好"了，怎知道我心里"闷"呢？再比如写一个女孩子因为相思而失眠，就写了"奴奴睡，奴奴睡，奴奴睡也奴奴睡"。他的朋友法秀和尚看了以后很不满意，严厉呵斥："这些艳词坏人心术，犯口业要遭报应的！"黄庭坚没当回事儿，跟法秀道人打哈哈："不过使堕我马腹中尔！"——至多堕入畜生道变成一匹马呗！法秀说："不止啊，恐怕要堕泥犁地狱！"泥犁是梵文音译，就是地狱的意思。通常所说的"十八层地狱"也叫"十八泥犁"，其中第一层就是拔舌地狱。

---

① 朱彝尊：《红盐词序》。

法秀说你的口业太深，肯定要堕入地狱道了，最大可能是拔舌地狱。像写文章的文人啊，像我这样上课的老师啊，估计进入拔舌地狱的可能性都比较大。

这回黄庭坚有点害怕了，于是勉强笑着说了一句："空中语尔!"——那些香艳的情节情感都是我虚构的，我个人生活作风方面还是很严谨的! 朱彝尊用这个典故声明自己没有什么"偎红依翠"的生活体验，其实也正是声明以种种香艳面貌问世的词中"别有志意存焉"①，"志意"是什么？前文已经说得很清楚了。

上片言身世，言词创作之动机，到过片即直逼出作者心目中的榜样来。问题在于，如果这"榜样"只是艺术宗法上的，而不带有人格精神上的成分，他应该选择自己最尊奉的"词莫善于姜夔"的白石道人为标准，② 过片这两句就应该写成"不师秦七，不师黄九，倚新声、白石差近"。可是事实不然，他把"可与白石老仙相鼓吹"的张炎作为心摹手追的对象，这一选择是颇具苦心的。为什么？我认为是朱彝尊与张炎的诸多相似点所致：第一，二人均为"浙产"，张于朱为"乡先贤"。古人乡土观念较浓，对于"乡先贤"的追慕比我们要浓厚得多；第二，张炎家是临安大族，其六世祖张俊受封循王，是与岳飞、韩世忠齐名的"中兴"名将，到他曾祖张镃，张家花木园林还称甲江南。张镃妙解音律，与姜夔酬唱不少，张炎的父亲张枢也有词名。朱彝尊的家世虽没有张炎那么显赫，但他曾祖朱国祚在光宗朝也做过户部尚书兼武英殿大学士，是一代名臣。朱彝尊生父茂曙、嗣父茂晖，伯叔辈如茂曜、茂腕、茂晭、茂时、茂昭等都是江南文坛俊彦，可见二人同为贵介后裔，书香门庭。又都在故国灭亡后辗转江湖，贫不能自存；第三，张炎于宋称遗民，抗争强势入主的蒙元异族；自己于明称遗民，抗争强势入主的满清异族。正因为有这么多外在、内在层次的联类比较，朱彝尊才选择了张炎而不是姜夔作为自己的楷模。所以，与其说这首词是词学宗尚的自我表白，毋宁说是对自己人格精神的一种表达更恰当些。

然而，朱彝尊为人特别稳重谨慎，对于以上那种一转念即可明了的

---

① 朱彝尊：《乐府补题序》。
② 朱彝尊：《黑蝶斋词序》。

几乎可以称为"直白"的自供，他是多少存有一种忌惮和畏怯的。所以在全篇结尾处他才高扬"歌筵红粉""封侯无分"等文人常见的情调，这其实是对前文锋锐之处的一种"稀释"，或者说涂一层"保护色"。他当然是希望世人将这样的词视为"清空"一类的述怀咏志之作以免招灾惹祸的，而我们很多解说者恰恰中了朱彝尊的圈套。

综而观之，全词悲凉激愤，潜气内转，沉郁之情毕见，无论从审美特征，还是从人格精神上都不是"野云孤飞，去留无迹"的"清空"风调。我们读诗词的时候，对前人的论断当然是要尊重的，但是不能迷信，应该保持一点质疑的意识。多问几个为什么，多往宽里想一层，往深里想一层，如果最终能够将内心直觉自圆其说，理据充足，那就应该以自己的结论为准，成一家之言。

不让湖海楼的慷慨悲凉之作

从上文中我们可以看到，尽管朱彝尊崇尚、也提倡清空醇雅之风，但作为一代大家，清代词坛的顶尖人物，他自己的精神世界，以及外化而成的笔墨都不可能是单方一味的。正如苏轼、辛弃疾能豪放苍凉，也能婉约缠绵一样，朱彝尊能清空醇雅，也能慷慨悲壮。他的怀古词《满江红·吴大帝庙》虽不如陈维崧能融入身世之感，但别有一种豪气，不让湖海楼专美于前：

> 玉座苔衣，拜遗像、紫髯如乍。想当日，周郎陆弟，一时声价。乞食肯从张子布，举杯但属甘兴霸。看寻常、谈笑敌曹刘，分区夏。　南北限，长江跨；楼橹动，降旗诈。叹六朝割据，后来谁亚。原庙尚存龙虎地，春秋未辍鸡豚社。剩山围、衰草女墙空，寒潮打。

词中最漂亮的是"乞食肯从张子布，举杯但属甘兴霸"两句，写的乃是孙权两件大事。"乞食"的事情见于《三国演义》第四十三回《诸葛亮舌战群儒　鲁子敬力排众议》：

肃曰："恰才众人所言，深误将军。众人皆可降曹操，惟将军不可降曹操。"权曰："何以言之?"肃曰："如肃等降操，当以肃还乡党，累官故不失州郡也；将军降操，欲安所归乎?位不过封侯，车不过一乘，骑不过一匹，从不过数人，岂得南面称孤哉!众人之意，各自为己，不可听也。将军宜早定大计。"权叹曰："诸人议论，大失孤望。子敬开说大计，正与吾见相同。此天以子敬赐我也!"

孙权在鲁肃建议之下，定准了联刘抗曹的大计，这是很了不起的决策，不愧"吴大帝"之称号。

"举杯"的事情是在第六十八回《甘宁百骑劫魏营 左慈掷杯戏曹操》：

张昭曰："今曹操远来，必须先挫其锐气"……甘宁……即告权曰："宁今夜只带一百人马去劫曹营；若折了一人一骑，也不算功。"孙权壮之，乃调拨帐下一百精锐马兵付宁；又以酒五十瓶，羊肉五十斤，赏赐军士。甘宁回到营中，教一百人皆列坐，先将银碗斟酒，自吃两碗，乃语百人曰："今夜奉命劫寨，请诸公各满饮一觥，努力向前。"众人闻言，面面相觑。甘宁见众人有难色，乃拔剑在手，怒叱曰："我为上将，且不惜命，汝等何得迟疑!"众人见甘宁作色，皆起拜曰："愿效死力"……

甘宁引百骑到寨，不折一人一骑。至营门，令百人皆击鼓吹笛，口称"万岁"，欢声大震。孙权自来迎接……曰："将军此去，足使老贼惊骇。非孤相舍，正欲观卿胆耳!"即赐绢千匹，利刀百口。宁拜受讫，遂分赏百人。权语诸将曰："孟德有张辽，孤有甘兴霸，足以相敌也。"

这一段写甘宁格外出色，孙权的领袖风范也很令人心折。朱彝尊以工整的对仗把这两件事化入词中，极具豪壮格调，是很高妙的手段。

咬紧牙关不干涉

词中所谓"周郎陆弟，一时声价"，也隐含着一篇大文章。孙权与周瑜我们不用说了，大家耳熟能详。在国家危亡之际毅然启用陆逊是孙权作为一代英主的又一得意之笔，我们可以详细说说。

关羽被孙权杀害之后，刘备哭了个死去活来，宁可皇帝不当，也要为关羽报仇。关于这个问题，易中天先生在《品三国》里分析得很精到：兄弟情深是真的，但更主要的目的是出于战略考虑，要夺回荆州这块最重要的根据地。总之，刘备尽起精锐之兵，总计七十余万，气势汹汹，摆出不灭吴国终不还的架势。大兵压境，敌强我弱，在这样的关键时刻，孙权表现出了优异的智慧水平和高超的领导艺术。

他接受阚泽的建议，破格任用了年纪轻轻、德望不足以服众的白面书生陆逊。陆逊智谋深广，不仅和周瑜后先辉映，而且足以与诸葛亮、司马懿等超一流人物相匹敌，这个人才的大胆启用是孙权获胜的最关键一步棋。现在的困难是：在诸多老成宿将心气骄横、轻视陆逊的情况下，如何建立起陆逊的威望，以实现军事指挥的绝对畅通？为此，作为最高统帅的孙权做了三件事：第一，搭建拜将高台，以最隆重的仪式赋予陆逊兵符令箭，确认他的最高指挥权；第二，格外授予陆逊尚方宝剑，给他先斩后奏、独断专行之权；第三，送给陆逊一句话，这句话产生的能量绝不亚于前两件事。孙权说，从今天开始，"阃以内，孤制之；阃以外，将军制之"。阃，就是王宫大门的意思，孙权这话是说：我作为吴王，只管王宫这一点地盘；王宫之外的千里江山，我都托付给将军你了！

一方面，这句话对陆逊产生了巨大的激励作用；更重要的是，孙权知道自己的短处，并没有强行介入军事指挥，而是放手让陆逊发挥他的特长。这体现了一位成熟领导人的高度自律、自知与自信。我们在现实中常常见到这样的"一把手"，自己有了权力，就"十项全能"，甚至"百项全能""千项全能"，明明是外行，也偏要指手画脚，事必躬亲，什么领域自己都去指导。那是远不如孙权明智的。

在孙权的绝对信任支持下，陆逊贯彻了自己固守待变的战略，从春天熬到了夏天。江南溽暑，将士苦不堪言，刘备出于轻敌思想，下令移营上山，从而给陆逊制造了良好的战机：

> （陆逊）遂集大小将士听令：……每人手执茅草一把，内藏硫黄焰硝，各带火种，各执枪刀，一齐而上，但到蜀营，顺风举火；蜀兵四十屯，只烧二十屯，每间一屯烧一屯。各军预带干粮，不许暂退，昼夜追袭，只擒了刘备方止。众将听了军令，各受计而去。
>
> 初更时分，东南风骤起。只见御营左屯火发。方欲救时，御营右屯又火起。风紧火急，树木皆着，喊声大震。两屯军马齐出，奔离御营中，御营军自相践踏，死者不知其数。后面吴兵杀到，又不知多少军马……先主遥望遍野火光不绝，死尸重叠，塞江而下……此时先主仅存百余人入白帝城。

我们讲"三国"多了一些，目的是加强大家对于吴大帝孙权的认识，可以更好地理解朱彝尊这首《满江红》深邃的内涵与奔涌喷薄的手笔。朱彝尊还有一首《百字令·自题画像》，也大有湖海楼气息："菰芦深处，叹斯人枯槁、岂非穷士。剩有虚名身后策，小技文章而已。四十无闻，一丘欲卧，漂泊今如此。田园何在，白头乱发垂耳。　　空自南走羊城，西穷雁塞，更东浮淄水。一刺怀中磨灭尽，回首风尘燕市。草屦捞虾，短衣射虎，足了平生事。滔滔天下，不知知己谁是。"[①] 这就提醒我们，所谓"阳羡词风""浙西词风"，其主导风格是明确的，但他们之间也可能出现"互渗"的情况。陈维崧笔下也有不少缠绵醇雅的言情词、咏物词，放在朱彝尊词集中我们也不好辨认。这个问题值得重视，应该进一步研究。

流 虹 桥 情 事

作为与陈维崧并称的清词大家，朱彝尊当然也是笔墨多端的。我们

---

① 这首词末句几个版本的《清词史》都排作"不知知己是谁"，误。

因为先讲了沉郁悲愤的《解佩令》，所以顺带着讲了《满江红》与《百字令》。其实更能代表朱氏风格，也得到词坛更多关注与好评的还是他的言情作品。先来看《高阳台·吴江叶元礼少日过流虹桥，有女子在楼上，见而慕之，竟至病死。气方绝，适元礼复过其门，女之母以女临终之言告叶，叶入哭，女目始瞑。友人为作传，余记以词》：

> 桥影流虹，湖光映雪，翠帘不卷春深。一寸横波，断肠人在楼阴。游丝不系羊车住，倩何人、传语青禽？最难禁，倚遍雕阑，梦遍罗衾。　　重来已是朝云散，怅明珠佩冷，紫玉烟沉。前度桃花，依然开满江浔。钟情怕到相思路，盼长堤、草尽红心。动愁吟，碧落黄泉，两处难寻。

这是讲述一段爱情故事的叙事词，我们需要解释一下。词题中所说的"叶元礼"名叫叶舒崇（约1641—1679），流虹桥在他家乡吴江的同里镇。吴江叶氏是文化大族，明清之际的叶绍袁是著名遗民，其日记《甲行日注》浸透了遗民之辈的一腔苦泪，数百年以下仍令人不忍卒读。他的"午梦堂"更是蜚声海内，妻子沈宜修、女儿叶纨纨、叶小纨、叶小鸾皆文才不凡，叶小鸾尤其著名。更了不起的是他的儿子叶燮（原名叶世倌），以一部《原诗》成为中国文学史屈指可数的大诗论家。叶舒崇是叶燮的四哥叶世侗之子，因世侗早逝，由叔叔叶燮抚养长大。康熙十五年（1676）考中进士，与纳兰性德为同年，授官中书舍人，"博学鸿词"开科，叶舒崇在征召之列，未参加考试即病逝。他的著作流传不广，但为纳兰的妻子卢氏写的墓志铭近年来常被人提起。

据叶舒崇的老师、神韵宗师王渔洋记述："余门人吴江叶进士元礼舒崇，神清不减卫叔宝"[1]，卫叔宝就是著名的美男子卫玠。因为长得太帅，被狂热粉丝堵截观看，劳累不堪而早逝，年仅二十七岁。通过渔洋的记载，我们大概能想象叶舒崇的风采，所以才会导致一个女孩儿在楼上远远看他几眼，就陷入刻骨相思，最终香消玉殒。

---

① 《古夫于亭杂录》卷三。

注意"友人为作传,余纪以词"一句,那就是说,这首词的目的不是抒情,而是要记叙这桩"流虹桥情事"的来龙去脉。我们通常说"词是一种抒情诗体",可词有没有叙事性呢?有的话如何体现呢?中山大学张海鸥老师有一篇重量级文章《论词的叙事性》,发表在《中国社会科学》2004 年第 2 期,大家可以参看。我们只来看朱彝尊是怎么表现叙事性的。

"桥影流虹,湖光映雪,翠帘不卷春深",这三句对应的是"叶元礼少日过流虹桥";"一寸横波,断肠人在楼阴",远远的,从楼上射来两道倾慕的眼神,这两句对应的是"有女子在楼上,见而慕之";"游丝不系羊车住,倩何人、传语青禽。最难禁,倚遍雕阑,梦遍罗衾"这几句是写"慕"与"病"。下片开头就写到了"竟至病死"——"重来已是朝云散,怅明珠佩冷,紫玉烟沉"。再往下以"前度桃花,依然开满江浔"暗示"人面不知何处去,桃花依旧笑春风"之意,以"钟情怕到相思路,盼长堤、草尽红心"铺陈叶舒崇感动不已的心情。这段情事相当完整地呈现在了词人笔下、读者面前,其叙事性是非常清晰可感的。

再举一个大翻译家林纾(1852—1924)的例子。林纾(1852—1924)在文学史上具有两重身份。一方面,他是大翻译家。平生译述欧美小说多达一百七十种,《茶花女》《基督山伯爵》《汤姆叔叔的小屋》等世界名著最早都是林纾翻译引进中国的,对当时知识群体人文情怀的滋养和眼界的开阔都起到了不可估量的作用,严复写诗说"可怜一部茶花女,销尽支那荡子魂"即是明证。有意思的是,这位大翻译家一个英文单词都不认识,靠别人讲故事,他听了以后,用文言给写出来去发表。当时"林译小说"的稿费非常高,别人一千字一两块大洋,他是一千字五块大洋,所以他有个外号叫"造币厂"。另一方面,林纾又是作为反面形象进入现代文学史的。因为与"新文化"诸君的论战,他一直"暴得大名",成为"选学妖孽,桐城谬种"的符号化人物,近年来才多少有些反思和纠正。

这里我们只谈林纾的词。他的词集叫作《补柳词》,仅有二十七首,但特色鲜明,很得好评,其中最可关注者是"林译小说"的题词。

1905—1906 年，林纾与魏易合作翻译英国作家哈葛德四部言情小说：《迦茵小传》《玉雪留痕》《红礁画桨录》《橡湖仙影》，并在卷首共题词七首。这七首词郭则沄以为"以欧西事入词，此亦仅见"，陈声聪以为"俱极凄艳"，钱仲联称为"前人所未写之题材"。这种以旧形式对新内容进行表达诠释的努力不仅是吻合、也同时引导了当时文化语境的构成，"林译"之风靡绝非偶然。后来新派武侠小说鼻祖梁羽生也喜欢在自撰小说前面题词，颇有继承林纾遗风的意思。

"清词之冠"

诗词不是体育比赛，是不应该有冠亚季军之类的名次的，但一方面，大家都有一个关于冠军的"执念"，常常明知不是很有道理，也不可能达成一致，但还是忍不住要提出自己心目中的冠军作品。比如说关于唐代七绝冠军之争就很热闹，"杀进总决赛"的作品大约有李白的"朝辞白帝彩云间"、王之涣的"黄河远上白云间"、王维的"渭城朝雨浥轻尘"、王昌龄的"秦时明月汉时关""奉帚平明金殿开"，王翰的"葡萄美酒夜光杯"、李益的"回乐峰前沙似雪"等十来首，获得"提名奖"的如李白的"问余何事栖碧山""峨眉山月半轮秋"，柳宗元的"破额山前碧玉流"，刘禹锡的"山围故国周遭在"，杜牧的"烟笼寒水月笼沙"，郑谷的"扬子江头杨柳春"等更多，可能不下数十篇。① 再比如，宋词冠军是哪一篇？王兆鹏先生在《唐宋词史论》中以数量统计的方式列出了"唐宋十大金曲"，从数据来看，《念奴娇·赤壁怀古》以无可争议的优势摘得了桂冠。

清词的关注度比之唐诗宋词差得太多了，但也有人提出冠军之作的说法。此人还不是平常人，乃是晚清四大词人之一、三大词话的作者之一况周颐。他的《蕙风词话》云："或问国初词人当以谁氏为冠？再三审度，举金风亭长对。问佳构奚若？举《捣练子》云。"这里所说的《捣练子》即《桂殿秋》：

---

① 见明代李攀龙、王世贞，清代李光地、王士禛、沈德潜等诗论。

　　思往事，渡江干，青蛾低映越山看。共眠一舸听秋雨，小簟轻衾各自寒。

　　这首词是否好到了"冠于全清"的地步还可以商榷，但确实好。为什么好呢？我们需要先知道"本事"。

　　前面说过，朱彝尊十六岁时因为家贫入赘到归安（今浙江湖州）教谕（县级教育主官）冯镇鼎家，与其长女冯福贞成亲。这时冯福贞的三妹冯寿常只有十岁，再过几年，冯寿常到了豆蔻年华，情窦初开，朱彝尊渐渐喜欢上了这位妻妹，开始了一段"不伦之恋"。我们能够想象，这样的恋情放在今天都是得不到理解和祝福的，何况在几百年前？最终冯寿常郁郁而逝，在朱彝尊的心头空留下一份铭心刻骨的思恋。为了纪念这段感情，朱彝尊以冯寿常的字"静志"命名自己的书斋，他所著的诗话就名为《静志居诗话》，又把书写这段恋情的八十三首词汇为一集，名为《静志居琴趣》。除此之外，他还写了一首著名的五言排律《风怀》，有二百韵、四百句、两千言之多。到了晚年，位高望重的朱彝尊编订文集的时候，晚辈学生曾经劝他："老先生，把《风怀》诗删去吧！这么大的道德瑕疵，于你盛德令名有累呀！"朱彝尊思忖良久，最后还是坚决地说："宁不食两庑冷猪肉，不删《风怀二百韵》！"那就是说，哪怕后人不尊重我，不祭祀我，甚至从朱氏家族开除我，我也不删这首诗！当年在看到这句话之前，我对朱彝尊的印象很一般，看到这句话以后，好感一下子从百分之十上升到百分之九十多。

　　本事清晰了，再来看这首比七言绝句还要少一个字的小词——"思往事"，开篇三个字领起全篇。往事多不胜数，在词人心中烙下最深印记的还是"渡江干"。渡江的时候看见山色秀美，与身边这位美女的蛾眉相映生辉。"越山"照应上面的"渡江"，"青蛾"则引出心上人的形象，一笔双写，既温润又出奇。"共眠一舸听秋雨"，两个人在一条小船上，秋雨淅淅沥沥洒在乌篷上，何等惬意！只可惜船上还有家里的其他人，没办法表达出一点内心的情意，只能"小簟轻衾各自寒"，各自躺在床榻之上，心头忐忑起伏，正如那秋雨带来的寒意！叶嘉莹先生体会得好，她说，"各自寒"是对前文"共眠"二字的强烈反讽，具有一种巨大的张力，更使这个个别事件，化生出了一种喻示整个人类"天教心愿与身违"之共相的潜在的能力。① 全篇仅二十七字，却令人咀嚼无尽，那种沉默的克制，其魅力要远胜于千万言的铺张！正所谓"增一分则长，减一分则短，著粉则太白，施朱则太赤"，词情之美至于极致了。由此而言，况周颐称本篇为清词之冠虽未必引为定论，但的确是有几分道理的。

渐坐近、越罗裙衩

大家公认《桂殿秋》写的是朱彝尊与冯寿常之情事，但它出自《江湖载酒集》，不在八十三首《静志居琴趣》之列。《静志居琴趣》中，《鹊桥仙·十一月八日》所写场景与《桂殿秋》相似，但写法又有不同，可以比较来读：

> 一箱书卷，一盘茶磨，移住早梅花下。全家刚上五湖舟，恰添了、箇人如画。　月弦新直，霜花乍紧，兰桨中流徐打。寒威不到小蓬窗，渐坐近、越罗裙衩。

不难看出，这首词的最好处在上下片两结句。"恰添了、箇人如画"的"箇"不能简化成"个"，因为"箇"是复指代词，"这个""那个"之意。煞拍"渐坐近、越罗裙衩"的一个"渐"字把小心思、小动作的过程都呈现出来了，妙不可言。打个或许不那么恰当的比方，我们看赵本山的经典小品《相亲》，他看到久别重逢的初恋情人，怦然心动，又不好意思太着急接近，就借着整理衣服、活动身体的小动作把椅子往对方身边凑合，那就是朱彝尊所谓的"渐"。看来雅俗有别，但人同此心啊！

还可以看一首《忆少年》：

---

① 《清词丛论》，河北教育出版社2000年版，第80页。

飞花时节，垂杨巷陌，东风庭院。重帘尚如昔，但窥帘人远。

叶底歌莺梁上燕，一声声、伴人幽怨。相思了无益，悔当初相见。

词开篇以鼎足对写景，渲染出一派春暮怅惋气氛。"重帘尚如昔，但窥帘人远"，已经伤春，况复怀人，那是怎样的一种心绪！下片开头仍然写景，但以景衬情，莺咤燕咤，闹闹嚷嚷，无非是反照自己的孤寂相思。相思又能怎样，还不如当初不相见的好！因为相思至极，无可如何，才逼出煞拍的"无情"语。当然，这样的"无情"正是"情到浓处情转薄"的结果，是对相思之苦强加排遣的必然。纳兰性德不也说"人生若只如初见，何事秋风悲画扇"吗？最深的情感常常都是以"无情"的方式来表达的。

《静志居琴趣》中好词很不少，"一面船窗相并倚，看渌水，当时已露千金意"（《渔家傲》），"赢得渡头人说，秋娘合配冬郎"（《朝中措》），"欲语去年今日事，能几个，去年人"（《南楼令》），等等等等，但我个人特别喜欢的还有另一首《渔家傲》中的两句："众里偏他回避早，猜不到，罗帷昨夜曾双笑"，活色生香，可以"脑补"太多东西了。严先生说："真挚、细腻、缠绵，是《静志居》集的特点……在清人爱情词中，《静志居》堪称绝唱"[1]，此乃定评。

还要特别说明一点。有一些文章在演绎朱彝尊与冯寿常爱情的时候，常常引《静志居琴趣》中的词作为证据，我以为有些是过分解读了。诗词创作是包涵许多诗人内心的加工与幻想成分的，它不是报告文学，更不是呈堂证供。根据《静志居琴趣》和其他文献，我们说这段"不伦之恋"确实有之，这没问题，但以为朱彝尊诗词中的每个细节都是真实的，我觉得未必，把握好这个尺度也是我们读解诗词要特别注意的一个方面。

---

[1] 《清词史》，第257—258页。

蕃锦茶烟无足取

1936 年，著名藏书家、出版家陈乃乾编成《清名家词》十册，共选入一百家词人。卢前应邀为百家词人各作一首《望江南》论之，合称"饮虹簃论清词百家"。这一组《望江南》既是别致的词学理论成果，也是特具魅力的词章。以《望江南》论词肇始于朱祖谋，其后姚鹓雏又作了二十首，很精彩，但系统性不够。卢前借陈乃乾出版《清名家词》的机缘，接过了朱祖谋构建"清词小史"的意趣，推而广之，以百首的篇幅对清词名家予以评骘，从而搭成了一个远较朱祖谋致密坚实的理论平台。前面我们说过，这一"望江南论词词"现象也是值得关注的。

论朱彝尊的那一首被后人长时间引为定论："姜张裔，浙派溯先河。蕃锦茶烟无足取，静居载酒未容诃。朱十总贪多。"对卢先生这个看法，我却有些不同意见。说"静居载酒未容诃"我是同意的，"蕃锦茶烟无足取"则未必。先来看《茶烟阁体物集》。

顾名思义，"茶烟阁"是朱彝尊的又一个堂号，"体物"则明确表示这是一个专门的咏物词集。咏物词在北宋数量不多，成就也不高，到南宋中后期始大行其道。姜夔的《暗香》《疏影》咏梅花、王沂孙的《眉妩》咏新月、史达祖的《双双燕》咏燕子、张炎的《解连环》咏孤雁，都是传世名篇，前面说过的《乐府补题》更有着集大成的意味。从上面的梳理可以看出，咏物是姜张一派的看家本事之一，作为"姜张裔"，认为"词莫善于姜夔"，朱彝尊不可能不接过这根咏物词的接力棒，并将其发扬光大。我们从风格论的角度说浙西词风"清空醇雅"，从题材的角度，咏物是浙西词派的重要标志。

接力、发扬光大，这都是好的，但前面我们也讲过，对咏物词风的大肆张扬不完全是文学界域内题材选择的问题，这里面从一开始就包含着统治层淡化激烈的对抗情绪的用心，久而久之，随着时世相对承平，咏物词也渐渐向无所用心，甚至无聊之甚的方向发展下去了。《茶烟阁体物集》中的"咏茄""咏瓜"尽管也没什么深意，毕竟题材还可贵，用三首《雪狮儿》来咏猫就未免有点过分了。再加上时人后人群起唱和，连篇累牍，以至于有人讽刺说："这不是为有苗氏作家谱吗？"[①] 到叶之溶的《小石林长短句》，竟然咏"青""黄""黑""绿"等颜色，虽然别出心裁，却未免显得有点走火入魔的征兆了。常州词派后来大讲特讲词要"意内言外""比兴寄托"，正是针对浙西词派这些不良倾向而言的。

作为始作俑者，朱彝尊要为此承担一部分责任，但还要看到，正是因为他的咏物词创作具有相当的艺术魅力，才能引发时人和后人的翕然从风。全盘否定，以"不足取"三字定论，我以为不算公平。

先来看他的《长亭怨慢·雁》：

> 结多少、悲秋俦侣，特地年年，北风吹度。紫塞门孤，金河月冷，恨谁诉？回汀枉渚，也只恋、江南住。随意落平沙，巧排作、参差筝柱。　别浦。惯惊疑莫定，应怯败荷疏雨。一绳云杪，看字字、悬针垂露。渐敧斜、无力低飘，正目送、碧罗天暮。写不了相思，又蘸凉波飞去。

这是"茶烟阁"中最好的一首词。说它好，有两个理由：第一，它不是为了咏物而咏物，里面寄托了很多身世感受。比如开篇的"结多少、悲秋俦侣，特地年年，北风吹度"，这就是《解佩令》中"十年磨剑，五陵结客"的另一种表述，"惯惊疑莫定，应怯败荷疏雨"更是易代之际文人群体共同心绪的写照。第二，张炎的《解连环·孤雁》是咏雁词之翘楚，其中最好的两句叫作"写不成书，只寄得、相思一点"。雁群在天上飞，一会儿排成个"人"字，一会儿排成个"一"字，现在只剩下孤单单的一只雁，那就"写不成书"了，只能"寄得"一点相思。朱彝尊这两句在张炎名句的基础上又翻进一步：张炎笔下的孤雁尚能写一点相思，如今自己连相思也写不成，只能"又蘸凉波飞去"了，孤寂、落寞、绝望、灰心，都呈现出来了。

----

① 谢章铤：《赌棋山庄词话》卷九记其友张任如语。有苗氏，对猫的谑称，大概相当于我们现在的"喵星人"。

"沁园春·咏美" 的流变与新生

用一句话来说，什么样的咏物词是好的呢？谢章铤概括为"高者摹神"，差一等的，"次者赋形"①。像《长亭怨慢·雁》这样的，很显然属于"高者"，但为数甚少，"赋形"的就比较多了。还有一等被认为更下劣的，那就是"沁园春·咏美"等"几近亵词"的香艳之作。②

前文讲到董以宁的时候我们提及这一题材，但未细说。以"沁园春"词牌咏女性身体始于南宋著名豪放派词人刘过，他干了一件很不"豪放"反而很香艳的事情，那就是用"沁园春"写了"咏美人指甲""咏美人足"两首词，对此后人评价不一，但以"体格卑弱"之类的贬损居多。为什么要用"沁园春"呢？我的体会是：沁园春这个词牌在上下片各有一处四四对句，颇有点赋体或骈文的味道。赋和骈文都是擅长咏物的文体，选择"沁园春"来作咏物词也就理所当然。

清初词坛上接续刘过的履迹写这种"物化女性"词的颇有其人，放在今天他们是要遭到某些出发点不同者（如道德洁癖者、女权捍卫者等）的严厉批判的。其中写得比较多、也比较好的两家是董以宁和朱彝尊。说比较好，也不是篇篇都好，也不否认有的篇章"几近亵词"，但确实有的不无可取之处。比如这首《沁园春·肠》：

> 袅娜轻躯，能有几多，容万斛愁。惯悲衔腹内，相看脉脉；事来心上，一样悠悠。鸟道千盘，辘轳双绠，又类车轮转未休。萦方寸，穿锦梭暗掷，弱缕中抽。　　柔情曲似江流，怕易割、秋山懒上楼。况三朝三暮，巴猿峡口；一声一断，杜宇枝头。百结将离，九回犹剩，杯沃能胜酒力否。樽前曲，再休歌河满，泪落难收。

为什么在一组十多首词里这一首显得格外突出呢？我们不难看出，词人实际上是进行了一个主题的置换，名为写"肠"，实则写"愁"。

----

① 《赌棋山庄词话》卷九。
② 《清词史》，第260页。

"袅娜轻躯，能有几多，容万斛愁"，开篇就把"愁"点出来了。以下一路写"愁"，但不离"肠"的本体，而又颇为灵动，并不黏滞。到下片"柔情曲似江流，怕易割、秋山懒上楼。况三朝三暮，巴猿峡口；一声一断，杜宇枝头"几句，典故、对仗都非常恰切精美，把"愁肠"铺写得曲尽其妙。对这样的词，我们恐怕不必站在某些偏执的立场上一棒打死，而是承认其精深的功力，感人的魅力，多给一些宽容为好。

有意思的是，这样背负了"体格卑弱""物化女性"包袱的香艳之词，却有女性词人不以为忤，反而借其外壳，写出了明朗的新意。我指的是近百年最优秀的女词人之一陈小翠（1902—1967）。陈小翠，浙江杭州人，父亲陈栩是著名的鸳鸯蝴蝶派小说家，据说"鸳鸯蝴蝶"之名的一部分就来自他的字"蝶仙"。同时又是翻译家，翻译过《福尔摩斯探案集全集》，还是著名的实业家，他自学化学，开设了以日用化学品为主的"家庭工业社"，拳头产品"无敌牌"（谐音"蝴蝶"）牙粉行销四海，最多时年销售量达到八千万袋，彻底击败了日货，占据了国货市场，那几乎是民国时代的"联合利华"了。我心目中能称得上二十世纪文化巨人的寥寥可数，陈栩算是其中之一。陈小翠作为名父之女，不仅才华横溢，禀赋出众，而且思想新潮，富有现代文明精神。她就借"沁园春·咏美"的外壳写下了"新美人发""新美人裙""新美人手"等刻画民国新女性的作品，明艳照人。如"新美人发"开篇数句"色染金鹅，撩乱情丝，低遮黛蛾"，即可见当时染金发已经蔚然成风，后文"爱胜他丰韵，回盘堕马；传伊心事，宛转旋螺"几句也极见风情。"新美人裙"中的句子如"细处疑蜂，飘来似蝶，一摺春波一寸情。留仙态，爱东风小拂，愈觉轻盈"；"怕姊呵腰，恼郎题字，未觉旁人拜倒卿。华灯里，讶花开似伞，缀满明星"，虽然婀娜多姿，但绝不扭捏做作，从前人陈腐庸陋的气息中吹出了一股清风。我们全文引她的"新美人手"一首，可以体会"沁园春·咏美"系列在现代文明背景下的蜕变和新生：

玉节生涡，小握柔荑，人前乍逢。爱琴声如雨，随地上下；粉痕调水，遣我搓融。鸳海环盟，红绡镜约，都在纤纤反覆中。娇憨处，向隔花抛吻，挥送飞鸿。　软衣小样玲珑，怕几日、春寒冻玉葱。记睡余揉眼，灯花生缬；憨时折纸，人物如弓。掬月无痕，招花留恨，剪尽年前凤爪红。珍怜甚，更香熏豆蔻，色染芙蓉。

"武林绝学" 说集句

与《茶烟阁体物集》相比，多达一百三十四首的集句词集《蕃锦集》受到的轻视更甚，贬抑更重，连严先生这样开明的优秀学者也只是用"文字游戏，无大意思"的话一笔带过。因为《茶烟阁》纵然有这样那样的不好，毕竟还是自己写的，集句不是这样，自己写就不叫集句了。把别人现成的句子"集"到一起，构成新的意义关系，才能叫作"集句"。对于包括严先生意见在内的这些看法，我也有些不同意见。多年前，我专门写过一篇《朱彝尊〈蕃锦集〉平议》的文章，不仅为"蕃锦集"翻案，也对作为其背景的集句做了一些考察。①

孔子去世的时候，鲁哀公致悼词，就集了《诗经》中的两句诗，这是集句之祖。此后陆续有人为之，到宋代渐成规模。宋代集句诗的高峰出自文天祥之手，他被幽囚在元大都长达五年，狱中集杜甫诗成五言绝句二百首。为什么要"集杜"而不用自己的语言表达呢？文天祥说得很清楚："凡吾意所欲言者，子美为代言之，日玩不置，但觉为吾诗，忘其为子美诗也。乃知子美非自能为诗，诗句自是人情性中语，烦子美道耳。子美于吾隔数百年，而其言语为吾用，非情性同哉……予所集杜诗，自余颠沛以来，世变人事，概见于此也，是非有意于为诗者也。"②这就是说，因为杜甫的忠爱缠绵之情和我非常相似，我每想写一句诗，发现杜甫当年都写过了，于是我把杜甫的诗串联起来，我觉得那就是我自己的诗。我们看到，到文天祥手里，集句已经不再是一种文字游戏，而是能够承载他生命之重的一种严肃的创作方式了。

尽管也有人注意到了文天祥的集句诗的价值，但是，诗学理论仍然

---

① 《朱彝尊〈蕃锦集〉平议——兼谈集句之价值》，《南京师范大学文学院学报》2003 年第 3 期。
② 《文山先生全集》卷十四。

没有改变对集句的歧视性态度，对它产生的动因、内驱力、艺术形貌等缺乏系统的思考。我的基本认识是：不能否认集句总体上的文字游戏性质，但关键在于，文字游戏并不是谁都能玩的，更不是谁都能玩好的。文字游戏能玩好的人，其他的创作成就也低不了。

比如我看《蕃锦集》的时候，一点也没觉得这个文字游戏不好，反而有一种非常"惊艳"的感觉，简直是鬼斧神工！怎么可能集唐诗填词，有一百三十余首，又浑然天成到这种地步呢？我们来读几首：

> 穆陵关上秋云起郎士元，习习凉风萧颖士。于彼疏桐宋华，槭槭凄凄叶叶同吴融。　平沙渺渺行人度刘长卿，垂雨蒙蒙元结。此去何从宋之问，一路寒山万木中韩偓。
>
> ——《采桑子·秋日度穆陵关》

> 无限塞鸿飞不度李益，太行山碍并州白居易。白云一片去悠悠张若虚。饥乌啼旧垒沈佺期，古木带高秋刘长卿。　永夜角声悲自语杜甫，思乡望月登楼魏扶。离肠百结解无由鱼玄机。诗题青玉案高适，泪满黑貂裘李白。
>
> ——《临江仙·汾阳客感》

> 刘郎已恨蓬山远李商隐，金谷佳期重游衍骆宾王。倾城消息隔重帘李商隐，自恨身轻不如燕孟迟。　画图省识春风面杜甫，比目鸳鸯真可羡卢照邻。一生一代一双人骆宾王，相望相思不相见王勃。
>
> ——《玉楼春》

"一生一代一双人，相望相思不相见"已经够天然凑泊了，甚至超出了在骆宾王、王勃原诗中的工稳程度。"饥乌啼旧垒，古木带高秋""诗题青玉案，泪满黑貂裘"也是上佳的对句，不亚于原作。由此可以看到，集句已经是"武林绝学"，《蕃锦集》中的对句更堪称"看家绝招"。我们再看一些："阆苑有书多附鹤李商隐，春城无处不飞花韩翃"；"碧幌青灯风艳艳元稹，紫檀红拨夜丁丁许浑"；"树色到京三百里殷尧

藩，柳条垂岸一千家刘商"；"暮雨自归山悄悄李商隐，残灯无焰影幢幢
元稹"；"蜡照半笼金翡翠李商隐，罗裙宜著绣鸳鸯章孝标"；"平铺凤簟
寻琴谱皮日休，醉折花枝当酒筹白居易"；"桃花脸薄难藏泪韩偓，梧叶心
孤易感秋曹邺"；"松间明月常如此宋之问，石上青苔思杀人楼颍"；"女
萝力弱难逢地曹邺，戏蝶飞高始过墙姚合"；"落花不语空辞树白居易，
明月无情却上天薛逢"。

　　大家可以仔细琢磨一下，这样的集句词是不是精美之极？值不值得
给予比较高的评价？朱彝尊以这种方式记游踪，寄客愁，咏古感兴，题
画赠别，怀人上寿……"原创"词所能表达的情感，朱彝尊用集句词
大体都能做到。可以说，在集句词的创作历史上，朱彝尊是最大限度地
解放了它的抒情功能的一个。这个贡献说不上多大，但我以为是应该给
予正面评价（而不是否定）的。

浙西二李之李良年

　　前面我们说过，浙西成派的标志之一是《浙西六家词》的刊刻。
所谓"六家"，除朱彝尊外，还有李良年、李符兄弟，沈皞日、沈岸登
叔侄，以及龚翔麟。当时聚集在浙西旗下的比较有成就的词人还有汪森
（与朱彝尊合编《词综》）、周筼、陆葇（朱彝尊表弟）、邵瑸等相当一
批，这里我们只介绍"二李"。

　　李良年（1635—1694）原名法远，字武曾，曾入贵州巡抚曹申吉
幕府，又被荐"博学鸿词"，未中。有《秋锦山房集》二十二卷，其中
诗十卷，功力很深，可惜关注者不多。词二卷，仅七十首不到，但声名
不低，有浙西"亚圣"之称，也就是副帅。严先生说他的词开廓不及
《江湖载酒》，而润密则较朱彝尊为胜。我的体会稍有不同，我觉得李
良年最突出的特质是在"清空"两字上做足文章，这就使他代表了浙
西词风很重要的一个侧翼。"亚圣""副帅"云云，大概可以从这个角
度得到解释。

　　可以看看他的《减字木兰花·重经白马渡》：

　　楚堤行遍，记得潇湘帘底见。棹倚枫根，客梦杨花共一村。鸥边再宿，前路分明烟水渌。门掩清溪，风起莲东月坠西。

　　白马渡，在湘西桃源县白马关下，所以开篇有"楚堤""潇湘"字样。"客梦杨花"一句看似寻常，深思之则极妙。杨花有摇曳飘荡之意，自己既为飘荡之"客"，又做摇曳之"梦"，那就与杨花找到了共同点，所以有"共一村"之说。这是很高级的通感手法，非用心深刻难以达到，而表述又颇为空灵。煞拍"风起莲东月坠西"一句极其自然，空灵的感觉比"客梦"那一句更上一个台阶。小词写客愁而已，没有什么深意，但清新之极，神韵栩栩，可以直追王渔洋绝句的手段，特别能显示"清空"的艺术魅力。

　　《高阳台·过拂水山庄感事》也是李良年的代表作：

　　屋背空青，墙腰断绿，沙头晚叠春船。一笛东风，斜阳淡压荒烟。尚书老去苍凉甚，草堂西、南渡明年。倚香奁、天宝宫娥，爱说开元。　松楸马鬣都休问，却土花深处，也当新阡。白氎红巾，是非付与残编。石家金谷曾拚坠，甚游人、尚记生前。更凄然、燕又双飞，柳又三眠。

　　这是一首怀古词，但所怀之"古"去"今"不远，大体上就是上一两代的事情，相当于我们今天写民国吧！拂水山庄是钱谦益和柳如是的故居。康熙三年（1664），钱谦益去世以后，家族里一些无赖之辈跑来争夺房屋田产。柳如是不堪其扰，于是与他们约定某日在家里汇集，许诺分割财产。等人来齐以后，柳如是在楼上自缢身亡，把钱家变成了争夺田产、逼死人命的犯罪现场，最终以生命保全了钱谦益仅存的一点心血。这些事情离李良年并不遥远，吟咏之际也就多了几分情感的投入："屋背空青，墙腰断绿，沙头晚叠春船。一笛东风，斜阳淡压荒烟"，都是写景之句，但是"空"字、"断"字、"荒"字，已经写出残垣断壁、破败凄凉之感。"尚书老去苍凉甚"，这一句信息量特大，可以说把钱谦益的后半生都浓缩在其中了。"尚书"二字乃是春秋之笔，也是诛心之笔。钱谦益在南明政权曾任礼部尚书，清兵南下，他是领衔投降者之一。按照清朝的政策，大明的降官均以原官用，但对钱谦益就没落实这个政策，只给了他一个礼部侍郎。钱谦益对此深感不满，不长时间就辞了官，此后拿出很多精力投入到抗清事业中去，不仅在郑成功反攻大陆时以老师的身份写信擘画军事，还拿出自己的积蓄，装备了一支小部队投入郑军作战。眼见大势已去，不由得长歌当哭，写下"途穷日暮聊为尔，发短心长可奈何""望断关河非汉帜，摧残日月是胡笳"等诗句。凡此种种，真是非"苍凉"二字不能概括！

下片最有感慨、也最见史识的在"白氎红巾，是非付与残编"一句。氎，读作"碟"，细棉布之意。"白氎"指的应该是钱谦益的装扮，"红巾"则指代柳如是。钱柳这段姻缘，不仅轰动当世，也为后人所艳称，陈寅恪先生晚年甚至专为柳如是写下洋洋数十万字的"别传"。他们个人的身世，以及面对明清易代的立场做法，的确是一言难尽，是是非非，也只有"付与残编"了！所以煞拍才有"更凄然，燕又双飞，柳又三眠"之句，大好春光，反衬着拂水山庄的荒凉。面对如流的韶华，怎能不感到无限的"凄然"？

这首《高阳台》也很"清空"，对诸多史事都是点到即止，不做更多评判，留出大片空间供读者咀嚼。同时，在这种收敛与清空中又流动着一种沉郁刚健的气质，确乎是代表着浙西词风的典范性作品。陈廷焯在《云韶集》中称本篇"感慨无限，情韵之妙，不减白石；情词凄切，别乎其年、竹垞外，自成高手"，说得很精准。

浙西二李之李符

再简谈李符（1639—1689）。李符原名李符远，字分虎，著有《香草居集》七卷、《花南老屋诗集》五卷，词集名《耒边词》。李符一生未入仕途，大体处于游幕坐馆、迁移颠沛的状态，显得比较平淡，但他的结局却突然掀起高潮，给人悚然一惊的感觉。

李符五十一岁暴卒于福州，其死因大家都讳莫如深，没有更多解释。直到道光年间，同为嘉兴人的沈涛在《瓟庐诗话》中才道出个中原委："分虎客闽中某官署，其夫人亦能诗，慕分虎才，因越礼。某官侦知之，召分虎与眷属共饮。酒半，舁一巨棺，强二人入之，遂葬后园。至今土人犹呼为鸳鸯冢。"这件事是足够写进《聊斋志异》或"三言二拍"的了，尤其是那位"某官"心毒手狠的形象，写好了肯定是让人不寒而栗的。

在词史上，李符历来被认为才气胜于乃兄，这可能是着眼于他的有些词酷似姜夔的缘故，比如他的《扬州慢·广陵驿舍对月，遇山左调兵南下》：

> 老柳梳烟，寒芦载雪，江城物候秋深。怨金河叫雁，断续和疏砧。记前度、邗沟系缆，征衫又破，愁到如今。怅无眠，伴我凄凉，月在墙阴。　竹西歌吹，甚听来、都换笳音。料锁箧携香，笼灯照马，翠馆难寻。淮海风流秦七，今宵在、梦更伤心。有燕犀屯处，明朝莫去登临。

"扬州慢"是姜夔的创调，"淳熙丙申至日，予过维扬"那一首更堪称《白石道人歌曲》中第一名篇。李符这一首中的意象、语感、境界都与姜夔极其相似，而又不是机械地模拟仿效，能用自家眼光写出自己心里"怆然"的"《黍离》之悲"。这是跟李良年乃至朱彝尊相比都略胜一筹的。

李符的短调《河满子·经阮司马故宅》也写得极好：

> 惨淡君王去国，风流司马无家。歌扇舞衣行乐地，只余衰柳栖鸦。赢得名传乐部，春灯燕子桃花。

词题中的"阮司马"又是一位早有定评但我们也许知之不多不深的历史人物，那就是阮大铖。南明政权，马、阮并称，这两位肯定是被钉在历史的耻辱柱上了。而且相比之下，阮大铖比马士英还要更下一等。马士英的结局存在一定争议，但基本可以肯定没有降清，所以当时就有人说他"不降即贤"①。阮大铖则不然，他兴冲冲地投降了清朝，而且还主动积极要给清军充当向导，带路进兵。当时阮大铖已经六十岁，但身体健壮，自诩"能骑生马，挽强弓""精力百倍于后生"。翻越福建仙霞岭的时候，阮大铖"鼓勇先登"，但一个失足，滚落山坡，当即气绝身亡。当时不少笔记中都记了这件事，其中还有一些特地渲染很多细节。比如清军将领拿马鞭捅阮大铖的身体，半天没反应，这才确认他死了。为什么写得这么细？显然是要欣赏玩味他的死亡过程，以解心头之恨嘛！

阮大铖人品卑污，但颇有才华。其实这是具有一定规律性的，很多历史上留下污名的小人都很有才华，比如蔡京、严嵩都是大书法家。宋代四大书家苏、黄、米、蔡，"蔡"原本指的就是蔡京，后来才换成蔡襄。山海关的匾额"天下第一关"和北京著名的酱菜园子六必居的匾额都出自严嵩之手，雄奇阔大，乃是不可多得的珍品。据说乾隆不满意大奸臣的手笔挂在山海关上，自己写了好多次"天下第一关"，想把严嵩的字换掉，看来看去，怎么也比不上严嵩，最终只能一如其旧。看来这位皇帝虽然好事得有点可笑，毕竟还是有自知之明，也还是知道廉耻的。

阮大铖的文学才华要远远超过蔡京、严嵩。他的《咏怀堂诗》备受章太炎、陈寅恪、胡先骕、钱仲联等名家赞誉，甚至被称为"明诗之冠"。他的戏曲创作汇为《石巢四种》，代表作《春灯谜》《燕子笺》情节工巧，词藻奇丽，被誉为汤显祖以后"玉茗堂"一派最有成就的作家。面对他的"故宅"，这首词其实是并不好作的。但是李符举重若轻，开篇就以"君王""司马"的对映写出兴亡之感，再以"歌扇舞衣""衰柳栖鸦"的对比刻画"故居"二字，最后两句将《春灯谜》《燕子笺》与另一出已失传的《桃花笑》缩略并提，感慨之余，也很惜重阮大铖的才华。如此处理，干净利落，而且面面俱到，仅仅三十七个字的篇幅，该说到的意思无一遗漏，确实是能看出李符的才气的。

---

① 温睿临：《南疆绎史》载黄端伯对多尔衮语。

第十讲
= "京华三绝"之曹贞吉、顾贞观 =

前面我们花了较大篇幅讲阳羡、浙西两大词派，就当时的词坛格局而言，可谓阳羡成就高，浙西影响大，然而毕竟还有不被阳羡、浙西所笼盖的杰出词人，那就是被严先生称为"京华三绝"的曹贞吉、顾贞观和纳兰性德。

曹贞吉是山东安丘人，顾贞观是江苏无锡人，纳兰论籍贯是满洲人，为何称他们为"京华三绝"呢？严先生在《清词史》中有一段很简练的论述："康熙十七年（1678）前后……词坛重心转移到了清王朝政治中心北京……其时……阳羡词派已呈衰势……浙西词风方兴未艾，尚未笼及全局，于是，京华词坛涌现出为时虽短，却是群雄纷起的新景观，其中曹贞吉、顾贞观、纳兰性德最为杰出……足堪'京华三绝'之称。"① 因为纳兰太"火"，值得单独开一讲细说，在这一讲中我们只谈曹、顾两位，先说曹贞吉。

《四库》独收的《珂雪词》

曹贞吉（1634—1698），字升六，号实庵，康熙三年（1664）进士，班辈甚早，但官场很不得志，二十多年后才做到个礼部郎中，不久即辞官归里。曹贞吉早年家世显赫，他的外祖父刘正宗是顺治朝大学

---

① 《清词史》，第277页。

士，与冯溥并列为"北党"两位党魁之一，但顺治末年刘正宗获罪革职，不到两年即去世，在心态上肯定给了曹贞吉不小的刺激。他的《良乡道上送舅氏之大名》诗中说："不信人言成市虎，须知杯影辨蛇弓……回首试从云际看，漫漫野马动悲风"，正是这种不良心绪的反映。更大的刺激来自其弟曹申吉的生死荣辱，这也与他仕途不顺有一定的关系。

曹申吉（1635—1680）的文采不及哥哥，但中进士时才二十一岁，受到康熙赏识出任贵州巡抚时年仅三十七岁，可谓少年得志。然而康熙十二年（1673）十一月，吴三桂等"三藩之乱"起，先杀云南巡抚朱国治，拘禁礼部侍郎折尔肯等，很快攻下贵阳，曹申吉被俘，七年后被害于昆明双塔寺。问题是，这些结论都是到了雍正、乾隆朝才得出的，当时曹申吉被误认为投降了吴三桂，定为"从逆"臣，这必然影响到曹贞吉的仕途发展，更令他心中饱受创痛。他五十几岁即抱病辞官，不能说与这种宦海沉浮、盛衰无常带来的冷清萧条感无关。

到乾隆朝修纂《四库全书》的时候，正值曹申吉的"历史遗案"得到彻底平反，被批准进入"忠烈祠"之际，所以《四库》在清初词坛不收陈维崧、朱彝尊、纳兰性德，而只收曹贞吉的《珂雪词》一家，这显然不完全是从文学本身出发的，里面包含着一定的抚慰性、补偿性的政治考量。

单就词艺来说，曹贞吉虽不及陈、朱、纳兰几家，但词集被收入《四库》并被评为"风华掩映，寄托遥深"也不算过誉。他的咏物词在清初词坛享有盛誉，但又不落浙西窠臼，一种"狂歌飒沓，聊凭凤纸以填来；老兴淋漓，亟命鸾箫为谱去"的哀怨慷慨其实更近乎陈维崧。[1]至于《减字木兰花·杂忆》一组八首悼念八位亲友，更是精悍沉郁，真挚动人。我们读其中三首：

> 戊申六月，万里惊心鳌背折。一夜罡风，只有才人瓦砾中。

---

[1] 陈维崧：《咏物词序》。

神仙诡异，露满金茎曾乞未。傲骨峻嶒，化作中林鬼火青。

偶然游戏，人道东方真玩世。君曰非狂，历落嵚崎也未妨。
当年花底，斗酒双柑吾共尔。黄叶东村，车过难为腹痛人。

三年伏枕，落拓无何惟日饮。柳七填词，减字偷声或有之。
王孙驴背，古锦奚囊抛得未。不用伤神，大有长安失路人。

第一首悼念多才傲骨、惨死地震中的表兄，① 第二首悼念被目为
"狂人"的好友，第三首悼念落拓放浪的早逝词人，"虽然尽掩姓氏，
但人物形象毕现，更具类型化"②，为一众"盛世"中的底层寒士做了
很生动的侧写。

"赠柳"首唱

前文吴伟业部分我们专门讲过他的《沁园春·赠柳敬亭》，也顺
带介绍了一代评书宗师柳敬亭的传奇身世。康熙十年（1671），年近
八旬的柳敬亭北上京师献艺访友，面对慕名而来的文人旧友，他说了
一句很有"历史感"的话："薄技必得诸君子赠言以不朽。"曹贞吉
于是写下《贺新郎·赠柳敬亭》，龚鼎孳见后"沉吟叹赏，援笔和
韵。《珂雪》之词，一时盛传京邑"③，可见这是曹贞吉在词坛获得大
名的代表作：

咄汝青衫叟。阅浮生、繁华萧瑟，白衣苍狗。六代风流归抵
掌，舌下涛飞山走。似易水、歌声听久。试问于今真姓字，但回
头、笑指芜城柳。休暂住，谭天口。　　当年处仲东来后。断江
流、楼船铁锁，落星如斗。七十九年尘土梦，才向青门沽酒。更谁

① 据曹贞吉五古《梦琰公感述》，知其长曹氏十岁，生卒年为1625—1668，仅四十四岁，但姓名无
考。
② 《清词史》，第280页。
③ 《珂雪词》后附曹禾《词话》。

是、嘉荣旧友。天宝琵琶宫监在，诉江潭、憔悴人知否？今昔恨，一搔首。

"咄汝青衫叟"，开篇的"咄"字用得出人意表而又高明至极。"咄"字一方面是说书人常用的语气词，另一方面是惊怪之声，"咄咄逼人""咄咄怪事"，都是惊怪的意思。用在"赠柳词"的开头，既切合柳敬亭的身份特征，又唤起后面无穷的沧桑之感。"抵掌"，代指快谈，《战国策·秦策》写苏秦，《史记·滑稽列传》写优孟，都用到了"抵掌"的字样。因为柳敬亭擅说史传，所以说"六代风流归抵掌"，接下来"舌下涛飞山走"六个字写得太精彩了，对一个说书人来说，这恐怕是至高无上的评价。黄宗羲《柳敬亭传》中说他晚年说书，"每发一声，使人闻之，或如刀剑铁骑，飒然浮空，或如风号雨泣，鸟悲兽骇，亡国之恨顿生，檀板之声无色"，这是对"舌下涛飞山走"一句的生动注释。"似易水、歌声听久"一句是以高渐离、荆轲击筑和歌的悲壮场面暗指柳敬亭的豪侠人格与行迹，所以引出"试问于今真姓字，但回头、笑指芜城柳"一句。《柳敬亭传》等文献早有记载，柳敬亭本姓曹，小时犷悍无赖，为了躲避官府抓捕，跑到盱眙县一带，看见道旁有柳树，于是指柳为姓。这两句囊括了柳敬亭的这部分经历，但加上"芜城"二字，就多了一分国破家亡的感受。

下片"当年处仲冬来后。断江流、楼船铁索，落星如斗"几句写柳敬亭"飞上枝头"，进入左良玉幕府，而又旋兴旋灭，前面我们说过，柳敬亭个人身世是小传奇、小历史，但他的身世是与明清易代的大传奇、大历史紧紧贴合在一起的。曹贞吉的词很好地抓住了这一点，在他笔下，"七十九年尘土梦"的身世起伏与"天宝琵琶宫监在"的国家兴亡时时刻刻都是交织结合在一起的。煞拍"今昔恨，一搔首"也是一笔双写，相互带映。所以严先生说："在全部'赠柳'词中，这阕'首唱'寄慨最深远，包蕴最丰富。"① 那么，这个"首唱"就包含了两层意思：一层是"首先"的"首"，一层是"首屈一指"的"首"。

---

① 《清词史》，第 282 页。

致 敬 "赠 柳" 首 唱

三十多年前，我还在上高中的时候，无意中得到一本龙榆生先生编选的《近三百年名家词选》，那可以说是我日后走上清代诗词研究之路的启蒙之书。当年翻开这本书，最打动我的作品就是曹贞吉这篇 "赠柳" 首唱，被 "舌下涛飞山走" 六个字击中后惊喜不置、赶紧跑去与好友分享的情景历历犹在眼前。想不到几十年后，我还有一次步韵致敬的机会。

2018 年，著名评书表演艺术家单田芳先生辞世，门下弟子知道我是单氏书迷，遂撺掇我写一首词，聊致悼念之情。我觉得单田芳先生在评书史上的地位与柳敬亭几堪抗衡，同时他也是 "阅浮生、繁华萧瑟，白衣苍狗" 的一个，所以用曹贞吉这阕首唱的原韵填了一首《贺新郎》：

> 嗓似公鸭叟。偏渲染、神道魔怪，龙虎鸡狗。也历桑田沧海劫，也看楼塌客走。老花眼、醉乜良久。何限往事苍凉甚，但婆娑、一指田头柳。芳淑气，悬河口。　倏然我亦中年后。数十载、菖蒲生涯，较升量斗。隋唐豪杰明英烈，三杯两盏淡酒。偶听起、如逢故友。声声醒木犹清越，问下回、尚能分解否？翁不应，但摇首。

词不算好，比曹氏原作乃至龚鼎孳的和作差距都很大了。如果说还有点好处，则其中的 "老花眼、醉乜良久" "隋唐豪杰明英烈，三杯两盏淡酒" 等句尚可称自然，而 "但婆娑、一指田头柳。芳淑气，悬河口" 嵌入 "田芳" 二字，是有意弄巧，试图不流于泛泛而已。

极情之至的顾贞观

"京华三绝" 的另一位是顾贞观（1637—1714），他的《弹指词》

虽没有被收入《四库》，但在当时与陈维崧、朱彝尊并称"三绝"，声名犹在曹贞吉之上。关于"三绝"之比较，曾受业顾氏后来又一度师法朱彝尊的浣花词客杜诏有一段话说得很有意思：

> 夫《弹指》与竹垞、迦陵埒名。迦陵之词，横放杰出，大都出自辛苏，卒非词家本色。竹垞神明乎姜史，刻削隽永，本朝作者虽多，莫有过焉者。虽然，缘情绮靡，诗体尚然，何况乎词。彼学姜史者，辄屏弃秦柳诸家，一扫绮靡之习，品则超矣，或者不足于情。若《弹指》则极情之至，出入南北两宋，而奄有众长，词之集大成者也。

说顾贞观"词之集大成者也"未免有为老师鼓吹夸大的意思，批评陈维崧"卒非词家本色"更是迂腐正统的眼光作祟，但点出朱彝尊那些"学姜史"的词"或者不足于情"确实击中了要害，以为顾氏词"极情之至"更是抓住了最主要的特征。

我讲古典诗词的读解与写作，曾提出"五个交通"之说，其中"情理交通"的境界最高。我以为，有一种诗词读法是超越技术、超越学问，直指心灵和人生的。能读出诗词中蕴涵的美感与情感，体味到其中的感悟与哲思，我们就穿越时空，恍惚之间坐在了古人的对面，与他们遨游歌啸、促膝长谈、心灵对撞。他们的悲欢喜乐就会跨过时空，酿造成我们自己人生中的一份丰厚营养。① 读顾贞观的词，常常会被其中的情感所打动，比如《南乡子·捣衣》，这是早被写滥了的题目，在他笔下仍然具有情感的力量：

> 嘹唳夜鸿惊，叶满阶除欲二更。一派西风吹不断，秋声，中有深闺万里情。　片石冷于冰，雨袖霜华旋欲凝。今夜戍楼归梦里，分明，纤手频呵带月迎。

---

① 参见拙著《诗词课》，辽宁人民出版社 2020 年版。

上片的 "中有深闺万里情" 已经揭橥题旨，很有情韵了，到煞拍又转到 "戍人" 的梦中，从对面写出 "纤手频呵带月迎" 的细节，可谓思巧情深。元代散曲作家姚燧有一首《凭阑人·寄征衣》："欲寄君衣君不还，不寄君衣君又寒。寄与不寄间，妾身千万难"，我以为是这类题材的顶尖作品。顾贞观这首比不上姚燧的直指人心，但也是 "极情之至" 的上品了。

当然，与《金缕曲·寄吴汉槎宁古塔，以词代书》二首相比，《南乡子》实在又是 "小焉者也"。这两首词不仅是顾贞观 "极情之至" 的最典范作品，更是中国文学史上难得一见的以情撼人的珍品。那么，吴汉槎是谁？宁古塔是哪儿？顾贞观为什么要以词的方式给他写信呢？凡此种种，背后又隐埋着一大段令人惊悚、诡谲变幻的历史风云。

薙发令与科场案

汉槎即前文提到过的吴兆骞的字，这是明末清初一位著名的大才子。"大才子" 这三个字在我这儿不是轻易许人的，吴兆骞够得上。顺治十年（1653），江浙文社在苏州虎丘、嘉兴鸳鸯湖举行了几次大型聚会，每次参与者几百上千。二十二岁的吴兆骞在会上大出风头，被文坛盟主吴伟业点为 "江左三凤凰" 之一，从此名震江南。本来有着大好前途，结果命数弄人。顺治十四年（1657）吴兆骞参加江南行省举行的乡试，顺利考中了举人，也因此开始了自己一生的大悲剧。

顺治十四年的干支是丁酉，这一年发生在江南的 "科场案" 是此后一系列大型案狱的开端。为什么这样说？我们要从明亡清兴说起。

当年盘踞在关外的满清辫子军其实本来没有入主中原的野心，在山海关一片石大战李自成，他们恐怕也没有想到看起来战斗力那么强的大顺军队，摧枯拉朽般被自己迅速击溃，彻底崩盘。从这开始，树立了信心的满清军事集团高歌猛进，在整个北方地区都没有遇到强有力的抵抗。从地域文化性格的角度看起来，这样的局面未免有点让人诧异。

北方一向是以阳刚气质著称的，所谓"燕赵之地，多慷慨悲歌之士"，所谓"山东大汉"，所谓"天下武功出少林"，按理说不应该出现望风披靡的情况。反而是到了温文尔雅、烟水迷离的江南地区，风起云涌、前赴后继的铁血抵抗一浪高过一浪，这尤其让我们觉得不可思议。

为什么在江南出现铁血斗争的情况？有一个非常重要的因素必须考虑进来：清兵在顺治二年南下长江，颁布了著名的"薙发令"。"薙"字现在常常被写成"剃"字，其实这两个字有很大差异。"剃发"是剪去头发，"薙"是斩草除根，力度完全不同。薙发令的核心是十个字："留头不留发，留发不留头"，头发、脑袋选择一个！

头发是小事儿，剃成什么发型都不会影响身体健康，但头发又是大事儿，所谓"身体发肤，受之父母，不可毁伤"，头发背后是文化传统！大明衣冠我们早就习惯了，现在要逼迫大家把前半截头发剃掉，后半截梳个辫子，这是禽兽之装！这不仅是审美品位的大滑坡，更是对汉文化法统的全面摧毁。从南宋以来，江南就是汉文化积淀最厚的地区，于是，就在这个最斯文的地带出现了抛头颅、洒热血的抗争。

扬州十日、嘉定三屠、江阴保卫战、四明山游击战……虽然最后都以失败告终，但是可歌可泣，气壮山河，在满清统治层心里留下了长久的惊慌和疑忌。局势稍稍稳定一点，就要启动一系列必要手段，打击江南地区的知识阶层、士绅阶层，拔除自己的眼中钉，肉中刺。顺治十四年丁酉科场案就是在这样的背景下登台亮相的。

顺治的帝王心术

丁酉科场案其实是一个全国范围的案件，在顺天（俗称北闱）、河南、江南（俗称南闱）的乡试中都有违规现象，也都有人受到惩处，但是，我们比照一下，就能明显感觉到朝廷对南闱科场案重拳出击，后果最严重，处刑最严厉。

如同每一次乡试一样，录取结果出来了，几家欢乐几家愁，有上榜的，就有落榜的，每一次也都会有落榜秀才"找茬儿"以各种方式表达自己的牢骚和不满。这一科考试的"茬儿"在什么地方呢?

有人注意到,这一科的主考叫作方猷,而他录取的一个举人叫方章钺。这两人肯定是同宗近亲,明显是营私舞弊、暗箱操作!于是一传十十传百,舆论沸腾,落榜的才子尤侗写了一出时事活报剧《钧天乐》,又有人写了一出《万金记》,由戏班搬上舞台,引起巨大轰动。《万金记》的名字取得很有讲究,"万"字加上"、"就是"方",指主考方猷;"金"字是"钱"字的偏旁,指的是副主考钱开宗;"万金"合在一起又暗示他们收受贿赂。这样的舆论造势很快引起强烈关注,京城有一位监察官员阴应节"风闻奏事",把这件事情报告了顺治皇帝。

那么,到底应不应该同宗回避?主考官是否违规操作呢?其实真相很容易查清楚。因为当事举子方章钺也不是没来历的人物。他是安徽桐城方氏望族出身,父亲方拱乾现在朝廷担任詹事府右少詹事兼内翰林国史院侍讲学士的要职,他大哥方玄成担任内弘文院侍读学士,品级也不低,而且颇受皇帝赏识,① 把他们叫来问问不就知道了?方拱乾回奏得很明白了:"臣籍江南,与主考方猷从未同宗,故臣子章钺不在回避之例,有丁亥、己酉、甲午三科齿录可据",这就是说,我们同姓不同宗,历史上从来没有回避过!

这个证据是坚实的,但问题在于,如果皇帝采信了你的说法,认为没有舞弊情节,下一步的戏要怎么唱?那将置皇帝体面于何地?将置皇帝打击整治迟迟不肯归心的南方士子的算计于何地?

接下来的事件与其说是"千古奇冤"抑或"一场闹剧",不如说是一次蓄意已久的阴谋。一般情况下,皇帝听到了这样的举报以后,应该怎么处理这个事情呢?应该表态说:"我高度重视江南考场舞弊的事情,马上调派一批干员,组织一个专案组,一查到底,把真相搞清楚,如有违法违规情节,我们坚决处置,严惩不贷!"这是正常程序,但是顺治皇帝这一次的反应很不正常。他貌似愤怒其实很开心地下了一道圣旨。

---

① 顺治十一年(1654)诏举词臣优品学者十一人,侍帷幄,备顾问,顺治亲简其七,方玄成与焉。翌年选经筵讲官,例用大臣,玄成又以学士入选。野史记载,顺治帝对方玄成"呼为楼冈而不名",又说"方学士面冷,可作吏部尚书"。

开头就说："方猷，钱开宗离开京师去主持南闱考试的时候，朕曾经当面训谕，一定要秉持公心，千万别出问题，哪知道这两个家伙阳奉阴违，辜负朕的一片苦心，实属可恶"，然后再说："派人下去，一查到底！"

大家看出来哪里不对了吗？他已经先给案件定了性，然后再去查，你能查出什么来？你能唱反调，查出两位主考官没舞弊吗？把皇帝的脸面往哪儿放？还要注意一点：顺治皇帝对方拱乾提供的证据完全"选择性失明"，视而不见，提都没提。他是不是因为愤怒而忽视了有力证据呢？我认为不是，顺治皇帝既不是昏君，也不是暴君，相反，他是奠定大清朝江山的"三祖"之一，① 是非常英明而有算计的！这是他故意走的一步大棋！所以我说他"貌似愤怒其实很开心"，这简直是雪中送炭嘛！

专案组的调查结果不用说了，移交到审判机关，结果也不用说了：方、钱二人舞弊证据确凿，拟处绞刑。十六房同考官也负有连带责任，处以流刑。大家会觉得这个刑罚太重了，但这里我们要说明两点：第一，古代科场案是惊天大案，惩处是非常重的，清朝后期曾经因为科场案杀过大学士。② 按照这样的规矩，这个"拟刑"并不算重。

第一，这个拟刑不仅不算重，其实还有点轻呢！司法部门的目的是为了救方、钱二人的命。为什么？这里面有一个古代司法制度通行的"潜规则"，叫作"杀之三，宥之三"。什么意思呢？传说上古尧帝时期大法官叫作皋陶，铁面无私，有人犯了死罪，他禀报尧帝说要杀。尧帝心存悲悯，说："饶他一条命吧！"皋陶坚持说："不行啊！要杀！"如是者三。③ 这条"潜规则"的意思就是要彰显帝王的仁慈，所以一般都是司法部门把刑罚定得重一点，留给皇帝"法外开恩"的余地。现在

---

① 努尔哈赤庙号为"太祖"，顺治庙号为"世祖"，康熙庙号为"圣祖"。
② 咸丰朝戊午科场案，大学士柏葰以主考责任斩首。此案有党争因素，但也可见科场案之重大程度。
③ 苏轼《刑赏忠厚之至论》："当尧之时，皋陶为士，将杀人。皋陶曰：杀之三，尧曰宥之三。故天下畏皋陶执法之坚，而乐尧用刑之宽。"龚炜《巢林笔谈》卷一："《王制》：'大司寇以狱之成告于王，王命三公参听之。三公以狱之成告于王，王三宥，然后制刑。'《周礼》：'一宥曰不识，再宥曰过失，三宥曰遗忘'，谓行刑之时，天子犹欲以此三者免其罪也。东坡'杀之三，宥之三'本此。"

司法部门拟的是绞刑，也就是最低一等死刑，皇帝一"加恩"，减一等吧！这俩人的命就保住了。这就可见，司法部门知道这些人是冤枉的，他们不敢驳皇帝的意思，又想玩儿一点儿法律手段。

打算得挺美，但谁也没想到，顺治皇帝按照自己的战略思想又一次给予了非常态处置。他没有遵照"杀之三，宥之三"的原则法外开恩，反而"特旨改重"，把方、钱两位主考的绞刑升格为斩刑，十六房同考官升两格，一起斩首。于是，这一科十八位考官全部被杀，其中只有一位叫卢铸鼎的比较幸运，先死在监狱里面了。他们的家产被没收，妻子儿女被流放到黑龙江，给披甲人为奴。

心理素质没过关

对考官如此出格严惩，对考生怎么办？顺治传下圣旨：所有已录取举人从南京到京城瀛台，一体复试！我们能想象，瀛台复试的场面、气氛和在南京考试肯定大不一样了。大家有机会可以去南京看看江南贡院，它是中国古代规模最大的考场，鼎盛时期仅考试的号舍就有超过两万间，加上官、膳、库、杂役兵等数百间房，占地超过三十万平方米。当然，号舍的条件也很艰苦，几平方米而已，没有床，搭个木板当书桌，困了就蜷缩在上面睡觉。但是那毕竟是个独立空间，心情还是相对放松的。到了瀛台是什么样子呢？为了防止再一次出现舞弊行为，每个考生身边儿站着两个全副武装的士兵，甲胄鲜明，刀枪锃亮，肌肉发达，目露凶光，胆子稍小一点的考生，谁还能安心写文章？害怕还害怕不过来呢，腿肚子可能都转筋了！那点才华早就丢到爪哇国去了！

我们要讲的这两首词里的主角吴兆骞就是这么一位心理素质不过关的考生。他是名震江南的大才子，谁都得承认，他考这个举人小菜一碟，绝不会存在什么贿赂、舞弊之类的问题。可偏偏就是他，复试考砸了！

为什么呢？有一种说法认为吴兆骞对这种复试形式非常不满，说："岂有堂堂举人而为盗贼之事者？"为了表示抗议，他交了白卷。这种说法恐怕是后人的一厢情愿，我们没有找到相关的文献证据。从现有文献来看，吴兆骞是被这种剑拔弩张的场面吓破了胆，那些"江左三凤凰"的才学连一成也没发挥出来，所以"未能终卷"，考了个不及格。①

跟吴兆骞命运类似的还有另外七个人，其中就包括引发这起科场案的方章钺。我们知道，这次复试谁能合格方章钺也不可能合格，另外七位是给方章钺陪绑的。于是，吴兆骞、方章钺等八位"前举人"全家被处以流放之刑。流放到哪儿呢？宁古塔。

前面讲到丁澎的时候我们说过，尚阳堡、宁古塔、卜魁，这是东北文化的三处穴道。问题是，半夜东北虎敲门的尚阳堡已经让人不寒而栗了，可流放到宁古塔的人说，他们"望尚阳堡，如在天上"！

还要注意的是"全家流放"。既不是一个人上路，也不是三口五口之家，而是整个家族，可能几百上千口人，因为这个也许不太熟悉的家族成员的错误，就被流放到万里之外，苦寒绝域。那真是呼天不应、叫地不灵的人间悲剧！

吴兆骞家族人口不太多，方章钺就不一样了。他父亲方拱乾、大哥方玄成全都丢了官，连同其他几位兄弟亨咸、育盛、膏茂，一起以罪犯身份流放到了宁古塔。顺便一说，这里面有一个有意思的小掌故：方拱乾的几个儿子没有用统一的范字命名，但有一个统一的特点："文头武脚"。玄、亨、育、膏、章，都是"文头"，成、咸、盛、茂、钺，都

---

① 兆骞瀛台复试被除名之原因，李兴盛先生《江南才子塞北流人吴兆骞年谱》（黑龙江人民出版社2000年版）第59—60页有详尽考证，迻录如下：瀛台复试，兆骞除名之原因有三种说法：因病曳白；战栗失次不能终卷；故意不完成试卷。兹引史料数则，以供参证：刘禺生《世载堂杂忆》："吴汉槎兆骞，惊才绝艳，江南名士也，犹交白卷而出。或曰汉槎惊魂不定，不能执笔，查初白所谓'书生胆小当前破'也。或曰汉槎恃才傲物，故意为此。"戴璐《石鼓斋杂录》："殿廷复试之日，不完卷者锒铛下狱。吴汉槎兆骞，本知名士，战栗不能握笔"……又，许嗣茅《绪南随笔》亦同此："同年中名士如吴汉槎、陆子元，皆战栗不能终卷。"徐珂《清稗类钞》第二十册《顾贞观救吴汉槎》："吴因病曳白，除名，遣塞外。"《宁安县志》卷四："复试南北举人于瀛台……与试者皆震惧失次，则曰叹：'焉有吴兆骞而以一举人行贿者？'遂不复为。"按：上述三说，平心而论，以战栗失次、不能终卷一说近于情理。盖吴兆骞身处厄境，惴惴不能自保，有此复试机会，必然会全力与试，企图以一己之才华，证实自己之无辜。然与试之际，考场甲仗森严，人皆股栗，兆骞战栗不能终卷，实属可能，此种结果并不能证明兆骞没有才华。笔者认为，李先生所说甚是，可再略作补充：第一，如因病曳白为事实，则其运气之不济，必见诸记载或吟咏，今无踪迹可循，可见是无根游谈。第二，《归来草堂尺牍》家书第一笺兆骞戊戌复月上父母书："儿于三月九日赴礼部点名，即拘送刑部。儿此时即口占二诗，厉声哀诵，以伸冤愤。"其二诗见《秋笳集》卷四，其一句云："自许文章堪报主，那知罗网已摧肝。冤如精卫填瀛海，哀比啼鹃血未干。"其二句云："衔冤已分关三木，无罪何人叫九阍。""应知圣泽如天大，白日还能照覆盆。"从这些词句分析，兆骞努力雪冤之意极为显豁，必无恃才傲物、故意不终卷之举。

是 "武脚"。所以有人开玩笑说：再生儿子就叫 "哀哉" 吧，也是文头武脚啊！

家庭教师顾贞观

顺治十六年（1659）闰三月初三，吴兆骞启程赴宁古塔，从江南的烟水迷离进入了东北的冰雪摧残。他的恩师吴伟业长歌一首《悲歌赠吴季子》，与自己的得意弟子作生死之别：

> 人生千里与万里，黯然销魂别而已。君独何为至于此？山非山兮水非水，生非生兮死非死。十三学经并学史，生在江南长纨绮，词赋翩翩众莫比，白璧青蝇见排抵。一朝束缚去，上书难自理，绝塞千里断行李。送吏泪不止，流人复何倚。彼尚愁不归，我行定已矣。八月龙沙雪花起，橐驼垂腰马没耳，白骨皑皑经战垒，黑河无船渡者几，前忧猛虎后苍兕，土穴偷生若蝼蚁，大鱼如山不见尾，张鬐为风沫为雨，日月倒行入海底，白昼相逢半人鬼。噫嘻乎悲哉！生男聪明慎莫喜，仓颉夜哭良有以，受患只从读书始，君不见，吴季子！

"山非山兮水非水，生非生兮死非死"、"受患只从读书始，君不见，吴季子"，这样的句子出自苍老憔悴的诗坛盟主笔下，足以催人泪下。在送行的人群里，有一个人没有掉一滴泪，也没有说太多话，他只是暗暗攥紧了拳头：汉槎兄！不管付出什么代价，不管要花费多少时间，我都会把你救回来！这个人就是——顾贞观。

顾贞观是无锡人，家世比吴兆骞显赫得多。他的曾祖就是晚明东林党的党魁顾宪成，顾氏家族与大明朝休戚与共，感情深厚，积极投身抗清事业，付出了非常惨重的代价。家仇国恨驱使之下，顾氏子弟出仕新朝的少之又少，但凡跟新朝靠拢的都被视为一种背叛，饱受舆论谴责。顾贞观就成了这样的不肖子弟，顺治十八年（1661）初，顾贞观即启程赴京，奔走权门，仰人鼻息，总算熬得一点文书之类的小官，但对于营救吴兆骞毫无帮助。

一晃十多年过去了，直到康熙十五年（1676），顾贞观终于谋得了一个有希望的差事——到大学士明珠府上任家庭教师，更重要的是，他和明珠的大公子纳兰性德惺惺相惜，结成了莫逆之交。

怎么能够深深打动纳兰性德，让他向明珠强力推动"营救行动"呢？纳兰是至情至性的词人，那就写一点至情至性的词吧！这一年冬天，顾贞观寓居千佛寺，眼看漫天冰雪，寒意侵骨，遥想六千里外的吴兆骞又会是怎样的苦寒难熬？一腔积郁热望难以宣泄，于是挥笔写下《金缕曲·寄吴汉槎宁古塔，以词代书，丙辰冬，寓京师千佛寺，冰雪中作》：

季子平安否？便归来，平生万事，那堪回首。行路悠悠谁慰藉，母老家贫子幼。记不起，从前杯酒。魑魅搏人应见惯，总输他，覆雨翻云手。冰与雪，周旋久。　泪痕莫滴牛衣透。数天涯，依然骨肉，几家能够？比似红颜多命薄，更不如今还有。只绝塞，苦寒难受。廿载包胥承一诺，盼乌头、马角终相救。置此札，兄怀袖。

我亦飘零久。十年来，深恩负尽，死生师友。宿昔齐名非忝窃，只看杜陵穷瘦。曾不减，夜郎僝僽。薄命长辞知己别，问人生，到此凄凉否？千万恨，为兄剖。　兄生辛未吾丁丑。共些时，冰霜摧折，早衰蒲柳。诗赋从今须少作，留取心魂相守。但愿得，河清人寿。归日急翻行戍稿，把空名、料理传身后。言不尽，观顿首。

和血和泪的"以词代书"

要特别注意"以词代书"四个字。之前也有人说"以诗代书""以词代书"，都是泛泛而已，都没有严格按照书信的格式，但是顾贞观做到了"词"与"书"的高度吻合。我们给人写信，第一句都问平安，顾贞观第一句也是这样："季子平安否"。同样问平安，他这一问力量非同小可，那是十几年的惦念、担忧、努力凝结成的这一句，五个字背后其实是有千言万语的！接下来一句没有按照惯常思路打听吴兆骞的近况，而是直接宕开，接入"便归来"三个字，可见"归来"是无时无刻不萦绕牵挂在顾贞观心头的。这一转，笔力千钧，下面"平生万事，那堪回首"，再转回来：假设你能回来，想想自己这一辈子，怎堪回首？这样，开篇两句就构成了"现在—未来—过去（现在）"的时间线，笔法腾跃，矫若神龙。

"行路悠悠谁慰藉，母老家贫子幼"，这是写吴兆骞的"现在"，要注意"母老家贫子幼"的六字句，掰开了是三个二字句，"母老"、"家贫"、"子幼"，这都是人心深处最痛楚的地方。面对这样残酷的现实，所以才"记不起，从前杯酒"，宁可忘却、不敢想起早年诗酒风流的情景，那离现在的自己太遥远了！

"魑魅搏人应见惯，总输他，覆雨翻云手"，这两句背后是有着极其深沉的感慨的。吴兆骞流放宁古塔背后有仇家陷害的因素，但顾贞观笔下的"覆雨翻云"的"魑魅"哪里只是指一般的仇家呢？那不是指这个群魔乱舞的世界吗？在后文顾贞观还说："数天涯，依然骨肉，几家能够"，他的这种眼光很难得。他没有拘于一人一事、一家一姓，而是放眼到整个时代，这样一写，词的境界和意义就都不一样了，"冰与雪，周旋久"六个字也就显得格外沉痛。

上片的情感汹涌澎湃，一浪高过一浪，下片前半部分就要平静一些，大都是劝慰之辞："泪痕莫滴牛衣透，数天涯，依然骨肉，几家能够？比似红颜多命薄，更不如今还有"，这是强忍内心激愤与痛楚的安慰，但真的能安慰到吴兆骞吗？不管你怎样开解自己，"只绝塞，苦寒难受"！反复的劝慰、体谅，反复拿自己和吴兆骞形成同频共振，可是真能抵得上飞雪胡天、卷地北风中的苦熬吗？由此过渡到煞拍部分："廿载包胥承一诺，盼乌头、马角终相救"，这里用了两个典故。一是申包胥哭秦庭。《左传》记载，伍子胥率吴兵破楚，申包胥乞师于秦，秦王不许。申包胥"立依于庭墙而哭，日夜不绝声，勺饮不入口七日"，秦王感动，最终答应出兵救楚。二是用燕太子丹的典故。燕太子丹在秦为人质，问："什么时候放我回去"？人家回答得很简单："乌白头，马生角。"燕太子丹回国之后，派荆轲行刺秦王。这两个典故并不生僻，而且非常恰当地表达了顾贞观的坚决心性。"置此札，兄怀袖"，"此札"是我许下的誓言，吴兄你好好珍藏，立此为据吧！

写到这儿，一首词结束，一个完整的意思表达完了，但还远远不是全部。第一首词相当于一封信的前两段，我们还要看看信的后半部分写了什么。

第二首的开头不容易，要承上启下不说，还要够分量，压得住上一首汹涌浩荡的情感洪流，"我亦飘零久"五个字是做到了上面那些要求的。一个"亦"字，不仅关合着吴兆骞的遭遇，更领起了第二阶段汪洋恣肆的情感喷发。"十年来，深恩负尽，死生师友"，这两句背后也有一篇大文章，但是不暇说，也不能说。因为目的不是要炫耀、市恩，而是为了解说"飘零"二字，点到为止即可。所以下面话锋一转，追溯往事："夙昔齐名非忝窃，只看杜陵穷瘦。曾不减，夜郎僝僽"，我们呕心沥血，磨砺志节学问，那一点小小虚名都是我们辛勤博得的呀！

关于"夙昔齐名"，我们可以加一点注解。吴、顾确有才子之并称，但吴兆骞的风头比顾贞观要尖锐一些。他个性张扬，做事不依常规，留下了不少掌故轶事。读私塾的时候，他把别的小同学帽子偷走了，还往里面撒了一泡尿。老师批评他，他却说："与其戴在俗人头上，还不如给我当个尿盆的好！"这位私塾先生叫计东，也是一位名士，很有识人的眼光，他给吴兆骞"算了一个命"："此子必定成名，但是露才扬己，不能免祸。"

长大以后，吴兆骞与一位大名士汪琬一起散步，忽然跟汪琬说："江东无我，卿当独秀"！路人为之侧目。这是南朝时袁淑见了谢庄《鹦鹉赋》以后的感叹语，袁淑后面还有一句："我若无卿，亦一时之杰也"，于是把自己写的《鹦鹉赋》收了起来，秘不示人。袁淑虽然很自负，但还是自认不如谢庄的，其实是惺惺相惜。吴兆骞引用这句话意思可就不对了，他有点像相声《对春联》的开头："整个相声界你的文化水平最高，数你了……当然了，比起我你还差一点儿！"如此狂傲，势必会引人嫉恨，惹来大祸也与这个性格特点有关。

"夙昔齐名"的风华转瞬即逝，自从你获罪流放，我们天各一方，无缘再见，人生到此地步，那可真是太凄凉了！"问人生，到此凄凉否"，这八个字里包涵的人生况味实在令人难复为言。其实又何止一个吴兆骞呢？屈原的人生、司马迁的人生、杜甫的人生、柳永的人生、苏轼的人生、黄景仁的人生、龚自珍的人生、沈祖棻的人生、聂绀弩的人生……哪一个不值得我们问上这么一句呢？所以我多次强调，顾贞观这两首词有他极其广阔的"超越性"，超越了一时一事、一家一姓，甚至也超越了时空阻隔，锋利地扎进我们心里。这才能称之为千古绝唱！

过片遥接"人生"二字，转入家常叮咛。"兄生辛未吾丁丑。共些时，冰霜摧折，早衰蒲柳"，算算自己的年纪，也到了"保温杯里泡枸杞"的油腻中年了，何况又经历了那样有形无形的摧残？"诗赋从今须少作，留取心魂相守"，熬心血的诗赋要少写一点，多保重一点，但愿能盼到河清人寿那一天。"归日急翻行戍稿，把空名、料理传身后"两句照应的是第一首开头"便归来，平生万事，那堪回首"那两句，而意思又有所不同。所谓"空名"，在那空荡荡里边难道不是包含着无比浓郁的历史感和生命感吗？写到这里，应该煞尾了，"言不尽，观顿首"，最后六个字是标准的书信格式，但如同"季子平安否"一样，这也不是套语。"言不尽"是真的有千言万语没有说尽，"观顿首"也充满着庄严的仪式感和友情的沸腾温度。

太息梅村今宿草

两首和血和泪凝成的千古绝唱，拿给纳兰性德看了以后发生了什么呢？顾贞观有记载，他说："容若见之涕下，曰'河梁生别之诗，山阳死友之传，得此而三'。""河梁生别之诗"是指苏武、李陵，"山阳死友之传"是指向秀悼念嵇康、吕安的《闻笛赋》。纳兰性德说，这是千古第三个友情佳话，自己深受感动，决意承担这个 Mission Impossible，并许诺以十年为期。

要知道，这是"先帝"亲手定下的铁案，纳兰性德敢应允十年已经非常不容易了，但顾贞观一听就急了："人寿几何？吴兆骞已经流放塞外十几年了，他还能不能熬过十年呢？"再三恳请，纳兰把期限缩短到了五年。

尽管纳兰性德也很受康熙皇帝欣赏，但营救吴兆骞，他的能量还不够，只能找个合适机会去跟他父亲明珠恳求。明珠明白这事情的难度，沉吟许久，跟顾贞观说："顾先生，我知道你滴酒不沾，今天你喝下两大海碗烈酒，我就答应你救吴兆骞回来。"顾贞观二话没说，将两大海碗烈酒一饮而尽，颓然醉倒。[①] 明珠也被顾贞观所打动，通过自己的得力干将徐乾学出面筹措了一笔钱，以纳赎城门的名义把吴兆骞"买"了回来。那时正是康熙二十年（1681），纳兰性德兑现了"五年之诺"，而吴兆骞在塞外整整流放了二十二年，回到山海关内已经是半百老人！无辜遭难，流放半生，万般挣扎，得以生还，还得感谢讴歌圣上的英明伟大，这是一个什么样的世界！

吴兆骞于康熙二十年十一月中到达北京，徐乾学在欢迎宴会上写了一首《喜吴汉槎南还》诗，诗坛唱和者有上百人之多，其中王渔洋有两句"太息梅村今宿草，不留老眼待君还"——可惜你的恩师吴伟业先生去世多年，没有看到你生还的这一天。这两句最为沉痛，也最为人传诵，是对"吴兆骞事件"的绝好概括。

吴兆骞终于回来了，但一介罪囚，生计无着，纳兰性德又推荐他在自己府里做了塾师。所谓"生馆而死恤之"，作为满洲贵胄的纳兰在汉族文人中赢得广泛认可和尊重，跟他这样的义举有着莫大关系。按说此事已经非常圆满了，但是还有一个小枝节不能不提。

顾贞观没有讲过自己如何营救吴兆骞，吴兆骞以为自己回来都是徐乾学出的力，不仅没领顾贞观的情，反而因为小事与顾贞观翻了脸，到明珠那儿说了一堆顾贞观的坏话。明珠也没动声色，而是安排了一天，请吴兆骞到自己书房饮酒。吴兆骞来到明珠书房，看见墙上挂了一个木牌，上写"顾某为吴某饮酒处"一行大字。听明珠讲了当时的情形，吴兆骞痛哭失声，这才找到顾贞观百般致歉，两个人和好如初。我们乍

---

① 事见袁枚《随园诗话》卷三、徐珂《清稗类钞·义侠类》"顾贞观救吴兆骞"条。

听起来会觉得吴兆骞太不像话了，但是，这样的小插曲恰恰是人生的本真面貌，也更丰富了顾、吴千古友情佳话的色彩。

康熙二十三年（1684），五十四岁的吴兆骞一病不起，临终之前他跟儿子说："现在想起在长白山脚下射野鸡，在松花江畔钓大马哈鱼的时候，真是让人留恋哪！"这位江南才子最终是在对白山黑水的乡愁中落下人生帷幕的！①

吴兆骞的故事讲完了，顾贞观的词也讲完了，但我还有些想法要说。论事也好，论词也好，我们都应该能承认，这是三千年诗歌史、文学史上罕见的宝贵财富。但是，出于"宋以后无词"的僵化理念，我们长久以来对这样的千古绝唱都是视而不见，或者一带而过。即便是近年撰写的文学史中，包括现在各大学最通用的高教版《中国文学史》，讲到宋词，二三流的词人都不吝篇幅，征引繁多，到了清词、到了顾贞观这里，三言两语，惜墨如金，连原文都舍不得引一下就略过去了。像这样的"千古不可无一，不能有二"之佳作，我们是应该好好审视评价，给它应有的文学史地位的！

---

① 徐珂：《清稗类钞》第二十七册《吴汉槎为师于塞外》：（吴）临殁语其子曰："吾欲与汝射雉白山之麓，钓尺鲤松花江，挈归供膳，付汝母作羹，以佐晚餐，岂可得耶"？

第十一讲
══ 古典的纳兰，我们的纳兰 ══

武林高手纳兰

非关癖爱轻模样，冷处偏佳。别有根芽，不是人间富贵花。

谢娘别后谁能惜，飘泊天涯。寒月悲笳，万里西风瀚海沙。

——《采桑子·塞上咏雪花》

这一讲我们集中说说"京华三绝"中最"绝"的纳兰性德。一部说不尽的纳兰词，就从这首"不是人间富贵花"开篇吧！

纳兰性德是清代词坛的一个"异数"。所谓异数，不光指他以濡染汉文化未久的满洲贵介公子之身昂然屹立于清词坛坫，成为词之中兴期屈指可数的几座高峰之一，更由于在如今学界和大众皆普遍漠视清词的大背景下，纳兰独能赢得广泛的青睐，获致超常的"礼遇"。开场白部分我们曾经讲过，1912—1992 年八十年间计有清词研究成果 1269 项，其中纳兰独得 171 项，仅次于另外一个更大的"异数"王国维而屈居次席。近二三十年，关于纳兰的研究更是风起云涌，恐怕早超过了前八十年总和的若干倍。

再从通俗文化层面观察，纳兰的名气之大甚至让他在多部武侠小说之中出现。梁羽生的《七剑下天山》里面就写到了纳兰性德，而且把他写成了一个懂武功的高手。梁羽生还是比较聪明的，把纳兰弄成"周星星"版的唐伯虎那样也不好看，他只用了一个小细节暗示纳兰性德是会武功的。小说里有一位高手叫桂仲明，大力鹰爪功驰名武林，他因为误会推了纳兰性德一把，普通人是受不了他一招半式的，但纳兰往后退了几步就站住了，这说明他的武功也相当可以。在金庸的《书剑恩仇录》中，乾隆皇帝和陈家洛兄弟两个初次见面，在互相不知道是谁的情况下，明争暗斗，文较武斗，也曾两次引用过纳兰性德的词：

　　东方耳见他言不由衷，也不再问，看着他手中折扇，说道："兄台手中折扇是何人墨宝，可否相借一观？"陈家洛把折扇递了过去。东方耳接来一看，见是前朝词人纳兰性德所书的一阕《金缕曲》，词旨峻崎，笔力俊雅，说道："纳兰容若以相国公子，余力发为词章，逸气直追坡老美成，国朝一人而已……纳兰公子绝世才华，自是人中英彦，但你瞧他词中这一句：'且由他、蛾眉谣诼，古今同忌。身世悠悠何足问，冷笑置之而已。'未免自恃才调，过于冷傲。少年不寿，词中已见端倪。"说罢双目盯住陈家洛，意思是说少年人恃才傲物，未必有甚么好下场。陈家洛笑道："大笑拂衣归矣，如斯者、古今能几？向名花、美酒拼沉醉。天下事，公等在。"这又是纳兰之词。①

　　据媒体报道，北京近年出现了规模很不小的"纳兰追星族"，甚至到了定期沙龙集会的程度。造成这种种令人惊讶现象的原因固然很多，有一点恐怕必须考虑，那就是在纳兰的文学创作成就之外，这个惊才绝艳的词人身上那种"不是人间富贵花"的神秘而凄美的情怀像磁石一般散发出的强劲而持久的吸引力。

---

① 《书剑恩仇录》第七回《琴音朗朗闻雁落　剑气沉沉作龙吟》。

为什么是"成容若"

纳兰性德（1654—1685）[1]，原名成德，以太子胤礽小字保成，避讳改为"性德"。后来太子正式命名为胤礽，性德复用"成德"之名，但一般还是以"性德"称之。字容若，因为满族人不用"姓＋名/字"的方式，所以他也常把"成德"之"成"当作姓氏使用，自称"成生"，别人则常称之为"成容若"。晚清四大家之一的郑文焯也是满族，别人常常把他的"文"当作姓氏来用，加上字号，称他为"文叔问"或"文小坡"，也是同样的缘故。

性德先世为海西女真的叶赫部族，慈禧太后就是这一族的，叶赫那拉的"那拉"其实就是纳兰。我们熟悉的叶嘉莹先生也是这一族，只不过她取了"叶赫"之"叶"做为汉姓。叶赫部族在明代末叶被建州女真所吞并，性德曾祖姑被努尔哈赤纳为妃子，生清太宗皇太极，属于爱新觉罗皇族的亲支近派。纳兰家族属"上三旗"中的正黄旗，[2] 其父明珠，累官至武英殿大学士、太傅，为康熙朝前期著名权相之一。性德十七岁（1670）以诸生贡入太学，次年考中顺天乡试，为举人，再次年会试中式，因寒疾发作没能参加殿试。三年后的康熙十五年（1676）补殿试，正式成进士，选授三等侍卫，并在去世之年晋为一等。清初制度，侍卫不仅是侍从武官，出入扈从，且主传宣，与闻机密，一定程度上担负机要秘书的职责，是非常重要的职务。纳兰深得康熙帝眷爱，如果不是早逝的话，其政治前途将不可限量。

但就是这样富贵至极的家世，纳兰身上却非但毫无新贵的骄矜倨傲，反而情思抑郁，"惴惴有临履之忧"[3]，屡屡声称"德也狂生耳。偶然间、缁尘京国，乌衣门第""身世悠悠何足问，冷笑置之而已"[4]，每当登临出塞，又特多萧条凭吊之语如"马首望青山，零落繁华如此"

---

① 纳兰生于顺治十一年甲午十二月十二日，公元 1655 年 1 月 19 日，一般习惯上作前一年。
② 嘉庆初王昶编《国朝词综》，记作正白旗，乃系疏忽所致。震钧《清朝书人辑略》、梁令娴《艺蘅馆词选》依《国朝词综》之说，并承王氏之误。
③ 严绳孙：《成容若遗集序》。
④ 《金缕曲》。

之类。(《好事近》) 如此特殊的心迹，使他能够在清初满汉之大防非常严峻的时段获得很多世所称"落落难合"的"一时俊异"，如陈维崧、朱彝尊、顾贞观、严绳孙、姜宸英等人的友情。前面我们讲过，其中他与顾贞观尤其交称莫逆，应顾贞观之请营救吴兆骞，并生馆而死恤之，被普天下传为佳话。这些矛盾悖反的现象集于一身，使这位天才贵公子愈发显得迷离莫测，自然也引起了种种匪夷所思的猜测。有人说他因先世为爱新觉罗氏所灭，故怀隐恨于满清王朝，有孤臣孽子之心绪。有人则以为他奉有康熙帝"密旨"之类笼络监视汉族文人。凡此种种都没有根据，作为写小说的思路还可以，学术层面就不能乱说。

康熙二十四年 (1685) 夏五月，刚过而立之年的纳兰性德永远阖上了他英迈多情的双眼，令时人也令后人满掬同情惋惜之泪。其早逝的最直接原因自然是纠葛缠绵了十余年的寒疾。什么是寒疾呢？李雷先生在《文学遗产》上发过一篇很好的文章《纳兰性德与寒疾》，根据他的考察，低温环境有利于各种病毒及某些细菌的生存，并增加其传染性。一定强度的急性风寒刺激，能导致非特异性细胞免疫机能下降。此时各种感冒病毒、流感病毒、肺炎球菌、脑膜炎双球菌便乘虚而入，临床上通称为外感风寒，或风寒感冒、风寒犯肺、风寒入络等，此时人会出现恶风恶寒、发热无汗、头痛身痛、咳喘等症状。用现代医学的观点，寒疾泛指各种病毒、细菌感染所致的上呼吸道疾病。纳兰"七日不汗"而死，正是寒疾的典型症状之一。

寒疾是主要原因，可他因为官场倾轧、爱妻早丧所造成的双重凄苦心理也不应漠视。纳兰身后，其乡试座师徐乾学为刻《通志堂集》二十卷，内有赋一卷，诗、文、词、《渌水亭杂识》各四卷，杂文一卷，附录二卷。另外还主持校刻《通志堂经解》，共收录先秦、唐、宋、元、明经解一百三十八种，加上纳兰性德自撰二种，共计一千八百卷，这是清代最早出现的阐释儒家经义的大型丛书，名声很大，所以有人把他称为"清初学人第一"，这显然太离谱了，清初有学问的人相当多，纳兰性德连前一百都未必排得进去。这种不切实际的夸张只能是造成歪曲和混淆，并无助于认识纳兰的真实面目。

纳兰第一身份毕竟还是词人，其词集先后以《侧帽》《饮水》名之，今存三百四十余首，得名最盛，当时即有"远轶秦柳""传写遍于村校邮壁"之说。① 他学词不喜南宋，好研习五代北宋之作，而最爱李后主。《渌水亭杂识》云："花间之词如古玉器，贵重而不适用；宋词适用而少贵重。李后主兼有其美，更饶烟水迷离之致。"纳兰自身的情性气质、词风的幽艳真挚、那种令人不忍卒读的凄惋确实比较接近李煜，但他并不自缚于南唐一家，很多篇章中特具的那种豪放苍茫绝非李后主所能包举。这固然是时代升降的缘故，当然，我们也不必讳言纳兰天挺其才的因素吧！

"容若以情胜"

就题材论，纳兰成就最高的无疑为爱情词，其中悼亡之作又为翘楚，足可称为"北宋以后，一人而已"（王国维《人间词话》）。其余如塞外旅愁、友朋酬赠之作亦极有特色，在词发展史上作出了卓特的贡献，因而无愧于满洲第一大词人之地位论定，也无愧为整个清代最伟大的词人之一。但这也就是对他最高的评价了，有人出于偏好，对某些旧说不加审辨，竟直接谥之为"清代词坛第一人"，那就未免有点过分了。

谢章铤是晚清最有见地的大词论家之一，他论清初词云："竹垞（朱彝尊）以学胜，迦陵（陈维崧）以才胜，容若以情胜。"② 论纳兰而拈出一"情"字，堪称目光如炬，由此还可以引申出不少问题。

首先，王国维《人间词话》对纳兰有一个很著名、为人所熟知的评价："纳兰容若以自然之眼观物，以自然之舌言情。此由初入中原，未染汉人风气，故能真切如此"，其言说的核心其实也是一个"情"字，只不过深化成了"自然"之"情"。这一评价是很精辟，也高妙的，所以一直被人津津乐道，但对于"未染汉人风气"则还需要做一点深入的辨析。前面我们说过，纳兰论词最推尊后主，不少学者还指出，他在实践中学习冯延巳、晏几道、秦观、贺铸、周邦彦，甚至学东

---

① 徐乾学：《通议大夫一等侍卫纳兰君神道碑文》。
② 《赌棋山庄词话》。

坡、稼轩的地方都不少。再从其词的题材与情感特征来看，对爱情的忠贞、对官场污浊的厌恶、对兴亡繁华的悲慨，也无不打上了汉文化悠久深长的烙印，而不是新兴的满清一族所能具备的。在这个意义上说，恰恰不是"未染汉人风气"，而是经历过很深厚的汉文化的濡染与浸润，纳兰才能成其为今日之纳兰的。所以，王国维的"汉人风气"之真意应该是指明末以来文坛上飘荡的那种浅薄堆砌、骨格卑下的风气才对。有论者据此在推尊纳兰的同时，否定清代诗词创作的总体成就，以支撑"唐后无诗，宋后无词"的"主流"论断，甚至定谳汉族传统文化之末路，无疑是偏隘失当的。

其次，正因纳兰主"情"，大抵探喉而出，无多雕琢，所以词坛久有"小令当行，长调多不协律"之说。还是谢章铤敏锐地指出："长短调并工者，难矣哉！国朝其惟竹垞、迦陵、容若乎？"这是很公允的说法。纳兰小令久孚盛誉，但长调或凄恻顽艳，思深骨俊，或风鸣万窍，怒涛狂卷，其造诣、魅力绝不在小令之下。他的长调有没有不协律之处呢？有，但是协不协律不应该成为我们评价诗词作品的主要标准，关键是纳兰词有没有那种一气单行、不假雕琢的魅力，深深地击中我们，让我们产生触电的感觉。跟纳兰可以形成鲜明对照的是后来吴中词派中的戈载。戈载是词律大家，他的《词林正韵》至今还被填词家奉为宝典，但是词怎么样呢？我印象中他几乎一首好词都没有，所以有人讽刺戈载们说"凄楚抑扬，疑若可听，问其何语，卒不能明"①，你问他词里写了什么，作者自己都说不清楚，这样的词能叫好词吗？我们评价作品还是要从"感发"入手，不能感发人心，一味揪住"协律"问题不放，做好了也不过是"诗匠""词匠"而已，不算是真懂诗词。

再次，纳兰之主情并非一时的心血来潮，而是很有目的地要高扬性灵旗帜，欲在词坛上有一番作为的。顾贞观《答秋田书》云："吾友容若，其门第才华直越晏小山而上之，欲尽招海内词人，毕出其奇远。方骎骎渐有应者而天夺之年，未几辄风流云散"，这是一段关于清初词坛

---

① 郭麐：《梅边笛谱序》。

史实的忠实描述。纳兰与顾贞观曾在康熙十六年（1677）刊刻了他们合作编选的《今词初集》二卷，选录清立国以来三十年间184位词人的作品，作为别树一帜的理论准备。毛际可概括本编宗旨曰："舒写性灵"，可见，他们二人本来很有可能建起一个与阳羡、浙西争胜，从而三鼎足于词坛的"性灵派"的。可惜随着纳兰的英年早逝，顾氏伤心之余，离京南下，披读于积书岩，这个已经呼之欲出的词派也胎死腹中了。这真是令人掩卷长叹的难以弥补的遗憾！严先生的文章《一日心期千劫在——纳兰早逝与一个词派之夭折》对这段"词坛秘史"有非常详尽的论述，大家可以参看。①

我是人间惆怅客

多年前读大学的时候，我是很痴迷纳兰词的。当时去图书馆抄选《清名家词》，纳兰三百多首词，抄下了两百六七十首。因为纳兰好词太多，我们只能选很小一部分来讲，希望能够兼顾到纳兰词多方面的特征。先来看这首久负盛名的《浣溪沙》：

> 残雪凝辉冷画屏，落梅横笛已三更。更无人处月胧明。　　我是人间惆怅客，知君何事泪纵横。断肠声里忆平生。

一个优秀的词人，他总是有若干词句是能够刻画自己人格形象与清晰面目的，或者说，可以用来给自己"贴标签"的。比如说到苏轼，我们就会想起"一蓑烟雨任平生"或者"十年生死两茫茫"；说到辛弃疾，我们就能想起"醉里挑灯看剑"或者"我看青山多妩媚"。我以为，纳兰词有两句最能起到这样的"标签"作用，一句是"不是人间富贵花"，再一句就是"我是人间惆怅客"。

三十年前我第一次看到这句词，用梁启超的话说，"若受电然"。那时才十八九岁，正是"为赋新词强说愁"的年纪，所以觉得我也是

---

① 《江苏大学学报》2001年第12期，又见严迪昌先生《纳兰词选》附录，中华书局2010年版。

"人间惆怅客"，现在想起来当然有点可笑了，但是，三十年过去后，以中年心态读起这首词，还是觉得会被这一句拨动了自己的心弦。为什么有些名篇会成为名篇、有些名句会成为名句呢？最主要的原因就是它们穿越了时空，拨动了无数读者的心弦，让你和作者同频共振，这样的诗篇诗句就能永远流传下去。

顺便一说，纳兰性德去世二百四十年的时候，梁启超写了一首特别精彩的《鹊桥仙》来纪念他，其中就用到了这首词的煞拍：

> 冷瓢饮水，蹇驴侧帽，绝调更无人和。为谁夜夜梦红楼，却不道当时真错。　寄愁天上，和天也瘦，廿纪年光迅过。断肠声里忆平生，寄不去的愁有么。

平淡之中现神奇

我的职业是讲诗词，但的确有一些作品不能讲。比如说纳兰的另一首《浣溪沙》：

> 谁念西风独自凉，萧萧黄叶闭疏窗。沉思往事立残阳。　被酒莫惊春睡重，赌书消得泼茶香。当时只道是寻常。

纳兰词中，这也是格外动人心魄的一篇。所谓动人心魄，首先自然表现在那种浓郁而纯挚的情感。独立西风，黄叶萧萧，想起妻子生前的般般往事，当时视为寻常、视为理所当然者，如今却遥不可及，高不可攀。人生之大憾岂有过于此者？佛家所云"爱别离苦"，这也算是到了极致吧？可是，就是如此深不可测的情感，作者又是以怎样的语言表达出来的呢？我们把六句四十二个字一一读下来，可以说是简单到了极致，也平淡到了极致。既没有呼天抢地的悲怆，也没有描头画角的文饰，甚至很多字句和场景还似曾相识。可是，我们依然会清晰地感觉到，这是属于纳兰的，这是纳兰以他特有的性情和气质凝铸成的。异样的简单与平淡表达出了异样的的深沉与痛楚，确乎非天才不能办也。讲到这儿又有或许不很贴切的联想——《射雕英雄传》十二回中黄蓉与洪七公有这样一段对话：

> 黄蓉噗哧一笑，说道："七公，我最拿手的菜你还没吃到呢。"洪七公又惊又喜，忙问："甚么菜？甚么菜？"黄蓉道："一时也说不尽，比如说炒白菜哪，蒸豆腐哪，炖鸡蛋哪，白切肉哪。"洪七公品味之精，世间稀有，深知真正的烹调高手，愈是在最平常的菜肴之中，愈能显出奇妙功夫，这道理与武学一般，能在平淡之中现神奇，才说得上是大宗匠的手段。

其实何止烹调、武学，诗词创作中更是如此。纳兰此篇可以现身说法。

何方神圣王彦泓

再来看一首不太有名的《浣溪沙》：

> 容易浓香近画屏，繁枝影著半窗横。风波狭路倍怜卿。　　未接语言犹怅望，才通商略已誊腾。只嫌今夜月偏明。

这首词本身不需要讲，但有一点特别值得注意。《浣溪沙》全篇只有六句，第三句用了王彦泓《代所思别后》"风波狭路惊团扇"诗，第四句用了王彦泓《和端已韵》"未接语言当面笑"诗，第五句用了王彦泓《赋得别梦依依到谢家》"半通商略半矜持"诗。我一直以来有个判断，影响纳兰词最深的是李煜、晏几道、王彦泓"三驾马车"，这首词是个很好的例证。

问题是，王彦泓是何方神圣呢？当今研究纳兰词用功最深的赵秀亭先生在《纳兰丛话》中说："彦泓诗颇涉邪狎，境味尘下，少有佳章"，那么，"颇涉邪狎，境味尘下"的王彦泓何以会吸引到"纯情词人"纳兰容若的目光,① 以致于让他和后主、小山并行呢?

其实,"善言风怀"的王彦泓是明清时期不多见的性灵诗人之一(朱彝尊语)。他字次回,生于明万历二十一年（1593），逝于崇祯十五年（1642），金坛人,以岁贡生官华亭县训导,卒于任上。王次回命途多舛,沉沦下吏,但是博雅好古,以诗为性命,大抵是以风情遮掩其穷愁困顿的境遇而已。他的诗用情之深刻,造语之纯真,李商隐、韩偓之后实罕其匹。无论言情述怀,"性灵"二字都溢于言表,所以深受袁枚的赏鉴。因为沈德潜在《国朝诗别裁集·凡例》中说:"如王次回《疑雨集》之类,最足害人心术,一概不存",袁枚大为不平,写了一封不短的信,提出尖锐的质疑,这是清代诗坛一件著名公案。② 其实王彦泓去世于明代,从时代上讲沈德潜选"国朝"诗不选进他是对的,袁枚这个抱不平打得并不完全在理,但也可见他欣赏王彦泓到了何等地步。我们在前面交代过,纳兰曾有意在清初词坛树立起"性灵"大纛,在这一点上,他显然和王彦泓之间是呼吸相通的。其实后主、小山又何尝不以性灵动人呢?我们以为,这正是容若倾心于王彦泓的缘由所在。至于"邪狎""尘下",王彦泓诗集中不算少见,大抵源于其底层生活阅历,似不应苛责。纳兰取其深纯,弃其轻佻,正是他的高明之处,也是纳兰之所以为纳兰的奥秘所在吧。

故人心与故心人

人生若只如初见,何事秋风悲画扇。等闲变却故人心,却道故心人易变。 　骊山语罢清宵半,泪雨零铃终不怨。何如薄幸锦衣郎,比翼连枝当日愿。

这首《木兰花令·拟古决绝词》也是纳兰名作,之所以称"拟古

---

① 许宗元《中国词史》语。
② 详可参看邱江宁《明清江南消费文化与文体演变研究》第一章第二节《崇奢尚华风气与王次回"艳体诗"的产生及影响》,上海三联书店 2009 年版。又可参看耿传友《王次回:一个被文学史遗忘的重要诗人》,《中国韵文学刊》2006 年第 3 期。

决绝词"，是由元稹的乐府诗《决绝词》而来，元稹诗又是取古乐府《白头吟》"闻君有两意，故来相决绝"之意演绎而成。从词篇的口吻来看，这还是一首拟托女子心事的爱情词，有的刻本在题目上多了"柬友"二字，不妥。

爱情有多端，"闻君有两意，故来相决绝"也是其中之一。本篇虽然号称"决绝"，意思却非常婉曲幽怨，并无横眉相对的那一份冰冷，女主角温厚的情性灼然可见。词开篇即铭心刻骨语，"人生若只如初见"！这句话所包含的穿透力和惆怅感实在是太巨大了，几乎在瞬间就能穿透所有读者心灵中最脆弱最柔软的那一部分。当深陷于背叛和离弃，谁的心头不会闪过"人生若只如初见"的嘶喊？这七字之中又包含着多少蜜甜的回忆和芳馨的场景呢？它的悲剧性是普泛的，而且是永恒的，作为一个诗人，一辈子写出这一句已经应该觉得满足了。可是，时光是个残酷的雕刻家，转眼间，自己已如深秋的团扇，被捐弃在一旁了。他明明不该如此轻易变了心肠，却反来说人心就是如此多变的。上片四句，意思一句紧似一句，分明口角怨怼，但辞气却不疾不徐，令人不自禁心生怜惜。

下片转至具体的忆念，所谓寸断柔肠，必然至此。当年我们也曾有过"骊山宫……因仰天感牛女事，密相誓心，愿世世为夫妇"的约定吧？结果却是劳燕分飞，终日以泪洗面。即便泪水淋漓，即便那"锦衣郎"如此"薄幸"，想起当日比翼连枝之愿，我最终也还是不悔恨曾有过的美好吧？其"终不怨"三字是一篇词眼，这一种态度也正是词篇最打动人处所在。现代女词人茅于美有一首《生查子》："妾有夜光珠，采掬经沧海。悱恻以贻君，奇处凭君解。　　近偶失君欢，断弃平生爱。不敢怨华年，但惜珠难再"，最后二句极温柔敦厚之至，所谓"终不怨"者，莫此为甚。

还要特别补说，"却道故心人易变"这一句，一般的版本都是"故人心易变"。哪个对呢？来举几个书证——1. 谢朓《同王主簿怨情》："故人心尚永，故心人不见"。2. 宋代赵师侠《菩萨蛮》："故人心尚如天远，故心人更何由见"。3. 最重要的一个，元稹《决绝词》："七月七日一相见，故心终不移。"由此可见，"故人心"是误解或误刻，"故心人”才是正确的。

第一折枝花样画罗裙

上面几首都是纳兰名作，我们再选一首名气不大但是我个人很喜欢的词，《虞美人》：

> 曲阑深处重相见，匀泪偎人颤。凄凉别后两应同，最是不胜清怨月明中。 半生已分孤眠过，山枕檀痕涴。忆来何事最销魂，第一折枝花样画罗裙。

很甜蜜的回忆，很凄凉的心绪，很精彩的一首爱情词。但在纳兰词中，精彩到这种程度的作品太多太多，几乎让人无可下口评说。那么，为什么选进这一篇来讲呢？最打动我的是最后两句。

销魂的记忆有千千万万，可作者唯独说“第一”销魂的是那条“折枝花样画罗裙”！套句古语来说：“裙已如此，人何以堪”，伊人那种美丽与销魂还用说吗？此之谓“不说破”之含蕴美，也就是古人大力标举的“风人之旨”了。再有，诗词法门三千，可谓条条大路通罗马，有时固然以空灵清虚为妙，也有时越实写具体细节，就越生动，越有表现力。我们看李白说：“我爱孟夫子，风流天下闻”，杜甫说：“岐王宅里寻常见，崔九堂前几度闻”，刘禹锡说：“朱雀桥边野草花，乌衣巷口夕阳斜”，黄庭坚说：“舞阳去叶才百里，贱子与公俱少年”，苏轼说：“问汝平生功业，黄州惠州儋州”，都是如此。

我近年研究近百年诗词史，把叶嘉莹先生的老师顾随推为“民国四大词人”之一，他有一首《清平乐·早起散策戏仿樵歌体》：“人天欢喜，更没纤尘起。高柳拂天天映水，一样青青如洗。 先生今日清闲，轻衫短杖悠然。要看西山爽气，直来银锭桥边”，最精绝处正在“银锭桥边”四字，与“第一折枝花样画罗裙”有异曲同工之妙。

不辞冰雪为卿热

王国维说纳兰词"北宋之后，一人而已"，如果就悼亡词而言，这个评价其实还嫌太低了一些。无论数量还是质量，悼亡词既是纳兰词中最大的一宗，也足可称为词史上空前绝后之景观。下面我们来讲几首纳兰的悼亡词：

辛苦最怜天上月，一夕如环，夕夕都成玦。若是月轮终皎洁，不辞冰雪为卿热。　　无那尘缘容易绝。燕子依然，软踏帘钩说。唱罢秋坟愁未歇，春丛认取双栖蝶。

在纳兰所有悼亡之作里，这一篇《蝶恋花》分量极重，可以代表作视之。纳兰妻子卢氏亡故当年的重阳节后，他所写的《沁园春》小序中曾说梦见了卢氏，临别时"素未工诗"的卢氏还吟诵了两句诗："衔恨愿为天上月，年年犹得向郎圆"。我们能理解，其实这就是纳兰相思悼念之情的梦境投射。本篇也从"天上月"起兴，"一夕如环"乃指恩爱团圆时短，"夕夕都成玦"则谓天人永诀，再不相见。佛家讲"爱别离苦"，有偈子云："一切恩爱会，无常难得久。生世多畏惧，命危如晨露"，道出了人世间永恒的悲伤主题，纳兰这三句说的也是同样的意思。"玦"字既以玉玦比喻月缺的形状，又谐音"诀"字，是一石而三鸟也，笔致之妙，无以复加，但归根结底，没有难以企及的深情，也就不可能写下这样难以企及的妙句。

"不辞冰雪为卿热"一句用荀奉倩"与妇至笃"的典故。《世说新语·惑溺》篇中说，荀奉倩与妻子感情特深，冬日里妻子高烧，荀奉倩到屋外把自己身体冻冷了，拿身体给妻子降温。问题是，荀奉倩为妻子驱热，乃生前曾有之事；纳兰欲以一己之热心熨烫亡妻之冷魂，乃身后不可能之事。这是何等样的凄苦与绝望？又是何等样的深情与伤感？更何况燕子双双，言语呢喃，那种暖色调不更加反衬出这分"尘缘"的无奈和脆弱了吗？所以煞拍的"春丛认取双栖蝶"其实就是结愿于来生之意，所谓"待结个，他生知己"，无非是一点渺茫的自我安慰罢了。可是面对"秋坟唱罢"，纳兰又能做什么呢？

顺便提及，北京陶然亭有一座"香冢"，碑铭很著名。文曰："浩浩愁，茫茫劫，短歌终，明月缺。郁郁佳城，中有碧血。碧亦有时尽，血亦有时灭，一缕香魂无断绝。是耶非耶，化为蝴蝶"，金庸小说《书剑恩仇录》的最后一回，陈家洛埋葬了香香公主以后，挥手题写的就是这一篇铭文，当然那是小说家言。这篇碑铭究竟出自何人之手，我们已经无法考证，但与《蝶恋花》之凄艳如此相似，这位作者想必是纳兰的超级粉丝吧！这只是一点联想而已，但有时候我们赏析诗词还真的需要一点联想，发散一点，宽阔一点，收获也就更多一点。

待结个，他生知己

疗心灵之伤，时间是最好的药剂。随着韶华流逝，一切哀痛、伤感都会渐次淡化，以至云高风轻地飘散了。可对于纳兰，这条放之四海的规律似乎并没起到多大的作用。在卢氏弃世三年之后的忌日，他心头涌起的愁波恨浪依旧那样汹涌澎湃，继续着他一段痴情缠裹、血泪交迸的超越时空的内心独白：

> 此恨何时已？滴空阶、寒更雨歇，葬花天气。三载悠悠魂梦杳，是梦久应醒矣。料也觉，人间无味。不及夜台尘土隔，冷清清、一片埋愁地。钗钿约，竟抛弃。　　重泉若有双鱼寄。好知他、年来苦乐，与谁相倚。我自终宵成转侧，忍听湘弦重理。待结个，他生知己。还怕两人俱薄命，再缘悭、剩月零风里。清泪尽，纸灰起。
>
> ——贺新郎·亡妇忌日有感

词开篇即是一声深长的问讯，探喉而出，领起全词。"寒更"意为阴寒的深夜，卢氏去世于农历五月末，气候已入盛夏，但是词人心头寒苦，但觉萧瑟如秋冬。王国维所谓"以我观物，物皆著我之色彩"，正是如此。以下转入"三周年忌"之意旨，"是梦久应醒矣"，究竟是一个什么样的梦呢？在另一首著名的悼亡作品《南乡子》中纳兰给出了答案："卿自早醒侬自梦"。原来，离开这人世是醒觉，而活在这世间倒是迷梦！这本是源于庄子的道家生命观，容若用来却毫无道家的淡泊宁定气味，而是一片情深，难以量测。那么当然是"料也觉、人间无味"了！在这片"冷清清"的"埋愁"之地体味这分生命中无法承受的伤逝，词人禁不住还是埋怨起妻子：为何你会放弃那份"天上人间会相见"的生死盟誓呢？一个"竟"字，千折百回，似泣如诉。王国维又说："一切文学，余爱以血书者。"如纳兰此篇，可谓泪尽继之以血了。

下片继小结处的怨极怜极之语惦念妻子在"重泉"的孤零，并反照自己的清寂重忧。"忍把湘弦重理"包涵两层意思：一层是指不忍重理当年共抚之琴；另一层是说人间再无此般琴瑟和谐可续。妻子去世，文雅的说法也称为"断弦"，故"湘弦重理"有"续弦"之意，这是纳兰对妻子发出的灵魂誓言，也是情感曲线稍微显得理性平和之处。但到了"待结个，他生知己。还怕两人俱薄命，再缘悭、剩月零风里"三句，则又翻起巨大的波澜。所谓缘结他生，世人钟情，至此已达极限，也可以聊作安慰了。可是词人战战兢兢地想到，如果他生里我们还这样薄命，再次零风剩月，中道分飞，那苦痛该如何承受？这一奇想大大突破了历来悼亡作品的"哀伤底线"，真可谓惊心动魄，难以卒读。和以末句的泪尽灰起，仿佛妻子亡灵有知，听见了自己的内心独白！我们读到这里，也难免与作者一般心底大恸。

这首词最大的特点就是毫无雕琢勾勒，词人只是"将一颗哀恸追怀、无尽依恋的心活泼泼地吐露到了纸上"[1]，所以全用白描口语来记录抒发情绪的流动，诸如"冷清清、一片埋愁地""清泪尽，纸灰起"这样的句子，如此寻常，却包含着异样的艺术魅力，令我们数百年之后仍感觉到裂岸崩云般的震撼。

作为纳兰最负盛名的杰作之一，这首词也被后人从多个角度汲取营

---

① 《清词史》，第290页。

养，我们只举一首，来自网络上最神秘的女词人孟依依的《金缕曲·五月五日》：

此日终无悔。者三年、消磨不尽，心头滋味。时向空中虚应诺，唤我声声在耳。忽自笑、真如天使。一堕凡尘千丝网，纵天堂、有路归无计。甘为汝，折双翅。　聪明反被多情累。奈无情、人间风雨，别离容易。百结愁肠如能解，不过相忘而已。海天隔、莫知生死。重访桃花题门去，便有缘、亦在他生里。今生事，止于此。

纳兰写的是死别，孟依依写的是生离，感情烈度自然不同，但两相对比，相似度还是很高的。我说纳兰不仅是古代的纳兰，也是当代的纳兰，我们的纳兰。这是个很好的例证。

清代最佳自度曲

词是音乐文学，但作为其基本要素之一的词乐宋代以后逐渐失传，从此，词由音乐文学体式彻底转变为案头书写文学样式。这种情况下，清代还有不少词人模拟古人词的声情，自制新词。清初词中自度曲至少有几十调，纳兰词集中的《玉连环影》《落花时》《添字采桑子》《秋水》《青衫湿遍》《湘灵鼓瑟》（《剪梧桐》）都是他自创的新调，其中《青衫湿遍》最为后人所熟悉：

青衫湿遍，凭伊慰我，忍便相忘。半月前头扶病，剪刀声、犹在银釭。忆生来、小胆怯空房。到而今，独伴梨花影，冷冥冥、尽意凄凉。愿指魂兮识路，教寻梦也回廊。　咫尺玉钩斜路，一般消受，蔓草残阳。判把长眠滴醒，和清泪、搅入椒浆。怕幽泉、还为我神伤。道书生、薄命宜将息，再休耽、怨粉愁香。料得重圆密誓，难禁寸裂柔肠。

容若爱妻卢氏因难产病逝于康熙十六年（1677）五月三十日，本篇有"半月前头扶病，剪刀声、犹在银釭"句，应该作于六月中，可能是作者大宗悼亡词作的第一篇。

叶舒崇为卢氏所写的墓志铭中说："抗情尘表，则视若浮云；抚操闺中，则志存流水。于其殁也，悼亡之吟不少，知己之恨尤多"，历来公认对纳兰夫妻之情写得最为深刻准确。这首词开篇即提出"慰我"二字，那就表示对妻子不是普通的伤悼，这里显然有一种知己难再之心声。"半月前头"以下都是细节描写。扶病裁剪，其人贤淑可知；小胆怯空房，其人柔弱可想。然而空房尚且害怕，如今却成为飘荡的精灵，独自与梨花影相随相伴了！爱妻如此娇怯，多么期望自己能指示魂魄归来之路，或许她就不会那样孤单恐惧吧！上片以"愿指魂兮识路，教寻梦也回廊"作小结，真乃一字一泪。青衫湿遍，非虚言也。

如此细节，当然不只是来自体物深切，更重要的是一片痴情。《笑傲江湖》第三十六回叫作《伤逝》，写的是岳灵珊被林平之害死，令狐冲伤心欲绝：

（他见小师妹的新坟）虽以乱石堆成，却大小石块错落有致，殊非草草，坟前坟后都是鲜花，足见盈盈颇花了一番功夫，心下暗暗感激……只见四周山峰环抱，处身之所是在一个山谷之中，树林苍翠，遍地山花，枝头啼鸟唱和不绝，是个十分清幽的所在。盈盈道："咱们便在这里住些时候，一面养伤，一面伴坟。"令狐冲道："好极了。小师妹独自个在这荒野之地，她就算是鬼，也很胆小的。"盈盈听他这话甚痴，不由得暗暗叹了口气。

我很疑心这句台词金庸是从纳兰这首词获得灵感的，一个"痴"字，应该由纳兰与令狐冲共享。

过片的"玉钩斜"乃是扬州地名，隋炀帝葬宫人处，此指墓地，从"咫尺""一般消受"可知意在凸现那种"冷冥冥、尽意凄凉"的氛围，触目之处，自是倍感伤情。由墓地而想到"长眠"，而祈祷自己的泪水和薄酒能把"长眠滴醒"。情深至此，令人难复为言。"怕幽泉"

以下数句从地下之亡妻设想其嘱托语，大体上也是卢氏生前的叮嘱语。虽含宽慰意，然愈宽慰，则地上地下，伤心愈剧烈。所以结句又转一层，亡妻在地下念及"重圆密誓"今生已无望，必是柔肠寸断。然而生死事大，其故渺茫，真感受到断肠滋味的难道不正是词人自己么？

《青衫湿遍》作为性德自度曲，文字的节奏随着真挚情感的自然流转起伏跌宕，形成一种特别的韵味，所以晚清词人周之琦称这首自度曲"虽非宋贤遗谱，音节有可述者"。他的《怀梦词》续奏此调后，又有王拯、王鹏运、况周颐、张尔田、徐珂、张牧石等一批晚清至当代的大家名家继起用之，其中我称为清民之际性灵大家的况周颐之作似乎最为出色。我们在后文有详尽的分析，此处不赘说。

千古壮观边塞词

蒋寅先生《金陵生小言》云："诗歌题材随时代而变，最典型者莫如宫怨、出塞二题，唐诗赋此题最盛，而至清诗绝少"，这是一个很敏锐的观察，其中原因，我们此处不谈。需要说的是，就词史发展的历程而言，边塞题材在宋代几乎是空白。除了范仲淹那首著名的《渔家傲》以外，两宋再也没有严格意义上的边塞词。这个巨大的词史空白直到纳兰性德手里才得到填补，他的塞外行吟之篇不仅数量较多，且词境壮观寥廓而兼凄怨苍凉，是清人此类词表现最上乘的一家。先看《长相思》：

> 山一程，水一程，身向榆关那畔行。夜深千帐灯。　风一更，雪一更，聒碎乡心梦不成。故园无此声。

康熙二十年（1681），三藩之乱终于平定。翌年三月，康熙皇帝出山海关，至盛京告祭祖先，纳兰扈从，这首词即作于此行途中。词以"山一程，水一程"六字叠韵发端，是此调正体，而全用口语组织，予人自然奔放之感，为下文"夜深千帐灯"五字拓开地步。此五字粗看亦寻常，细味之则朴素中兼有气象万千，为他人累千百字所刻画不到。

所以王国维《人间词话》深致推奖："'明月照积雪''大江流日夜''中天悬明月''黄河落日圆'，此种境界，可谓千古壮观。求之于词，唯纳兰容若塞上之作，如《长相思》之'夜深千帐灯'、《如梦令》之'万帐穹庐人醉，星影摇摇欲坠'差近之"，体味甚是，也足见纳兰此句之地位。

下片作者情绪陡转。在"千帐灯"下，词人倾听着一更又一更的风雪之声，不禁想起"故园"，唤起"乡心"，从而辗转难寐了。这几句字面寻常，意思却很不一般。所谓"天涯行役苦"，大家都容易理解，可是纳兰现在乃是扈从皇帝"巡幸"途中，本该意气风发、耀武扬威才是。他却偏偏作此小儿女态度，恋起家来！其深心视此等荣耀为何如即可以想见了，按其底里，真正是"冷处偏佳，别有根芽，不是人间富贵花"，难怪索隐派的红学家们以为贾宝玉的原型乃是此君呢。

再看与之并称的《如梦令》：

> 万帐穹庐人醉，星影摇摇欲坠。归梦隔狼河，又被河声搅碎。还睡，还睡，解到醒来无味。

王国维眼光精到，"万帐穹庐人醉，星影摇摇欲坠"的确和"夜深千帐灯"可以相提并论，但这首词也只有这两句好。我们看，接下来两句"归梦隔狼河，又被河声搅碎"，一个"搅碎"，就细碎多了，整个境界气势降下来了。后面再说："还睡，还睡，解到醒来无味"，又显得幼稚如小儿女语，与开篇的壮阔很不相称。这就是所谓的"有句无篇"。

纳兰性德的小令写得很精彩，但是能在短短几十字中写出雄浑苍茫境界的，还是要让陈维崧出一头地，纳兰往往一两句还好，全篇就容易支撑不住。我们并不因此苛责纳兰，人的才性有不同而已。

侠肠俊骨的"狂生"自白

爱情词（含悼亡词）之外，纳兰成就最高的当数他的友情词。写给姜宸英、严绳孙的佳作已经不少，最上乘、名声也最大的无疑是写给他平生第一挚友顾贞观的《金缕曲·赠梁汾》：

> 德也狂生耳。偶然间、缁尘京国，乌衣门第。有酒惟浇赵州土，谁会成生此意。不信道、遂成知己。青眼高歌俱未老，向樽前、拭尽英雄泪。君不见，月如水。　　共君此夜须沉醉。且由他、蛾眉谣诼，古今同忌。身世悠悠何足问，冷笑置之而已。寻思起，从头翻悔。一日心期千劫在，后生缘、恐结他生里。然诺重，君须记。

康熙二十四年（1685）纳兰病逝，顾贞观在次韵酬答本篇的同调之作后补写了一条小记："岁丙辰，容若年二十有二，乃一见即恨识余之晚。阅数日，填此曲为余题照，极感其意而私讶'他生再结'语殊不祥，何意竟为乙丑五月之谶也，伤哉！"丙辰，即康熙十五年（1676），据此可知本篇为此年初识顾贞观后所赠。再据彭孙遹《词藻》的记载："金粟顾梁汾舍人风神俊朗，大似过江人物……画《侧帽投壶图》，长白成容若题《贺新凉》一阕于上云（略）。词旨嶔崎磊落，不啻坡老稼轩。都下竞相传写，于是教坊故曲间无不知有《侧帽词》者"，又可知这首词是纳兰的成名作，曾在当世产生过巨大的轰动效应。

所谓"轰动"，首先在于彭孙遹称道的"词旨嶔崎磊落"，即展现出一种拗峭奇绝、迥异流俗的人格形象。其次在于笔法奔放，如瀑布飞倾而下，"不啻坡老稼轩"。二者的有机融合的确展现了这位多情公子令人惊悚的才华与胸襟。词开篇数句即是一段真挚的自我表白：人皆视我为贵介纨绔，岂不知我和你一样，本是一介狂生，只是偶然地落到了这"缁尘京国，乌衣门第"而已！因为显赫的家世、清要的地位，趋奉我者不可计数，可谁能领会我"有酒惟浇赵州土"的知音难求的孤寂呢？这段表述破空飞来，气慨轩昂，胸次嶙峋，不必说求之满清新朝的贵介子弟，即当世才人可堪匹敌者能有几人？以下"不信道、遂成知己。青眼高歌俱未老，向樽前、拭尽英雄泪。君不见，月如水"数句进入二人订交之主题，有笑，有泪，有书生之俊逸，有英雄之悲壮，一片真纯的知音情谊，令人拍案起舞，令人血脉贲张。其心境朗畅，确乎为纳兰词中罕见的喜悦明快语。

下片承上点出"沉醉"二字，转入慷慨深情笔致。沉醉的背后是"蛾眉谣诼，古今同忌"的悠悠身世，还有"冷笑置之而已"的狂放和不屑。两人把酒微醺，似乎在俯视着奔竞于软红尘中的芸芸众生，那一抹感喟的冷笑真是凸现出诗人高远寥廓、蔑弃尘俗的精神境界。"一日心期千劫在"至结末数句亦是本篇的"词眼"所在，"心期"谓两人情比金坚的友谊，"千劫"则意味着茫茫的前途运命，但无论如何，你务必要记得我的承诺，我们来世也还要作这样的朋友的！人生得一知己足矣，如此慷慨的约定，如此挚著的盟誓，不光是闪现着纳兰的"侠肠俊骨"[1]，更令后世千万读者增友情之重，因而也应在鳞次栉比的友情题材中巍然高踞一席的。

顺便一提，顾氏得此"题照"佳篇，确乎"极感其意"，其酬唱之作亦神完而气足，为《弹指词》上乘之作。此一段佳话缺失了顾氏之作当然是不完整的，我们也附在后面一读：

> 且住为佳耳。任相猜、驰笺紫阁，曳裾朱第。不是世人皆欲杀，争显怜才真意。容易得、一人知己。惭愧王孙图报薄，只千金、当洒平生泪。曾不直，一杯水。　　歌残击筑心逾醉。忆当年、侯生垂老，始逢无忌。亲在许身犹未得，侠烈今生已已。但结托、来生休悔。俄顷重投胶在漆，似旧曾、相识屠沽里。名预藉，石函记。

刻骨铭心的一课

上面所讲的大体都是名作，还有两首不大有名的纳兰词，但却很值得我们仔细讲一讲。第一首是《浣溪沙·寄严荪友》：

---

[1]　胡薇元：《岁寒居词话》语。

藕荡桥边理钓筒，芭萝西去五湖东。笔床茶灶太从容。　　况有短墙银杏雨，更兼高阁玉兰风。画眉闲了画芙蓉。

1998 年秋，我正式拜入严先生门墙，那时候还不懂做学问的路径，却骄狂盈溢，正如子贡所说"不知天之高也，不知地之下也"。不久，听严先生说人民文学出版社约《纳兰词选》稿，遂自告奋勇，提出愿做点前期的工作，替先生分担一点繁重的劳动。严先生是从不用学生为自己做事的，不过这一次也许是看我虽无毛遂之才，却有毛遂之胆，不忍心拂了我的兴头，也就勉强答应了。

大约是 1999 年 3 月做起，仅仅两个月左右，我就以张草纫、张秉戍二先生的纳兰词注本为基础，"选注"了二百余首词。很厚的一叠稿纸捧给严先生，他未置可否。过几天把我叫去说："你拿回去吧。这个注本完全不能用。"见我发愣，先生又笑笑说："你的所谓'注释'完全是从两位张先生抄出来的，没有自己的一点看法。此事人人能做，何必我严某人、你马某人操刀呢？"接着问我："纳兰赠严绳孙的那首《浣溪沙·藕荡桥边》为什么不选？"我回答："这首词写得不太好呀！"严先生点点头，说："以词艺而论，的确不算上乘之作，可是选本也不能只着眼'词艺'，更应该着眼'有话可说'。说什么？时世人心啊！"

严先生说，这首词的末句"画眉闲了画芙蓉"就非常值得一说。"芙蓉"二字，之前诸家有的不注，有的注为"荷花"，都不对。这里的"芙蓉"指的是无锡西北之芙蓉湖，也叫射贵湖，简称蓉湖。纳兰另在《金人捧露盘·净业寺观莲有怀荪友》一阕下片云："想芙蓉湖上悠悠，红衣狼藉，卧看桃叶送兰舟。午风吹断江南梦，梦里菱讴"，已经提供了文本内证。此其一也；解为"荷花"，当然也能说通，但未免模糊了严绳孙的面目。

何以言之？这需要从严绳孙的际遇心事说起。

康熙十七年（1678），朝廷开博学鸿词科，目的是网罗草野遗子，淡化反清倾向。面对如此羁縻夹杂高压的态势，知识分子群体也分化成若干种情况。比如，黄宗羲就以绝食相抗，拒不应试。浙江地方官员也不敢过于强迫，真把黄宗羲逼得自杀，就把天子爱才的美意变成坏事了。最后得到圣旨，说特旨准许黄宗羲不参加考试，但作为交换条件，黄宗羲还是派了他的儿子黄百家进入明史局，来换取自己的晚节。还有一位是山西遗民领袖傅山，他的名气没有黄宗羲那么大，所以没有绝食对抗的资格，地方官员把他绑架到北京去应试。我们说的"绑架"是真的"绑架"，"绑"到担"架"上把傅山抬到北京。看见了北京城门，傅山一个翻身从担架上滚下来，说什么也不走了。地方官员只好请旨在城外给他租了个房子，住了几个月，等到考试结束才放他回去。

跟这两位相比，大多数被征召者，包括严绳孙在内，他们的名气地位要差远了，他们只能老老实实参加考试，但人家也有自己的办法。什么办法？故意考不中！来考试，我给了朝廷面子，但发挥不好考不上，总不能怪我吧？这些题诗作赋如同家常便饭一般的大才子，很多人偏偏在这科考试中出了一系列低级错误。比如说该避讳不避讳，该空格不空格，该提行不提行，还有写错字、押错韵的，不一而足，都是为了考不上嘛！

跟这些人相比，严绳孙的态度似乎更加明朗决绝。博学鸿词科考试属于特科，不考八股文，只考一首诗一篇赋。诗叫作《省耕诗》，赋叫《璇玑玉衡赋》，严绳孙写完《省耕诗》，干脆就交卷退场了，《璇玑玉衡赋》没写。这相当于什么呢？这两道题满分是100，我只答一道，给满分才50，不及格，那就肯定不会录取了呗！结果康熙皇帝又下了一道特旨，说："严绳孙和朱彝尊、姜宸英并列为'江南三大布衣'，他们的才华朕早就知道了，《璇玑玉衡赋》不写就不写了吧！照旧赐给翰林院检讨的官职！"考生拼命想考不上，考官拼命想让考生考上，这也堪称中国考试史的奇观了！

严绳孙使尽浑身解数，最后还是没逃得了，当了清朝的官，参加了《明史》的修纂。作为心向明朝的遗民，修《明史》是一份应该承当的责任，不算失节，但严绳孙干了一段时间，也赶快找个理由辞职，要回到老家无锡去了。这种情况下纳兰写这首词为他送行，"画眉闲了画芙蓉"这一句就不是简单的"雅量高致"，这背后涉及严绳孙本人以及遗民群体的出处大节，是有无数难以明言的潜台词的！把"芙蓉"理解成"荷花"，这些不就都落空了，被掩盖了吗？理解了这些，那就还应该体会到，"画眉"用的不是"张敞画眉"的风流掌故，而是用了中唐诗人朱庆余《近试上张水部》中"画眉深浅入时无"的意思。这才能最大限度贴合严绳孙的行迹心地。

尽管已经抽丝剥茧说了许多，严先生似乎还是怕打击了我的信心，宽厚地嘱咐道："你这稿子拿回去别扔掉，说不定若干年后会有用呢"！

从游三年，得先生教诲不知凡几，但或许是受了当头棒喝、大感如梦初醒之故，这一次的谈话至今深刻在心。从此我才渐渐明白先生常说起的"知人论世谈何容易"，"选政看似轻巧，其实谈何容易""做学问谈何容易"之类话头，开始静下心，低下头，懂得在学术殿堂里游弋流连，小心翼翼地去感受那种深沉而绵悠的香气了。至于当年那一叠所谓"纳兰词选初稿"，当然越来越意识到毫无价值，因而也就没听先生的话，早就不知扔到何处去了。

看山是山，看水是水

值得细讲的另一首词要从十多年前我自己做的《纳兰词选》说起。2009 年，中华书局约我做一本小型的《纳兰词选》，书出来第一版的名字叫《纳兰性德》，其实不大对劲儿。我写的不是纳兰性德传记，还是称"词选"比较准确。根据篇幅的要求，我在这本书里选了纳兰 118 首词，占其全部词作的三分之一左右。

做选本有时候是很艰难的，特别是面对一个优秀的诗人词人的时候，那么多好作品都应该选进来，可是篇幅有限，不得不割爱一部分。怎么办呢？跟"世界小姐大赛"或者"中国好声音"一样的程序：先"海选"，然后初赛、复赛，然后决赛，十进七，八进四，最后才定下来哪一篇入选。如此艰难 PK 的情况下，我选了这么一首词：

> 绿叶成阴春尽也，守宫偏护星星。留将颜色慰多情。分明千点泪，贮作玉壶冰。　独卧文园方病渴，强拈红豆酬卿。感卿珍重报流莺。惜花须自爱，休只为花疼。

——《临江仙·谢饷樱桃》

按艺术水准来讲，这首词在纳兰性德的创作中至多是二流，可能选二百首都未必轮得上它。那我为什么放弃了一些好词而把它选进来呢？无他，有话可说而已。

先看词题：《谢饷樱桃》，也就是说，有人赠纳兰一些樱桃，纳兰写了这首词表示感谢。谁送的樱桃呢？有没有可能分析出一点头绪呢？我们一句一句读，可以捕捉到这样一些信息。

首句"绿叶成阴春尽也"，暗用了杜牧的"绿叶成阴子满枝"句意，实际上已经点明了对方的女性身份。杜牧的诗题为《怅诗》，《全唐诗》有题注云："牧佐宣城幕，游湖州，刺史崔君张水戏，使州人毕观，令牧闲行阅奇丽，得垂髫者十余岁。后十四年，牧刺湖州，其人已嫁，生子矣，乃怅而为诗"，这是很著名的典故。词从这以下一直都是对女性的口吻，特别是到了下片："独卧文园方病渴"用司马相如典故，那是著名的风月人物；"强拈红豆酬卿"，红豆表相思，说得更明确了。煞拍"惜花须自爱，休只为花疼"两句，更是带有一种特殊的叮咛与怜惜之情。

从文本来看，词是写给一个女孩子的应该没问题了，但也没有可能确定这个女孩子是谁呢？有人认为可以，那就是现代著名女性学者、作家苏雪林。

苏雪林二十世纪三十年代曾发表过一篇论文，叫作《清代两大男女词人恋史之谜》。[①] 女词人是顾春，男词人就是纳兰性德。什么"恋史之谜"呢？苏雪林先生根据晚清蒋瑞藻所著《小说考证》引《海沤闲话》的记载，对这首词的"本事"做了如下描述：纳兰性德有一个表妹，两人互生情愫，后来此女被选入皇宫，宫门一入深似海，纳兰相思成狂，趁着一群喇嘛进宫做佛事的机会，化装成喇嘛跟了进去。在皇宫里看见了表妹，但因为宫禁森严，没有机会说话，互相对了对眼光就怅惘分手了。

这事情听起来有点传奇，好像《还珠格格》里的桥段。这也还在其次，关键是，它禁不禁得住推敲呢？

---

① 参见武汉大学《文哲季刊》1931 年第一卷第三、四号。

讲到"破解学术公案"，我有这样一个看法："破解学术公案"，省略掉所有限定成分，那就是"破案"，这和司法机构侦破、判断某个刑事案件的原则都是有共通性的。比如说"证据链条原则"，人证、物证、旁证互相咬合，要形成一条完整的证据链。如果证据链充分，就可以在犯罪嫌疑人零口供的情况下定罪。与此相关的，还有一条原则叫作"孤证不能成立"，只有一个证据，没有其他旁证，一般来说是不能作为可采信证据呈现出来的。第三条，疑罪从无原则。当证据不充分的时候，我们宁可相信他无罪，也不能把罪名强加给他。那么，我们就可以应用这些侦察司法原则来破解纳兰这桩公案。

我们要注意，苏雪林的"侦破结论"只有这一条孤证，没有提供其他的任何旁证，那么，在完全不能形成证据链条的情况下，是不能作为事实采信的。苏雪林认为包括这首《临江仙》在内的很多爱情词作都是写给表妹的也就不成立。更加不可思议的是，她以纳兰词用了几处"谢娘"，就大胆做出判断，说他这个表妹姓谢。这就不只是"胆大妄为"，而且"走火入魔"了。

一般来说，"谢娘"有两种含义：一是指东晋才女谢道韫，也就是"咏絮才"；二是妓女的代称。不管是才女，还是妓女，纳兰用"谢娘"都是泛指，绝不可以坐实。如果按苏先生的意思，晏几道写过"又踏杨花过谢桥"的句子，是不是他也有个姓谢的表妹呢？显然，这是地地道道的外行话。

尽管如此，苏雪林的判断有一点还是可取的，她没有否认这首词是写给一个女孩子的，没有想到，近些年来，这个基本判断也出现了争议。

可以随意"变性"吗

就纳兰词研究的总体而言，赵秀亭、冯统一的《饮水词笺校》堪称水平最高的一本书，海内无与抗手，但恰恰是这本书对这首词的解读让人无法苟同。二位先生提出一个看法：这首词不是写给一个女孩子的，而是写给他的老师徐乾学的。

对清初历史文化有一点了解的话，徐乾学的名字我们并不陌生。他是江苏昆山人，大思想家顾炎武的亲外甥，他是探花出身，弟弟徐元文中状元，另一个弟弟徐秉义也是探花，世称"同胞三鼎甲"。徐乾学跟纳兰性德有两层关系：一，他是纳兰性德的父亲明珠的得力干将；二，他是纳兰性德中举人时候的座师。赵、冯二位先生认为词是写给徐乾学的，而"樱桃"也不是指实际的水果，那是与科举有关。

樱桃与科举有什么关系呢？赵、冯二位先生以他们丰富的学养提示我们：在唐朝，新科进士发榜的时候正是樱桃成熟的季节，天子赐宴，请新科进士吃饭，时鲜水果都摆上樱桃，所以有"樱桃宴"之说，于是樱桃就成了科举史的一个著名意象。二位说，这是纳兰性德写给徐乾学的，煞拍两句"惜花须自爱，休只为花疼"是暗示徐乾学要自尊自爱，"慎用选士之权"。

二位先生的解说自有高明之处。比如说，考证樱桃和科举史的关系。此外，根据很多书证考证长者赐给少者东西为"饷"，这也很给人启发。但是，这里凸显了学问，却忽略了情理。我们要问：纳兰性德有什么必要在劝谏自己老师的时候，将老师"变性"成一个女孩子，以如此缠绵，甚至轻薄调笑的口吻表达自己的想法呢？

诗词创作中"变身""变性"现象是很常见的，《离骚》开始就已经有了，所谓"香草美人"是也。但也必须指出，"变身""变性"是有规定情境的，不能随心所欲地乱变。什么是"规定情境"呢？前文我们提到过一位中唐诗人朱庆余，他的名作《近试上张水部》就是一个好例子。朱庆余参加进士考试之前，把自己的诗集送给了著名诗人、水部员外郎（相当于现在的水利部副司长）张籍，希望他能给点赞一下，给自己考中进士增加一点砝码。在唐朝，这叫作"行卷"。

可能张司长比较忙，迟迟没有答复。眼看着考试快开始了，朱庆余坐不住了。怎么办呢？直接问？那多不好意思呀！再说也不符合诗人的风雅身段。于是，朱庆余写了一首诗，目的是打听张籍对自己诗集的印象，但在诗中，他把自己"变身"成为一个新嫁娘：

> 洞房昨夜停红烛，待晓堂前拜舅姑。

妆罢低声问夫婿，画眉深浅入时无？

昨天晚上，新媳妇入了洞房，今天早上要拜见公婆了。妆画得太浓了不行，公婆会觉得这个儿媳妇太妖艳；太浅了也不行，怕自己显得丑。所以这位新媳妇才忐忑不安地问自己的夫婿：我的眉毛画得怎么样？还合适吗？大家看，这其实就是问张籍对自己的诗评价如何，但说得非常蕴藉，很见风度，很见才华。张籍收到这首诗，才想起自己给人家回复晚了，于是回了一首诗："越女新妆出镜心，自知明艳却沉吟。齐纨未足时人贵，一曲菱歌敌万金"，对朱庆余大加赞赏。

其实张籍后来自己也"变身"过：中唐时期藩镇割据，一位势力很大的节度使李师道想拉拢张籍到自己手下做官。张籍不愿意卷入这种危险的政治漩涡，也不好正面回绝，开罪这位李司令，只好化身成一个贞节女子，写了一首著名的《节妇吟》表达心迹，其中有两句千古流传，那就是"还君明珠泪双垂，恨不相逢未嫁时"，极其宛转，但态度非常坚决。

在上面几个例子中，我们都看到"变身""变性"的规定情境：有的是因为文人的风度，有的是因为现实的压力。纳兰性德和徐乾学存在类似的必要性吗？我看没有。学生劝告老师，可以，也有很多委婉的方式。但把老师"变性"，而且以缠绵口吻如此劝说，这成体统吗？纳兰会是这么不懂体统的人吗？我曾经开玩笑地说过：徐乾学可能是心胸比较开阔的老师，我这个老师是心胸狭隘的，要是我的学生给我写一首这样的词规劝我如何如何，我一定勃然大怒，把他逐出门墙：你以后别说是我的学生！所以我说，赵、冯二位先生的学养比苏雪林要好得多，但结论不过是五十步笑百步而已。

那么，真相应该是什么呢？几种解释中，首都师大张秉戍先生的解释最朴素，既没有精妙的考证，也没有华丽的联想，他只是说这首词是写给朋友的。我认为中肯，只补充一点：是女性朋友。这个女性朋友是什么身份？我们不能落实，但是可以推测。

在索隐派红学那里，纳兰性德是贾宝玉的原型，明珠的大学士府就是大观园的原型。能否成立我们姑且不管，纳兰性德的生活状态与贾宝玉很相似，这一点应该没问题。我的意思是说，纳兰性德身边也有袭人，也有晴雯，也有薛宝钗、林黛玉、史湘云、妙玉。在他的日常生活中，每天都可能发生这样的情况：有一个小丫鬟或者一个表姐、表妹、红颜知己，送给他一盘樱桃，纳兰怀着情愫写一首词答谢，叮嘱她要珍惜自己、保重自己。这不是很常见的、每天都可能发生的事情吗？所以，张秉戍先生的说法好像最没有"技术含量"，但是可能最接近真相。

《纳兰词选》因为有篇幅的限制，我说得并不充分。后来又扩充了一些想法，写成一篇几千字的小文章，叫作《看山是山，看水是水》，发表在《文史知识》上面。① 我们知道，这是宋代高僧青原行思的名言。他把修禅分成三境界：初等境界是"看山是山，看水是水"，中等境界是"看山不是山，看水不是水"，最高境界是"看山仍是山，看水仍是水"。我们读解诗词也有这样的三境界，最高境界不是谁都能达到的，也不是哪首诗词都需要的。如果不能做到"看山仍是山，看水仍是水"的高境界，我们也不必强求，非要"看山不是山，看水不是水"，掉进猜笨谜的陷阱里头去，还不如老老实实"看山就是山，看水就是水"，那也不失为读解诗词的正道。

近三百年影响最大的词人

前面我们讲过，纳兰现在是清词研究的第一热门，已经热到了"鲜花着锦，烈火烹油"的程度，那么，从学术层面来说，纳兰词有没有什么值得深入耕耘了呢？有的，"纳兰接受史"是个很好的、甚至是唯一的选择。

为什么纳兰词的接受研究迟迟没能开展起来？一个主要的原因恐怕在于：我们一直没有识力和勇气将纳兰当成千年词史的主坐标之一来对待——很多内行人都会说："清词在相当长的时间里很不被看好，而在清词史上，纳兰也不是最杰出的词人，他的接受怎么可以和柳、苏、

① 《文史知识》2010 年第 5 期。

周、辛、姜等大词人平列抗衡呢？"这样的认识最起码忽略了这样一个事实：纳兰身后三百余年至今是词史进程的一个黄金时代，不用说清词整体上的"中兴"，其"佳者，虽宋人未必能及"，就是在被下达了死亡通知书的近百年，词创作的成就依然上追宋、清两座高峰，奏出恢弘烂漫的乐章，① 而在此三百余年中，我们可以毫无犹疑地说，对后人创作产生了最大影响的词人只能是纳兰，没有第二个选项！

纳兰的接受史上可以排出一系列星辰般闪耀光彩的名字：黄景仁、史承谦、王时翔、刘嗣绾、严元照、杨芳灿、郭麐、吴藻、龚自珍、顾春、周之琦、项廷纪、谢章铤、周星誉、梁启超、柳亚子、周实、潘飞声、王允皙、何振岱、杨圻、谢玉岑、徐珂、汤国梨、黄侃、乔大壮、张恨水、汪东、沈祖棻、陈小翠、白敦仁、陈寂、陈永正、陈襄陵、魏新河、徐晋如、孟依依……这个名单我们完全可以列得更细更长，可以做成一个很成规模的课题。② 事实上，不仅在我的建议下，吉林大学孟洋博士已经做了关于纳兰接受史的博士论文，而且，在我自己和弟子赵郁飞博士合作的《纳兰词全注详评》（人民文学出版社即出）中，我们选出了四百余首受到纳兰影响的词作，以"附读"的方式附在纳兰原作的后面，希望能凸显出一个比较清晰的接受史轮廓。当然，这些成果也还只是刚刚起步，未来的研究空间其实还相当广阔。

在上面的不完全名单里，况周颐和王国维恐怕是最显眼的两位，但因为后文我们会详细谈到他们的创作，这里先略过，从纳兰身后最杰出的悼亡词人杨圻说起。

纳兰后悼亡词第一人

杨圻（1875—1941）字云史，江苏常熟人。清末任户部郎中、邮传部郎中、驻新加坡领事等。入民国，流离困顿，不得不起而周旋于陈光远、吴佩孚、张学良诸"强藩"之间，在吴佩孚幕府最久，亦最得

---

① 见拙著《晚清民国词史稿》（华中师范大学出版社 2016 年版）及《近百年词史》（未刊稿）。
② 上述说法主要着眼于个体创作对纳兰的学习与接受，并非把纳兰当成"清词第一人"之谓。如从创作成就、转移风气等角度而言，至少陈维崧、朱彝尊要远在纳兰之上。

倚重。抗战爆发后避走香港，曾遣爱妾狄美男千里致书吴佩孚，阻其出任日伪傀儡，为世人称道。临终前又作《攘夷颂》一百三十八句，皆集《易林》语而成，为抗战时巨大史诗。旋病卒。有《江山万里楼诗钞》，后附词四卷。

杨圻十八岁时娶了李鸿章孙女李国香为妻，八年后，李国香病逝。杨圻对景思人，当年即有十二首词悼亡，极其哀感。其后虽又迎娶了徐檀，新夫妇相得之余，对国香也时见追思，粗略统计应该不少于三十首。如国香去世后所作的第一篇《眼儿媚》：

> 日暖风和百草生，何处不伤情。前朝上巳，昨宵寒食，今日清明。　断肠往事何堪说，回首百无凭。斜阳无影，落花无力，飞絮无声。

词尽是眼前语，未假雕琢。上片"前朝""昨宵""今日"字样已经在时序的推移间呈显出度日如年心境，下片连缀四个"无"字更是营造出灰寂空荡的心灵世界，极为沉痛。《醉太平》一首被称为"天然绝唱，一字易不得"①，凄凉感更深：

> 欢成恨成，钟情薄情。算来都是飘零，真不分不明。　酒醒梦醒，风声雨声。一更听到三更，又四更五更。

"天然"自不是有意寻求的，那是因为内心澎湃的哀痛令人不肯也无暇雕琢语句。"一更听到三更，又四更五更"，这样真挚的句子是全从胸臆流出的，即便与后主、纳兰相比也绝无不及。天然真挚还体现在对诸多夫妻间特定场景的回忆，正是那些细节的碎片将悼念对象凝定成不可移易的"这一个"。如《浣溪沙》："就卧胸前消怒意，强拉手背拭啼痕。分明记得那黄昏。"《临江仙》："记得前年秋后别，今年又是秋残。别时容易见时难。如今思想，还是别时难。"《画堂春》："算来一

---

① 本篇"集评"。

语最心惊，今生同死同生。八年说了万千声，一一应承。　　一一都成辜负，教侬若可为情。人间天上未分明，幽恨难平。"记得，记得，记得……凭借几乎无休止的回忆，词人把往事打磨成了无数晶莹的珍珠，也把那颗"哀恸追怀、无尽依恋的心活泼泼地吐露到了纸上"。

如此"深情绝世，哀曲感人"的词①居然还没有为杨圻的悼亡之作画上句号。至民国十四年（1925），徐檀病逝，今传《云史悼亡五种》中留下了二十五首追思徐夫人的词作。五十之年，再赋悼亡，那种身世沧桑感比之青年时代当然要浓郁得多了。《浣溪沙》组词小序可谓是这种复杂苍凉心境的写照："小园牡丹有白绿绛紫四种，皆移自洛阳，为霞客夫人所手植。今春还家，值谷雨花盛，方欲为种花人作十日哭，又以避祸仓皇徙海上，对花惜别，肠寸寸断矣。"其第二、第四首云：

> 玄鬓红妆两惘然，重来门巷草芊绵。词人老去若为怜。　　亭北繁华亡国恨，江南时节送春天。独无人处怨流年。

> 万紫千红深闭门，谁家弦管赏良辰。自怜迟暮最伤神。　　入骨相思回首事，销魂天气断肠人。一生哀乐不禁春。

词人老去，自伤迟暮，再加身际乱世，仓皇避祸，短短的小词中真是包涵了太多一言难尽的过往与现实，难怪杨圻在随后所作的一组十四首《浣溪沙》小序中喟然长叹："烟花日暮，伤如之何，宇宙间一恨薮耳！"这一组词自昔年"就婚扬州"的"良辰美眷扫花游"写起，②"花里双飞二十年"③，无限事斑斑点点，确乎令人读之黯然。第十首云："草满湘江去踏青，采茶烧笋过清明。前年踪迹已前生。　　为吊红颜同溅泪，今番清泪为君倾。可怜黄土太无情！"黄土无情，而这位多情词人是足以在悼亡词史——乃至大词史——上踩下属于自己的独特印痕的。

---

① 本篇"集评"。
② 组词第一首句。
③ 组词第十四首句。

"剧怜饮水不同时"的黄侃

章太炎大弟子、与之并称"章黄"的黄侃是著名的朴学大师，我们可能很难想象，他不仅是优秀的词人，而且以华艳婉约一路擅场，深情之笔，直追纳兰。如《醉太平》：

> 无情有情，亲卿怨卿。楼头对数飘零，有箫声笛声。　　灯青鬓青，愁醒梦醒。深宵醉倚云屏，听长更短更。

"无情""有情"，"亲卿""怨卿"等六对词语两两映照，流转词笔反衬出内心无法可解的纠葛与痴诚。"心似双丝网，中有千千结"，此之谓也。后人誉为"巧夺天工，一字不可易"，不算是很过分的评价。① 再比如《清平乐》，感人魅力丝毫不在《醉太平》之下，上片连用三个"难"字尤其夺目，有意犯复恰恰是当时心境的自然吐露：

> 愁根难断，旧好难重见。更有斜阳难系转，费尽几多虚愿。　　不因别有痴情，那能缥渺空灵。觅得一宵幽梦，居然历到他生。

至于《浣溪沙》："一任花风飏鬓丝，禅心定处自家知。床头金字未须持。　　万一尘缘终不断，他生休昧此生时。华鬘忉利也情痴"，则应作于情厦倾覆、大势已去之后，所谓"禅心定处"只是极端无奈下的自我慰藉罢了。"华鬘忉利也情痴""侬比啼鹃一倍痴"（《采桑子》），这样的挚着缠绵又不能不令人联想起那位多情的纳兰公子，故况周颐在题黄侃词的《浣溪沙》中有"剧怜饮水不同时"之语，对其"词痴"之笔给予高度评价。

这样的"词痴"之笔还很不少：《临江仙·秋柳》云："西风偏有意，吹恨上眉边"，《木兰花》云："可怜圆缺似郎心，愿得清光常皎

---

① 姚达兑：《现代十家词精萃》，花城出版社 2001 年版，第 130 页。

洁"，《鹧鸪天》云："为爱斜阳独上楼，新来人意冷于秋""魂渺渺，恨茫茫，羁怀归梦两凄凉"，放在纳兰或纳兰偶像晏几道词中，丝毫不觉得"违和"。再如《念奴娇》中有很新奇的两句"密怨潜离俱不误，误在当初一笑"，似乎也是从纳兰"人生若只如初见，何事秋风悲画扇"的名句翻出来的。

还应该看到，在很多逼肖纳兰的篇什之外，黄侃的自家面目与心事还是相当清晰的，他并不是死于纳兰牖下的一个平庸模仿者。如以下这两首《浣溪沙》：

长剑飘零绿鬓凋，只怜幽恨未全销。清狂那觉是无聊。　　已自萧条成独往，何妨相对共萧条。烦伊低唱我吹箫。

幻出优昙顷刻花，断茎零叶委泥沙。多情枉是损年华。　　已分缠绵成结习，好将憔悴作生涯。人间唯是我怜他。

"长剑飘零绿鬓凋"的形象、"已自萧条成独往，何妨相对共萧条"的笔法固然为纳兰所无，"人间唯是我怜他"的深情语直指人心，也绝可分席，毫无惭色。一个"情"字，能写到"人间唯是我怜他"的地步，真可谓至矣尽矣，蔑以加矣了。这样的"词格"较之晏小山、成容若又哪里逊色呢？

我们的纳兰

力学纳兰序列中值得提到的人很多，比如二十世纪的文化巨人张伯驹、近年颇引词学界关注的江南词人谢玉岑、集纳兰词成三十六首绝句因而可称纳兰第一"粉丝"的"红豆蔻词人"陈襄陵，比如赵我佩、汤国梨、沈祖棻等一众女词人……基本事实是，只要在纳兰身后，只要写缠绵悱恻之情，就躲不开他的"太阳能效应"，必然受到他无远弗届的"强电磁辐射"。

那么，还应该看看当下词创作对于纳兰的接受——这可以雄辩地说明：纳兰不只是古典的纳兰，他们的纳兰，也是当下的纳兰，我们的纳兰。

可看魏新河（网名秋扇）笔下的《浣溪纱·新月》与《定风波·依秋体十日词之一》：

> 初一潜形初二痕，初三初四小眉新。可怜初五半樱唇。　　甚底无情多照你，都应有意不看人。这番销尽剩余魂。

> 第一风华属谢娘，小词一卷误萧郎。心比玲珑千佛洞，能种，菩提树与紫丁香。　　忧思沉沉沉似秉，多重，这回压断旧疏狂。剩有今生辛苦果，和我，和风和雨品凄凉。

"新月"是咏物诗词中最常见的题目之一，但古往今来我们也没见过从初一一口气写到初五的，如此新巧灵动，可称绝唱。《定风波》一首笔轻而情重，语浅而心苦，"心比"数句、"剩有"数句，其妙不可言，言情至此，真绝技也！

再看徐晋如（网名胡马）的两首词：

> 雨后情虫苦胃丝，红桑照海梦醒时。黄花看已满东篱。　　系足难凭鸿北去，此间消息月流西。生怜诵遍纳兰词。
>
> ——浣溪沙

> 春愁如海说应难，憔悴不相关。去年社燕，今年杜宇，都上眉间。　　可堪后夜倚雕阑，筝柱已慵弹。彩云易散，歌云将尽，只是轻寒。
>
> ——眼儿媚

不必说"生怜诵遍纳兰词"，就是"红桑照海梦醒时""彩云易散，歌云将尽"等句子，其中分明透现出了泡影露电的禅意与幽约怨慕的情怀，结晶成为一种超越性的爱之体验，其底蕴无疑也是最接近纳兰的。

这样的例子还可以举出很多很多，但我们也不必再花篇幅了。举这些作品，我们想说的是：已经到了网络时代，纳兰仍然这样强烈舒朗地矗立在我们的面前，这样的词人如果不能构成词史的主坐标，那么，还有谁有资格呢?

第十二讲
—— 厉鹗、郭麐与浙西词派 ——
在清中叶的流变

盛 而 复 衰 的 清 中 叶 词 坛

在上面我们花了不小篇幅对清初词进行了比较详尽的盘点，尽管清初还有一些词人值得说说，比如金人望、宋俊、方炳、傅世垚、刘榛等等，但为了避免过多枝蔓，也可以到此"刹车"了。花大篇幅讲清初词，这样的安排是建立在"论清词而不崇顺康，则有清一代为无词"的词史判断基础上的（李一氓语）。民国时期的清词史研究中流行一个说法——词至清嘉道间而复盛，①这是因为受到常州词派影响而得出的一个错误结论。严先生在《清词史》中以大量的文献与精彩的剪裁、描述已经很好地澄清了这一点。就整部清词史而言，清初（习惯上指顺康两朝）成就最高，晚近（习惯上指道光后期至清末）次之，而中叶（雍正、乾隆、嘉庆及道光前期）最弱，呈现比较明显的哑铃形。这有点像缪钺先生论清诗，他说乾隆一朝以量言如螳肚，以质言如蜂腰，清词也大约如此。

问题是，为什么清初"盛"极一时的词坛渐渐地衰落下去了呢？

我们在探讨清词"中兴"问题时特地提到并在一定程度上阐释了

---

① 如刘毓盘《词史》。

严先生的大判断：清词的"中兴"实质上是词的抒情功能的复归。这其实是文学发展的普遍规律，抒情功能发挥得好，就"盛"，反之则"衰"。我们同样提到过，顾贞观在晚年与人论词时说，词坛的振兴是龚鼎孳、曹溶等"大有力者"介入的结果，那么，我们也还可以接着他的话头往下说，"盛而复衰"也是同样道理，而且，这次的"大有力者"地位更高，权柄也更大，那就是最高统治层。

焦点还是要集中在康熙皇帝身上。这位智珠在握的英主对"文治"的重视从来就不亚于"武功"。早在"博学鸿词"开科的前两年，康熙皇帝就选定王士祯作为契合盛世气象的诗坛代言人。到"鸿博"开科以后，他又对朱彝尊诸多眷顾，不仅命他入值南书房，做自己的机要秘书，而且又赐宅子，又赐紫禁城骑马的特权，这背后显然有着培植张扬词坛盛世气象的良苦用心。他要用"神韵""清空""醇雅"等一系列具有艺术魅力的审美概念来消弭、缝合积累数十年的异族入主、明清易代的仇恨——人心稳，江山才稳，康熙是很明白这个道理的。

所以，他才会对风花雪月的"小词"表现出持续高涨的热情，到执政晚年还"钦命"编纂《历代诗余》和《词谱》。一方面以选本强调雅正温厚之风，一方面把对音律的追求提升到学术高度上来认识，那么，不和谐的"变徵之声"就必然被边缘化，对"词意"的追求也成了"词律"笼罩下的"第二义"的目标。这样下来，词的抒情功能不被淡化吗？词的生机能不被扼杀吗？清词由此转向衰微简直是必然的结果。

肃杀的"盛世"

乾隆时期被称为中国封建时代最后一个"盛世"的顶峰，所谓"鲜花着锦，烈火烹油"，乾隆皇帝也是继乃祖之后又一位左右文学风会的"大有力者"，只不过他的手段较康熙要肃杀得多。严先生说过，历史上从来没有过像乾隆"十全盛世"这样的双向悖乖时代。一方面"盛"到极致，不管从人口繁衍、经济总量、政局稳固、人才辈出等哪一角度看，在中国历史上都是空前的繁盛；另一方面，这个"盛世"

里充满着"江山惨淡埋骚客"的窒息与昏闷。① 如果说《四库全书》的编订虽有"清人编书而书亡"的副作用，但还是功大于过的话，乾隆一朝令人目不暇接的文字狱则把那种惨淡肃杀的感受推到了极致。

前面我们讲过一些康熙、雍正时期的文字狱，康熙朝数量较少，雍正朝则大多牵涉统治集团的内部斗争。从数量、密度、影响范围、钳制人心的效果等各方面指数来看，康雍两朝的文字狱加在一起都远远比不上乾隆一朝。我们来看几起比较著名的文字狱。首先是胡中藻的《坚磨生诗钞》案。胡中藻是江西新建人，乾隆元年（1736）进士，官至内阁学士。乾隆二十年，乾隆皇帝密令广西巡抚将胡中藻任学政时所出的试题、与人唱和的诗文等并行查出，最后找出一系列看着不顺眼的诗句。其中最有名的一句是"一把心肠论浊清"，乾隆指斥胡中藻将"浊"字加在"清"字之上，"是何心肝""实非人类中所应有"。最终胡中藻被判凌迟之刑，"从宽"改处斩。

另一起是徐述夔的《一柱楼诗》案，江苏东台举人徐述夔去世多年以后，他的《一柱楼诗》被仇人举报。诸如"举杯忽见明天子，且把壶儿抛半边""明朝期振翮，一举去清都""夺朱非正色，异种也称王"之类的句子都被解读成"反清复明"的表述，我觉得也不完全是捕风捉影，站在满清统治立场上看，这里确实有些思想的"不对头"。乾隆在圣旨中说："徐述夔身系举人，丧心病狂，所做《一柱楼诗》，系怀胜国，暗肆诋讥，谬妄悖逆，实为罪大恶极！虽其人已死，仍当剖棺剉尸，以申国法。"此时徐述夔的儿子也已去世，两个孙子虽然携书自首，但仍以收藏逆诗罪处死，家产充公，徐家其余人等被判为奴。这个案件引起的反响很大，因为第一，这个案件最初徐家是打赢了官司的，造成赢而复输、导致如此严重后果的经办人就是著名的"宰相刘罗锅"刘墉；第二，这个案件还牵扯到文坛领袖、前礼部尚书沈德潜。因为沈德潜给徐述夔写过传记，虽然已死，还是被追夺一切谥典官职，仆毁碑文，撤出乡贤祠。

沈德潜（1673—1769）何许人也？那是大诗论家叶燮的高弟子，

---

① 黄景仁：《寄洪对岩》其二。

江南老名士，六十多岁前一直漂泊湖海。乾隆元年（1735）六十三岁被荐举参加博学鸿词科考试，同在被征之列的袁枚年仅二十一岁，足足跟沈德潜差了两代人，但还是以"年兄"称之。到乾隆四年（1739），沈德潜考中进士，得到乾隆皇帝的赏识，尊他为自己写诗的老师，直到七十七岁才放他退休回乡。现在因为给徐述夔作传，把生前荣华情谊几乎一笔勾销，旁人看了怎能不生出悚然之意？也有人分析说，沈德潜遭到乾隆的严谴还有一个不便宣之于口的原因，那就是——他把替乾隆写的一些诗收入自己诗集中了。

我们知道，乾隆皇帝是中国三千年诗歌史上写诗最多的人，他"御极"六十年，有《御制诗》五集，共四百三十四卷，得四万一千八百首，加上二十四岁登极前的《乐善堂集》、"归政"后即身为太上皇这几年所作的《御制诗余集》，再加上全韵诗《圆明园诗集》，大约五万总是有的，这就差不多等于《全唐诗》的总量。写这么多已经很了不起，写的又多又差就更了不起了。谁能背得下来乾隆一首诗吗？几句也行，恐怕没有吧！我在一篇文章中曾经说过：

> 其实诗不在多而在精，这是一个平常的道理。唐代的张若虚仅传作品两首，就有一篇是家喻户晓的《春江花月夜》，所以闻一多说他"孤篇横绝，竟为大家"；宋代江西诗派的潘大临，传世之作亦仅得二十余首，其中便有千古名句"满城风雨近重阳"。乾隆的那么多"佳作"，我们却都想不起一言半字了。有一则寓言：狐狸对狮子夸耀说："我一次可以生十几只小狐狸！"狮子道："我每次只生一只，可他是只狮子！"乾隆之诗，无疑乃狐狸之属也。①

我们能想象，这么庞大的数量，词臣代笔者应该不在少数，沈德潜肯定也写了不少。问题是，他把替皇帝写的一些诗又收到自己诗集里面去了，闹出了著作权争议。乾隆肯定生气啊！但又不能把这事儿闹得尽人皆知，借这个借口发泄一下也是能理解的。

---

① 《乾隆的诗究竟怎么样》，《江湖夜雨读金庸》附录，辽宁人民出版社 2020 年版。

见鳝而以为蛇，遇鼠而以为虎

乾隆四十七年（1782），浙江仁和发生监生卓天柱收藏先人卓长龄的《忆鸣诗集》案。卓长龄是康熙朝人，距离明朝不远，诗集里确实有一些表达强烈民族感情的作品，"忆鸣"也就是"忆明"的谐音嘛！后代子孙出于对"祖泽"的珍惜，没烧毁，没举报，这也不是什么大不了的事情，但此事被举报以后，乾隆下旨说："卓氏一家丧尽天良，灭绝天理，真为复载所不容。"堂堂天子，九五之尊，对一个普通的知识分子家庭、对一部诗集大张挞伐，用语之严厉在以前的文字狱中是没有看到过的。结果将卓长龄开棺戮尸，对收藏诗集的卓天柱斩立决。

乾隆四十八年，有一位叫李一的江湖散人写了一首道情《糊涂词》，里面有"天糊涂，地糊涂，帝王帅相，无非糊涂"的句子，被一个河南登封人乔廷英告发。这位李先生大祸临头是不用说了，好玩的是，审判官员一时好奇，说咱们顺手查查举报人吧！结果这位告发别人的乔先生也被找到两句诗："千秋臣子心，一朝日月天"，"日月"合起来就是"明"嘛！最后判决下来了，检举人和被检举人都被凌迟处死，两家子孙坐斩，妻媳为奴。这是乾隆朝几百起文字狱中非常独特的一起，处置得实在太匪夷所思，太残酷了！

由李一案件我们顺便想起一条"漏网之鱼"，那就是小说《绿野仙踪》的作者李百川。书中主角冷于冰科场失意，四海云游，在某地乡村遇到一个老学究。老学究一看对方是个秀才，非常兴奋地说："先生，我最爱写诗，难得遇上个知音。我把平生得意之作背两句，你给我点评点评——媳钗俏矣儿书废，哥罐闻焉嫂棒伤"！这两句诗，差是肯定的了，问题是太费解，只好请作者自己来解读。老学究得意洋洋地跟冷于冰解释：上句是写一对小夫妻早晨起床，媳妇对镜梳妆，在头上插了一根很漂亮的钗子，这叫"媳钗俏矣"。小伙子本来在旁边看书，一看自己媳妇这么漂亮，看呆了，就忘了读书了，这就是"媳钗俏矣儿书废"。下一句里也有两个人物：哥哥在外面采了一束野花，插进罐子里面，还趴在那儿闻野花的香，嫂子在旁边吃醋了：你光看野花，也不看我一眼! 抡起棒子就把罐子打碎了, 这叫"哥罐闻焉嫂棒伤"。好几百字儿都说不明白的事, 十四个字都概括出来了。

为什么作者要写进这样一个让人啼笑皆非的段落呢? 周作人说得很精准, 他认为这是讽刺乾隆"御制诗"的。乾隆写诗就是这种风格: 常用虚词, 任意压缩生造, 令人不知所云。下一句话周作人说得更有意思, 他说: 为什么明目张胆讽刺当今皇上的诗没有被卷进一浪高过一浪的文字狱之中呢?"恐怕是告发者不易措辞的缘故罢!"这句话越琢磨越有味道: 当时可能也有人意识到这是讽刺乾隆的, 但你怎么去告发呢? 你到官府说, 我发现小说里这个老学究写这么差的诗就是讽刺皇上的, 结果皇上一看就火了:"我的诗有这么差吗? 你凭什么说这么差的诗是讽刺我的? 你是何居心?"状能不能告成不好说, 告发者恐怕先得落一身不是吧!

这样繁多而残酷的文字狱最后能造成什么后果? 王嵩儒《掌故零拾》说:"挟持睚眦之怨, 假借影响之词, 攻诘诗文, 指摘字句, 有司见事生风, 多方穷鞫, 或致波累师生, 牵连亲故, 破家亡命", 这是当时的真实写照。乾嘉之际的古文家李祖陶则在给朋友的一封信中说:

> 今人之文, 一涉笔惟恐触碍于天下国家……人情望风觇景, 畏避太甚。见鳝而以为蛇, 遇鼠而以为虎。消刚正之气, 长柔媚之风, 此于世道人心, 实有关系。[1]

小心翼翼, 战战兢兢, 根本不敢谈天下国家之类的大事, 看见鳝鱼当成毒蛇, 看见老鼠当成猛虎, 赶紧躲得远远的。可是这能全怪文人们多"柔媚之风", 少"刚正之气"吗? 皇帝的导向在那明摆着, 达摩克利斯之剑明晃晃悬在脖子上, 蝼蚁般的区区文人, 趋利避害, 又有什么可以苛责的呢? 这样一种氛围下, 文学创作怎么能不"转衰"呢?

当然, "衰"是相对的, 并不是说这个时期没有好的词人词作。我们先以浙西词派的流变作为基本线索, 对清中叶词坛作一点粗略扫描。

---

[1] 《与杨蓉渚明府书》。

"双料盟主" 厉鹗

　　严先生在《清词史》中将浙西词派分为三期：第一期宗师是朱彝尊，第二期代表人物是厉鹗，最后一期代表人物是郭麐。厉鹗（1692—1752）字太鸿，号樊榭，出身于布衣之家，少年孤贫，靠哥哥贩卖烟草把他养大。康熙五十九年（1720），二十九岁的厉鹗中了举人，随即进京会试。在京城，厉鹗的诗受到了著名诗人、时任吏部侍郎的汤右曾的赏识。厉鹗落榜之后，汤右曾派人致意，要将厉鹗请到家中，厉鹗得信后却不辞而别。"说者服侍郎之下士，而亦贤樊榭之不因人热。"[1] 回乡之后，厉鹗大多数时间盘桓于马曰琯、马曰璐兄弟的小玲珑山馆，先后近三十年。利用马氏兄弟丰富的藏书与自己广泛的人脉，厉鹗独立完成了《宋诗纪事》一百卷，《辽史拾遗》二十四卷，又与友人合作《南宋杂事诗》七卷，在学界文坛地位日益崇高，被尊为诗坛、词坛"双料盟主"。我们看金庸的《书剑恩仇录》第十回《烟腾火炽走豪侠 粉腻脂香羁至尊》。这一回写的是红花会群雄绑架乾隆皇帝的故事，其中就描写了一场"花国状元大会"的"盛况"。谁是这次"花国状元大会"的评委呢？在这里金庸用了小说笔法，故弄狡狯，他把乾隆一朝最负盛名的大文人都组织到这个评委会里头来了。评委会主任是大诗人、当世第一风流才子袁枚。评委还有跟他齐名为"三大家"的另外两位：大诗人、大史学家赵翼，大诗人、大戏剧家蒋士铨，还有前文我们提到的乾隆皇帝的老师沈德潜，"扬州八怪"中最负盛名的郑燮郑板桥，还有一位特别有名——铁嘴铜牙纪晓岚！真是大咖云集呀！这里面就有一位是厉鹗，可见他在当时后世声名之高。

　　乾隆元年（1736），厉鹗被推荐参加博学鸿词考试。在考试中，他因为格式错误再次落第。朋友们都为此叹息，他却淡淡地说道："吾本无宦情，今得遂幽慵之性，菽水以奉老亲，薄愿毕矣。"[2] 此后虽贫病交加，再也没有出仕。我们讲厉鹗生平相对详细一些，目的是想呈现他

　　① 全祖望：《汤侍郎集序》，《鲒埼亭集外编》卷二十六。
　　② 陆谦祉：《厉樊榭年谱》，商务印书馆1936年版，第48页。

的"江湖寒士"状态和"予平生不谐于俗，所为诗文亦不谐于俗"的心态，① 都与浙派远祖姜夔非常相似，这对我们理解他的词有一定作用。

厉鹗的"清狂"

首先来看厉鹗最负盛名的作品《百字令·月夜过七里滩，光景奇绝。歌此调，几令众山皆响》：

> 秋光今夜，向桐江、为写当年高躅。风露皆非人世有，自坐船头吹竹。万籁生山，一星在水，鹤梦疑重续。挈音遥去，西岩渔父初宿。 心忆汐社沉埋，清狂不见，使我形容独。寂寂冷萤三四点，穿过前湾茅屋。林净藏烟，峰危限月，帆影摇空绿。随风飘荡，白云还卧深谷。

七里滩也叫七里濑、七里泷、严陵濑，在浙江桐庐县严陵山西，是东汉著名隐士严光严子陵的垂钓处。他的事迹我们前面讲陈维崧的学生何铁的词时曾经详细说过。严光之后，还有一个人与七里滩关系密切，那就是宋遗民中最著名的谢翱。1290 年，谢翱与友人吴思齐、冯桂芳等登严子陵钓台之西台遥祭八年前被杀的文天祥。谢翱以竹如意击石，长歌当哭，歌罢竹石俱碎。这是可以写进武侠小说的很好的细节。他的《登西台恸哭记》悲慨淋漓，真可谓是千古名篇，难怪黄宗羲读后无限感慨，说："遗民者，天地之元气也！"

明了了这两位历史名人的事迹，就能明白厉鹗为什么开篇就说"秋光今夜，向桐江、为写当年高躅"，这是由严光的隐逸高格领起全篇。过片处则点出谢翱的"汐社"之沉埋，一方面呼应严光的高洁，另一方面加倍强调自己追慕那种"清狂"境界的心志。这些都很好理解，包括"万籁生山，一星在水""林净藏烟，峰危限月"这样清雅漂亮的

---

① 厉鹗遗嘱中语，见汪沆《樊榭山房文集序》。

对句，我们也比较容易感受得到。

需要辨析几句的是被厉鹗淡化了的"清狂"。说严光"清狂"没有问题，但谢翱就不是"清狂"二字所能包容局限的了。他的"登西台恸哭"显然包含着大好江山沦落异族、遗民之辈无路可走的悲凉，所谓"徘徊顾盼，悲不敢泣""阮步兵死，空山无哭声且千年矣"，同时也呈现出"今人不有知余心，后之人必有知余者"的殷切期待与坚贞信念。① 对此，厉鹗不仅是知道的，而且还曾专门研究过并诉诸文字的。

在前面我列举厉鹗的著述，特地选了一种他与别人合著的《南宋杂事诗》七卷。这七卷诗由七个人合作完成，每人一百首绝句，② 吟咏南宋事迹，表达一种若隐若现的"背时"情怀。③ 我们还不能说到了厉鹗这个时代还表达了"反清复明"之类的遗民情结，那有点背离了时代背景而空谈附会的嫌疑，但可以肯定的是，厉鹗在词中所说的"清狂"没有那么简单，在这里他也是怀着一种更加深沉而广阔的痛楚的。我们这样说并不是非要给厉鹗"站队"，严先生晚年写《清代文学史案》，就专门写了一篇《谁翻旧事作新闻——杭州小山堂赵氏的"旷亭"情结与〈南宋杂事诗〉》④，对厉鹗及其合作者小山堂主人赵昱、赵信等人的家国兴衰情怀有非常精彩的分析。文章末尾严先生说："（读懂了《南宋杂事诗》，还）能武断责难厉鹗为'初祖'的浙派诗群专事僻典，冷卧山水窟么？"诗词一理，我们读厉鹗的词也需要这种眼光。

白眼看天，青袍似草

读《百字令》，很能印证我们前面说过的厉鹗酷似姜夔的印象，但"酷似"毕竟不是"复制"。厉鹗词中有一种激扬愤慨是姜夔所没有的，表面上看，两个人很相似，品味到细微处，则姜夔更多的是"清空"，厉鹗更多的是"清刚"。读下面这首《高阳台·题华秋岳横琴小像》可

---

① 谢翱：《登西台恸哭记》。
② 其中符曾多作一首，总数为 701 首。
③ 厉鹗的《晚秋斋居》："背时诗待素心论。"
④ 《文学遗产》2000 年第 6 期。

以更好地体会到这一点：

> 剑气横秋，诗肠涤雪，风尘湖海年年。三径归来，慵将身事笺天。草堂不著樱花梦，寄疏狂、菊涧梅边。想清游，如此须眉，如此山川。　枯桐在膝冰徽冷，纵一弦虽设，亦似无弦。世外音希，更求何处成连。几时与子苏堤去，采苹花、小艇冲烟。笑平生，忘了机心，合伴鸥眠。

华秋岳，即新罗山人华嵒（1682—1756），福建上杭人，扬州画派的代表人物之一，又善书工诗，时称"三绝"。因不谐时世，中年后尤其贫困拮据，常来往于小玲珑山馆，与厉鹗颇为交好。对于这位长自己十岁的畸零才士，厉鹗不仅深知其心事，更对其"慵将身事笺天"的遭遇有着强烈的共鸣，所以"题华秋岳横琴小像"云云，这里肯定也蕴涵着为自家画像的用意。开篇"剑气横秋，诗肠涤雪，风尘湖海年年"三句已经画出了一个侠气纵横、湖海飘零的奇人面目。"慵将身事笺天"这一句遣词造语很有讲究。"身事"，见鲍照《游思赋》："抚身事而识苦，念亲爱而知乐"，意思和"身世"差不多，这样用一来显得生新一些，二来"身事"与"世事"相对，含有一种对"世事"的不平感。"笺天"，作文祭告上天。陆游《冬晴日得闲游偶作》云："笺天有事君知否，山乞柴荆到死闲。"这个词用得非常准确，意味非常深微。康熙五十六年（1717），华嵒北上京师，得到特旨召试，但并未得到赏识，只象征性地被授了一个县丞的小官。华嵒没有赴任，依然穷困潦倒，往来江湖，所以这里的"笺天"二字是包涵着不少孤愤和郁积的。到"如此须眉，如此山川"一句，这种心情就更加明显了。

"枯桐在膝冰徽冷，纵一弦虽设，亦似无弦"，这两句刻画题目中的"横琴"二字，同时也别有深意。"一弦虽设，亦似无弦"暗用了陶渊明《归去来兮辞》中"门虽设而常关"的句法，隐喻华嵒的隐逸人格，这是一层意思；琴上虽有一根弦，但谈不成音调，也就相当于没有弦了，然而"大音希声""此时无声胜有声"，"无弦"其实比"一弦"境界更高。这是又一层意思；世间罕逢知音，琴声谈给谁听呢？还不如干脆沉默。这是第三层意思。至此，一个孤高寂寥、心怀郁愤的新罗山人形象就非常丰满了。

前面我们讲史惟圆的"自寿"词曾提到读诗词集的一些"窍门"，这里可以再增加一个："题某某画像/小像"也是一类出好作品的题材，常常有很大的信息量，我们应该特别留意。

再来看《百字令·丁酉清明》：

> 春光老去，恨年年心事，春能拘管。永日空园双燕语，折尽柳条长短。白眼看天，青袍似草，最觉当歌懒。悄悄门巷，落花早又吹满。 凝想烟月当时，饧箫旧市，惯逐嬉春伴。一自笑桃人去后，几叶碧云深浅。乱掷榆钱，细垂桐乳，尚惹游丝转。望中何处，那堪天远山远。

丁酉，1717 年，厉鹗时年 26 岁，三年以后才考中举人，所以这是他前期词的代表作之一。有两点值得注意；第一，这首词整体上很像朱彝尊《静志居琴趣》的笔调，诸如"永日空园双燕语""悄悄门巷，落花早又吹满""一自笑桃人去后，几叶碧云深浅""望中何处，那堪天远山远"等，置于朱彝尊笔下，也是上品。从这里能体会出浙西风味的一个侧面。第二，"白眼看天，青袍似草"，严先生以为是厉鹗最挺拔冷峭的两句词，甚是。连同"饧箫旧市"在内的这种备受压抑的狂士口吻是姜夔所不具备的，也是朱彝尊笔下所缺少的。这正是厉鹗自己独特的心迹与艺术个性的体现。

厉鹗的论词绝句

厉鹗论词还是颇有一些文字的，其中最有意义的莫过于他在雍正十年（1732）四十一岁时写下的《论词绝句》十二首。

以绝句形式论诗，起源于杜甫《戏为六绝句》，其后最有名的是元好问的《论诗绝句》三十首，到清代，钱谦益、王士禛、袁枚、赵翼、洪亮吉、宋湘、张问陶等大家名家踵事增华，成为一种相当重要的批评形式。钱仲联、王蘧常两位先生辑有《万首论诗绝句》，可见其总量大到什么程度。

以绝句论词，在清代以前很罕见，金、元、明合在一起也不过七八首的样子。① 到清初吴伟业、曹溶等人的笔下，论词绝句日益增多，但大体上还是用"题某某词"一类的格式，以记录抒发"读后感"为主。真正有意识构建比较系统的词学理论，让"论词绝句"这种形式上了一个新台阶的，还要数到厉鹗。我们来读几首：

> 美人香草本离骚，俎豆青莲尚未遥。颇爱花间肠断句，夜船吹笛雨潇潇。

这是厉鹗对词体的一个总论性认识。他把词追溯《离骚》的美人香草、比兴寄托，这就一下子把词体的地位抬起来了：词不是小道，而是楚辞的苗裔！这是清代推尊词体论调中一种引人注目的思路和声音。"俎豆青莲"一句是把李白的《忆秦娥》《菩萨蛮》当成词的"近宗"，仍然是"尊体"的思路。

> 旧时月色最清妍，香影都从授简传。赠与小红应不惜，赏音只有石湖仙。

> 头白遗民涕不禁，补题风物在山阴。残蝉身世香莼兴，一片冬青冢畔心。

这两首前者表达对姜夔的景仰，后者表达对《乐府补题》的追慕，都是"浙西家风"的典型体现。到第十首，他说得更清楚："寂寞湖山尔许时，近来传唱六家词。偶然燕语人无语，心折小长芦钓师"，"小长芦钓师"是朱彝尊的号，厉鹗十八岁的时候朱彝尊已经去世，两者并没有直接的师承关系，但这里厉鹗毫不含糊地表白自己对朱彝尊的"心

---

① 参见程郁缀、李静《历代论词绝句笺注》，北京大学出版社 2014 年版。

折"，以其继承人自居，那么，这三首绝句合起来就相当于清中叶浙西词派的理论宣言了。

某种程度上由厉鹗开创的"论词绝句"逐渐达到了不小的体量，成为清代词学史上不可忽视的一种批评样式。在吴熊和先生主编的《唐宋词汇评》中，吴先生和他的学生陶然等收集了 600 多首论词绝句，后来北大的程郁缀先生、武汉大学的陈水云先生、台湾的王伟勇先生等又陆续有所收获。王先生的《清代论词绝句初编》共汇集 133 家 1067 首，① 程先生和他的学生、我的同事李静先生合作的《历代论词绝句笺注》共收录元代以来 70 家 850 余首论词绝句。2015 年，南开大学孙克强先生和裴喆先生出版了《论词绝句二千首》，是这方面目前最全的一宗资料汇编。

对"论词绝句"我一直很有兴趣，但因为自己科研计划排序的原因，一直没有来得及动手做，所以指导我的学生在上述文献基础上做了《清代论词绝句研究》的博士论文，② 得到了学界一定程度的好评。还值得注意的是，民国以来的论词绝句数量质量也都很值得关注，云南师范大学的胡建次先生一直在做相关的资料收集和理论阐释工作，我们期待着更多更优秀研究成果的出现。

"远阳羡而近浙西" 的史承谦

严先生《清词史》在厉鹗之后将浙派中期词人群按籍贯与活动地域，划分为三大块：一是杭嘉湖词人群。以陆培、吴焯、陈章为代表；二是扬州词人群。以江昱、江炳炎、张四科以及马曰琯、马曰璐兄弟为代表；三是吴中词人群，以王昶为首的"吴中七子"为代表。这三个群体中，马氏兄弟的创作较为深沉可读，前文我们已经说过。王昶的词学成就主要体现在《琴画楼词钞》《明词综》《国朝词综》的编纂上面，创作"殊少动人处"③。真能体现出较明显的浙派特征、在词坛产生较

---

① 台湾里仁书局 2010 年版。
② 作者苏静，吉林大学 2020 年博士论文。
③ 《清词史》，第 348 页。

大影响的还要说到阳羡词派的第四代传人史承谦。

严先生在《清词史》中将史承谦安排得离厉鹗比较远，主要是取他的"阳羡传人"身份，但也请注意，严先生说史承谦代表了"阳羡词派的界内新变"，往哪个方向"变"呢？我的体会是往浙派"变"。在开场白中我讲过自己做《史承谦词新释辑评》的经过，在这本书的《前言》中我也明确说史承谦词"远阳羡而近浙西"，那么，根据年辈与词风的指标，将史承谦放在这里讲我觉得还算是妥当的。

史承谦（1707—1756），字位存，荆溪人，荆溪也就是宜兴，是雍正二年（1724）从宜兴分出来的。宜兴史氏有同宗不同族者三支，史承谦属于晚明东林名宿史孟麟的后裔，史惟圆是他的从曾叔祖，而外曾祖则是另一位阳羡主将徐喈凤，他所置身的文学家风及文化氛围皆非同寻常，所以被称为阳羡词群第四代传人的领军人物，也在时势人心的转衍中成为"阳羡词派界内新变"的代表。

所谓"阳羡词派界内新变"，我觉得有不得不变者在。什么叫"有不得不变者在"？那就是我们在前面花很多篇幅所谈的清中叶词坛衰微的时代背景，史承谦也不能拔着头发离开地球，他是一定会受到时代风会影响的。既然文网愈密，不太可能引吭高唱，包括史承谦在内的一批文人就只能把自己的"光气""掩蔽"起来，遁入温香软玉、浅斟低唱而已。单从表面来看，史承谦词的面貌风格相对单纯，与时事没有什么明显的勾连。但往深里看一层，他的疏离也只是一种表象而已，那些羁旅失意、交游唱酬其实也为我们提供着那一时期下层文人很丰富的生态和心态样本。比如与他唱和的王豫，就是以再传弟子身份卷进"吕留良案"之中的，这里也反射着时代风云幻化的光影。

所以，"不得不变"是一方面，还要注意"不得不合"的另一面。严先生说史承谦"失路之叹则哀婉中时见棱芒，柔而挺劲，似仍不失阳羡先辈之流韵遗风"，"史承谦具有一种虽处逆境而不甘任人摆弄情性。尽管'生于世不用才之时'，身难由己，但腰骨自挺"，"史承谦之悲剧原系封建科举制下具有普遍性之遭际，既非彼能超越，亦不是其人所独有"。这种坚挺绵韧的情性与凄清零落的遭际诸位阳羡先贤存在着共通之处，那么他的词风里也就不乏"阳羡元素"。这是我们认识《小眠斋词》的一个重要起点。

者边只有消魂我

先看史承谦的《清平乐》：

> 绿阴如许，容易添愁绪。一两三番花外雨，弹指春归何处。
> 昨宵一枕春酲，分明重见倾城。惊破晓窗残梦，从今不听莺声。

《清平乐》这个词调有点像中国象棋，易学难精，它是短调，声韵谐美，不难上手，但是它上片四仄韵，下片三平韵，转换之间又不是很好协调。什么样的《清平乐》算写得好呢？我以为要写得轻倩流美，如流水淙淙，如大珠小珠落玉盘，这才是上乘之作。史承谦这首词上下片欲断还续，层次井然。全篇一气流动，风致楚楚。"一两三番花外雨"这一句尤其清新秀雅，令人过目难忘，大有纳兰意趣。

《步蟾宫》也写得很棒：

> 单衫杏子无尘浣，更婀娜、合欢花朵。一生赢得住江南，便占尽、吴中梳裹。　者边只有消魂我，盼嫩约、今番须果。那知暮雨独归时，但怅望、红楼灯火。

这首小词写与意中女子相约而对方未至的怅惘之感，这是爱情中最寻常的情节之一，作者的笔法却摇曳多姿，能于平淡的场景中构制飘渺的意境，因而颇为动人。

上片前二句勾画此女子的娉婷态度。"单衫"一句写其衣饰之雅洁，衣饰如此，则其人气质可知。下一句"更婀娜、合欢花朵"更妙，是鬓边插花，手中捧花，生出"花面交相映"的效应？抑或即将其人比作蕴满情意的合欢花？正因为不明言，留出读者自己体味的空间，才见出古典诗歌的烟水迷离之美。三四句承上虚写，其人妖娆婀娜如此，那是自小浸染江南山水秀气的缘故，而吴中之地虽佳丽繁多，谁又能及得她的那种天然丰姿？当年杜牧有诗云"娉娉袅袅十三余，豆蔻梢头二月初。春风十里扬州路，卷上珠帘总不如"，其实也正是"占尽吴中梳裹"的意思。

下片也有两处妙句。一处在"消魂我"三字，是未经人道语；另一处在"盼嫩约、今番须果"。"嫩约"，男女间不甚坚牢的约定，最早见于秦观的《望海潮》："红粉脆痕，青笺嫩约，丁宁莫遣人知"，此后姜夔、史达祖、高观国等人屡屡用之。单从这一个词的使用，就能看出史承谦对于"浙西宗法"的沉浸和亲近。煞拍的两句写那女子辜负了"嫩约"，自己只好暮雨独归，遥望红楼中的点点灯火，一种惘然之情满溢胸中。这首词的前六句都很平实，最后这两句则化用了李商隐《春雨》"红楼隔雨相望冷，珠箔飘灯独自归"的诗意，在写实中创制出一种飘逸空灵的境界。如此命意，如此章法，非深于情者不能办，也非写情高手不能办。

梦冷蘅芜又一年

碧草萋迷欲化烟，拂波香絮正芊芊。沉思往事浑如水，中酒今朝懒欲眠。 难独笑，索谁怜，阑干一曲小楼前。沉沉消息梨花雨，梦冷蘅芜又一年。

这首《鹧鸪天》为《小眠斋词》中名作。之所以为名作，一来可以代表史承谦的词风；二来可以标示其较高的成就；三来则是能够超脱"滴粉搓酥"的常套，将身世之感打叠入艳情而言之，所以高标独立，为一集之翘楚。

开篇二句写景，碧草萋迷，杨柳芊芊，其愁情也大略相似。"碧草"一句以烟比草，在古典诗词中本属常见。如刘禹锡《和牛相公游南庄醉后寓言戏赠乐天兼见示》："水底远山云似雪，桥边平岸草如烟。"梅尧臣《苏幕遮·草》亦云："接长亭，迷斜阳，翠色如烟老"，而史承谦在此用上一个"化"字，且是"欲化烟"，则转熟为生，推陈出新，既见出巧思，也见出其情深之致。次句"拂波"二字亦可玩味。"拂波"，柳条轻拂水面，荡起层层涟漪之意，所以下面接了一句"沉思往事浑如水"，颇有映衬之妙。"沉思往事浑如水"与"中酒今朝懒欲眠"为工对，单独看并不出奇，合而观之，则顿时富有冯延巳之襟抱与神采，这是史承谦特有的工力所在。

下片承"沉思""懒"之感觉写自己的寂寞清冷。因为"沉思""中酒"，故而难以绽出哪怕一丝笑意，这样的孤零谁能来给我一点慰藉？自己倚遍了"小楼前"的"一曲阑干"，可是内心的悒郁却无由排遣。当年晏殊有"小园香径独徘徊"之句，他思索的是"无可奈何花落去，似曾相识燕归来"的韶华的迁流。如今作者也在独自徘徊，心中却饱含自伤自怜之意。末二句为一篇词眼，亦是最精采处。词人由阴沉天色觑见"梨花雨"之"消息"，又由"梨花雨"联想到"又一年"的过去，加之"梦冷"的凄婉，"蘼芜"的芳洁，共同造就一个凄美幽艳的境界，其中所蕴涵的对美丽的追思和"寤寐求之"的怅惘，令人荡气回肠。

这首小词不以叙事见长，而是提空写情，传述一种心理感受。随着年齿渐增，《小眠斋词》中感慨身世的作品也逐日添加比重。那种"梦冷蘼芜又一年"的感受固然可能由情爱所引起，但其间恐怕也不无超越了情爱而注意于光阴、人生的更广阔的感喟。

为桃花夫人翻案的佳作

就被遴选评说的频率来看，《一萼红·桃花夫人庙》堪称是史承谦的第一名作，估计很多读者都是通过这首词来初步了解这位词人的，而这首词本身的艺术成就之高、意蕴之丰富，也足当"第一名篇"的推奖：

> 楚江边。旧苔痕玉座，灵迹自何年？香冷虚坛，尘生宝靥，千秋难释烦冤。指芳丛、飘残清泪，为一生、颜色误婵娟。恩怨前期，兴亡闲梦，回首凄然。　似此伤心能几？叹诗人一例，轻薄流

传。雨飒云昏，无言有恨，凭阑罢鼓神弦。更休题、章台何处，伴湘波、花木暗啼鹃。惆怅明珠翠羽，断础荒烟。

桃花夫人即妫氏，春秋时息国国君夫人，以貌美著称，因为她面似桃花，被称为"桃花夫人"。楚文王慕桃花夫人的艳名，发起了一场特洛伊式的战争，轻松灭掉了弱小的息国。桃花夫人被掳入宫中，为了保全息侯的性命，只好依从了楚王。虽然三年中为楚王生有二子，但从来不发一言。后来，桃花夫人见到昔日夫君息侯居然成了楚王的看门人，大恸自尽，息侯也随之殉情。对这段凄美而争议良多的爱情故事，古人歌咏不少。杜牧的两首绝句最为著名："细腰宫里露桃新，脉脉无言度几春。至竟息亡缘底事，可怜金谷坠楼人。""息亡身入楚王家，回看春风一面花。感旧不言常掩泪，只应翻恨有荣华。"

杜牧是非常英朗高迈的诗人，他在咏古诗中的诸多见地我们一向佩服。比如他说赤壁之战"东风不与周郎便，铜雀春深锁二乔"，说杨妃"一骑红尘妃子笑，无人知是荔枝来"，都是很棒的，但是这两首我们不怎么敢恭维。"至竟息亡缘底事，可怜金谷坠楼人"，谁是"金谷坠楼人"呢？西晋大富翁石崇的爱妾绿珠。当时赵王伦专政，其亲信孙秀派人来向石崇索要绿珠，石崇说："绿珠是我所爱，别人我都可以舍弃，唯独绿珠不行。"孙秀大怒，矫诏逮捕石崇。石崇被捕时对绿珠说："我现在为你落到这步田地。"绿珠说："我这就一死报之"，于是自投楼下而死。"至竟息亡缘底事"，同样因为媳妇儿漂亮引来亡国灭身之祸，但是桃花夫人哪里比得上绿珠的"仗义"呢？拿绿珠来映射、嘲骂息妫，这就成了一种简单化的"红颜祸水"论、"不事二夫"论，而没有体察到桃花夫人的特殊处境和她对息侯的深情。诗是好诗，从见地而言，其实我们是有点失望的。

那么，同样来到桃花夫人庙，同样感慨于她的遭遇，史承谦又是怎样表现的呢？我以为，怀古诗词的上乘之作有"三贵"：一贵情感丰沛，能尚友古人，对其处境有真实的体察和同情。比如杜甫的《咏怀古迹》写王昭君"画图省识春风面，环佩空归月下魂。千载琵琶作胡语，分明怨恨曲中论"。二贵对故实有新的解读，做翻案文章，有理有据。

比如杜牧《题乌江亭》咏项羽："胜败兵家事不期，包羞忍耻是男儿。江东子弟多才俊，卷土重来未可知。"三贵结合凭吊者之身世，弦外有音。比如温庭筠的《过陈琳墓》："曾于青史见遗文，今日飘蓬过此坟。词客有灵应识我，霸才无主始怜君。石麟埋没藏春草，铜雀荒凉对暮云。莫怪临风倍惆怅，欲将书剑学从军。"三者能做好一个，即可称佳作，如果兼擅并备，那自然就更好了。以此衡量，这首《一萼红》可谓"三贵"俱备。

先说情感的丰沛。桃花夫人的故事尽管见于史传，其哀婉悱恻却不下于任何一部虚构的小说或戏剧，千百年以下都会有人为之扼腕叹息。面对这样凄惋的悲剧，词人的心灵也深深地沉浸其中，因而"凄然""伤心""惆怅"之感迷漫纸上，如同江边的浓浓雨雾飘洒在字里行间。至于对今日"香冷虚坛，尘生宝靥"的荒寂处境的勾勒、"千秋难释烦冤""为一生、颜色误婵娟"的悲剧命运的理解和同情、"恩怨前期，兴亡闲梦"的历史转圜的感悟与喟叹，也无不纯挚而动人。

次说有理有据的翻案。焦点集中在"似此伤心能几？叹诗人一例，轻薄流传"几句之上。上片词人已经埋下"千秋难释烦冤"的伏笔，论定了息夫人之"烦冤"。此处更明确揭示其"无言有恨""似此能几"的异样"伤心"，可是多少"诗人"无视这样的伤心，只把目光投射在"回看春风一面花"的香艳上？又有多少诗人妄陈高义，指责息夫人背弃故夫，为仇人生下一双儿女为"失节"呢？在史承谦看来，此类"轻薄"之议论实在是难以接受的，而他对桃花夫人的正面评定既源于基本的人性，又是建立在"理解之同情"基础上的。所以这"翻案文章"与丰沛的感情并不是了不相关，而是水乳交融的。

再说弦外之音。温庭筠凭吊陈琳有"词客有灵应识我，霸才无主始怜君"之名句，是因为二人才情相近，可是史承谦为什么会对桃花夫人独具这样"知音"般的理解之同情呢？上海辞书出版社 2002 年版的《金元明清词鉴赏辞典》中选了这首作品，戴元初、承剑芬二位先生撰写的赏析文章有云："词中所体现的对桃花夫人的无限同情，也是词人对自身境遇的深切的感喟。史承谦虽然生活在所谓乾隆盛世，但一生高才不遇，命运坎坷，同时又领略了清统治者为箝制思想而大兴极为酷烈的文字狱所带来的种种惨剧。正是基于这一点，他对桃花夫人在强大的政治压力面前'无言有恨'的行为才会感同身受"，这是知人论世之言，非常精辟。

陡峭清新的吴翌凤

比史承谦略晚而笔调近乎浙西的吴中词人应该数吴翌凤。吴翌凤（1742—1819），字伊仲，号枚庵，也是一介寒贱的诸生，青年时客游湖南，垂老始返。著有《与稽斋丛稿》《国朝诗文征》，而以《吴梅村诗集笺注》最为有名，在梅村接受史上占有很重要的地位。词集名《曼香词》，又有《红沫词》。

吴翌凤说自己的词有"大抵文生于情，不觉哀多于乐"[①]，这是结合他南北漫游、不得其志的身世而言的。因为"哀多于乐"，胸中郁积，笔调就显得比较陡峭，同时又很清新，不匮乏情韵。比如《苏幕遮》：

> 片帆张，孤棹拥，渺渺长波，只有青山送。衣上花枝钗上凤。月冷香销，都付秋衾梦。　　养鱼苗，量鹤俸，生怕相思，红豆休轻种。借酒浇愁开宿瓮。一掬西风，泪洒颇黎冻。

下片的"鱼苗""鹤俸""宿瓮""颇黎冻"几个词，都很生新，与自己的情致又配合得很妥帖。其中"鹤俸"原指幕府的官俸，符合吴翌凤长期游幕的身份；"颇黎冻"出自李商隐《饮席戏赠同舍》诗："唱尽阳关无限叠，半杯松叶冻颇黎。""颇黎"指状如水晶的宝石。东方朔《十洲记》云："昆仑山上有红碧颇黎宫，名七宝堂是也"，"冻颇黎"是对酒的一种比喻性的美称。在李商隐之后很少有人用之，一个很小的意象即可见吴翌凤的才学。再如《临江仙》：

---

① 《曼香词》自序。

客睡厌听深夜雨，潇潇彻夜偏闻。晨红太早鸟喧群。霁痕才着树，山意未离云。　　梅粉堆阶慵不扫，等闲过却初春。谢桥新涨碧粼粼。茜衫毡笠子，已有听泉人。

词写春雨而已，又是最常见的题目，但"茜衫毡笠子，已有听泉人"二句清怀雅致，令人想起苏轼"何夜无月？何处无竹柏？但少闲人如吾两人者耳"和张岱"莫说相公痴，更有痴似相公者"的那种高朗脱俗。① 还有一首《婆罗门令》也写得很好：

看不得、一绳纸雁，听不得、送隔墙鹅管。待较深愁，除得是、长江练。愁无限，只怕长江浅。　　芳菲陌，杨柳岸，计当初、那许游情倦。风花纵得红如旧，人别后、奈霜鬓千点。雁书难寄，蝶梦空恋，日近江南偏远。试检春衫泪，已洒春衫遍。

《婆罗门令》这个词牌应歌功能较强，俚俗絮叨，近于曲子，柳永后几乎没有什么佳作。吴翌凤这首一韵一转意，既自然近乎口语，境界又能锤炼出奇，是我看到的最棒的一篇《婆罗门令》，从中是很可以看出吴翌凤的不凡造诣的。

浙派殿军郭麐

严先生将浙西词派一百五十年左右的活跃期分为三个世代，每个世代恰好五十年左右。最后一个世代，严先生以提出"正变斯备"观念的吴锡麒（1746—1818）为中介，把郭麐作为分量更重的"殿军"，这个词史判断是下得极有胆识的。因为郭麐被晚清两大词论家谭献与陈廷焯称为"滑"和"最下乘"，此后就一直遭受着种种冷落，很有点声名狼藉的意思。严先生不仅发现了他，而且把他抬到如此显要的位置，可谓独具慧眼，用古人的句法说："频伽有灵，当呼知己。"

---

① 《承天寺夜游》《湖心亭看雪》。

郭麐（1767—1831），江苏吴江人，字祥伯，号频迦，因一眉莹白如雪，又自号"白眉生"。他以诸生困于科场，一第累踬，奔走江淮各幕府多年，始终沉沦下位。他二十二岁拜在袁枚门下学诗，后又追随姚鼐学古文，很得两位名师称赏。《随园诗话》中记了一件师生三人间的趣事：

> 郭频伽秀才寄小照求诗，怜余衰老，代作二首来，教余书之。余欣然从命，并札谢云："使老人握管，必不能如此之佳。"渠又以此例求姚姬传先生。姚怒其无礼，掷还其图，移书嗔责。余道："此事与岳武穆破杨么归，送礼与韩、张，二王一喜一嗔。人心不同，亦正相似。"刘霞裳曰："二先生皆是也：无姚公，人不知前辈之尊；无随园，人不知前辈之大。"

郭麐把自己画像寄给袁枚、姚鼐，请他们题诗，又怕太麻烦他们，就自己作了诗一并寄去，想劳动他们动笔抄一下就可以了。袁枚脾气好，不仅抄好了寄回去，而且很客气地说：要让老头儿我自己作，肯定写不了这么好。姚鼐则勃然大怒，不仅掷还其图，还写信把郭麐骂了一顿。刘霞裳的评语特妙，貌似公平，其实话里话外还是偏向袁枚的做法的。

为什么这位落拓秀才会得到严先生的"赏识"，把他置于如此高的地位呢？首先是因为他的理论建树。作为一代词风的代表，光有创作是不行的，非要加上有影响、有见地的理论主张不可。陈维崧、朱彝尊、厉鹗是如此，郭麐也是如此。

作为浙西词派传人，郭麐当然首先有着鲜明的"浙西姿态"，所以他说"本朝词人，以竹垞为至，一洗草堂之陋，首阐白石之风"，"同时诸公，皆非其偶"①，又说："国初之最工者，莫如朱竹垞，沿而工者，莫如厉樊榭……白石玉田之旨，竹垞开之，樊榭浚而深之。"② 这都是很鲜明的"浙西宣言"，但是，如果仅仅把话说到这个地步，那也

---

① 《灵芬馆词话》卷一。
② 《梦绿庵词序》。

远远不够"殿军"的分量。郭麐的清醒可贵之处有以下几点：

第一，郭麐的文艺观受到乃师袁枚"性灵说"的巨大影响，不仅秉持"一代有一代之作者，一人有一人之独至"的通变眼光，而且把它运用到词论中来，从而对浙派词风的功过利弊看得十分清楚，而且批评得非常犀利。他批评同时代以戈载为首的那种"悉合其律度而言之不工"的词风，说他们"浮游惝恍，貌若玄远，试为切而按之，性灵不存，寄托无有"，"凄楚抑扬，疑若可听，问其何语，卒不能明"①。在《桃花潭水词序》中他又说："或又谓必其声调合乎大晟之谱，皆谬论也，过为高论以文其弇陋庸鄙者也。"这些话说得既俏皮，又一针见血，切中肯綮。

第二，郭麐虽然早年对苏辛一派颇有成见，随着眼光阅历的变化，到了《无声诗馆词序》里，他已经越来越倾向于将心仪的姜张与"指出向上一路"的苏辛予以平视。他夸奖苏辛"以高世之才，横绝一时，而奋末广愤之音作"，这已经不太像"浙西家法"了。后面他又直接提出反问："进么弦而笑铁拨，执微旨而訾豪言，岂通论乎?"浙西阵营里能出现这样为"铁拨""豪言"张目的声音，真是不可思议，振聋发聩！所以严先生说"郭麐的词学观以及从中表现出来的整体性的文艺观，是清代中叶至晚近时期最具开放性的观念，在传统保守势力极其顽固的当时，其进步意义是无可置疑的"②。

十二《词品》

作为浙西词派殿军，郭麐还有一个重要的词学贡献不能不提，那就是他的十二《词品》。"这是词史上第一部风格分类品评的系统著作……虽说……是仿《诗品》而成，但这也说明清词在风格的繁复多样和精细分辨方面具有足够的条件，而郭频伽能不囿于一派成见，博涉众趣……这不能不说是一种功绩。"③ 这十二《词品》仅是《二十四诗

---

① 《梅边笛谱序》。
② 《清词史》，第 422 页。
③ 《清词史》，第 425 页。

品》的一半，① 大概是取"诗之境阔，词之言长"的意思，没有特别扩张，同时，《词品》继承了《诗品》以四言诗形式描述文学风格的妙处，这是中国文学批评所独有的方式，所谓"只能意会，不能言传"，必须要读者"悠然会心"，才能完成自己的批评目标。这十二《词品》实在太美，我舍不得删掉其中任何一品，索性全文都给大家看看：

幽　秀

千岩巉巉，一壑深美。路转峰回，忽见流水。幽鸟不鸣，白云时起。此去人间，不知几里。时逢疏花，媚若处子。嫣然一笑，目成而已。

高　超

行云在空，明月在中。潇潇秋雨，泠泠好风。即之愈远，寻之无踪。孤鹤独唤，其声清雄。众首俯视，莫穷其通。回顾薮泽，翻若蜚鸿。

雄　放

海潮东来，气吞江湖。快马斫阵，登高一呼。如波轩然，蛟龙牙须。如怒鹊起，下盘浮图。千里万里，山奔雷驱。元气不死，乃与之俱。

委　曲

芙蓉初花，秋水一半。欲往从之，细石凌乱。美人有言，玉齿将灿。徐拂宝瑟，一唱三叹。非无寸心，缱绻自献。若往若还，岂曰能见。

清　脆

美人满堂，金石丝簧。忽击玉磬，远闻清扬。韵不在短，亦不

① 《二十四诗品》长期以来被认为是司空图所作，近年学界研究已基本否认了这一点，见陈尚君《二十四诗品真伪之争与唐代文献考据方法》，载《汉唐文学与文献论考》，上海古籍出版社 2008 年版。

在长。哀家一梨，口为芳香。芭蕉洒雨，芙蓉拒霜。如气之秋，如冰之光。

神　韵

杂花欲放，细柳初丝。上有好鸟，微风拂之。明月未上，美人来迟。却扇一顾，群妍皆嬂。其秀在骨，非铅非脂。渺渺若愁，依依相思。

感　慨

人生一世，能无感焉。哀来乐往，云浮鸟先。铜驼巷陌，金人岁年。铅华迸泪，鹍鸡裂弦。如有万古，入其肺肝。夫子可叹，唯唯不然。

奇　丽

鲛人织绡，海水不波。珊瑚触网，蛟龙腾梭。明月欲堕，群星皆趋。凄然掩泣，散为明珠。织女下视，云霞交铺。如将卷舒，贡之太虚。

含　蓄

好风东来，幽鸟始哢。阳春在中，万象皆动。一花未开，众绿入梦。口多微词，如怨如讽。如闻玉管，快作数弄。望之邈然，鹤背云重。

逋　峭

清霜警秋，微月白夜。其上孤峰，流水在下。幽鸟欲穷，乃见图画。惬心动目，喜极而怕。跌宕容与，以观其鳞。翩然将飞，倘复可跨。

秾　艳

杂组成锦，万花为春。五醍酒酽，九华帐新。异彩初结，名香

始薰。庄严七宝，其中有人。饮芳食菲，摘星扶云。偶然咳唾，明
珠如尘。

名　隽

名士挥麈，羽人礼坛。微闻一语，气如幽兰。荷雨初歇，松风
夏寒。之子何处，秋山巑岏。万籁俱寂，惟鸣幽湍。千漱百咽，奉
君一丸。

其文心之深细、藻境之繁丽，大家不难体会。纯从四音诗写作的角
度，我以为《幽秀》《雄放》《清脆》《感慨》几篇尤佳。至于每一品
所指涉的风格类型都是什么含义，与"二十四诗品"的异同怎样，我
们在这里不一一分析了。邓乔彬先生有《郭麐〈词品〉析论》一文，
载于《文学理论研究》2009 年第 6 期，讲得很详细，也很精切，大家
可以参看。

此外，郭麐弟子杨夔生（1781—1841）又有《续词品》十二则，
总共凑成了"二十四词品"，但写得不如郭麐好，我以为只有"灵活"
一品差不多可以与乃师比美：

天孙弄梭，腕无暂停。麻姑掷米，走珠跳星。荷露入握，菊香
到瓶。如泉过山，如屋建瓴。虚籁集响，流影幻形。四无人语，佛
阁一铃。

性灵的"虫鸟之怀"

郭麐在词集自序中有一段很有意思的话："春鸟之啾喁，秋虫之流
喝，自人世之观，似无足以悦耳目者，而虫鸟之怀，亦自其胸臆间出，
未肯轻弃也。"那就是说，我的词不过如春鸟秋虫的鸣唱，别人听了不
会觉得怎样，我自己则很珍惜这种胸臆间发出的真实声音。这段话口
气有点冷傲，但我们并不陌生，在他老师袁枚的诗论中我们是经常可以

看到类似的意思的。从这个意义上说，郭麐其实是当时词坛披着"浙西派"外衣的"性灵派"。

郭麐词有四百多首，数量比较丰富，其中也难免有写得不太好的。我们讲陈维崧时候提到过，有的学者就挑出郭麐写得不太好的若干首作品，质疑严先生的"不啻是一阵爽利的清风"的判断。① 这种逻辑我以为是有问题的。总结一个诗人/词人的风格特征，论定他的文学史地位，当然，也必须要看他最好的作品。想从李白、杜甫、苏轼、辛弃疾的集子里找出十几二十首写得不太好的诗词难吗？一点也不难。那么能据此说明这几位的文学史地位不高吗？显然不能。事实上，严先生在《清词史》中选的几首词已经能看出这股"清风"的"爽利"了。比如《水调歌头·望湖楼》：

> 其上天如水，其下水如天。天容水色渌净，楼阁镜中悬。面面玲珑窗户，更着疏疏帘子，湖影淡于烟。白雨忽吹散，凉到白鸥边。　酌寒泉，荐秋菊，问坡仙。问君何事，一去七百有余年？又问琼楼玉宇，能否羽衣吹笛，乘醉赋长篇？一笑我狂矣，且放总宜船。

《水调歌头》是小长调，在郭麐笔下却写得非常清新流动，轻灵自在，有别于浙西末流的那种晦涩堆砌，故作深沉。虽然是词，我们却大有读袁枚性灵诗篇的那种感觉。

再比如以轻松幽默语写抑郁心胸的《沁园春·二娱为余题蠹蝶卷子……酒酣以往，逸气奔涌，间为变调，以摅郁塞之怀，并示二娱》：

> 钻纸蝇痴，伏案萤干，男儿可怜。笑吾其鱼矣，人言善幻；蘧然蝶也，或羡成仙。五蠹书成，一生花活，游戏其间然不然？君休问，看此中有鬼，虫亦能天。　为君试质前贤，更有个、吾家博物传。是蒙庄阔达，未离文字；谢郎轻薄，多为诗篇。磊落景纯，

———————————

① 《清词史》，第424页。

虫鱼诠释，凤子春驹有阙焉。亡应补，忍丛残科斗，寒落蜗涎。

"蠹蝶卷子"中的"蠹"是书虫，"蝶"用的是庄子梦蝶的典故，这幅画本身就很有些自嘲自苦的含义了。一个"不知是蝶是我"的书虫在画上题写"男儿可怜"的身世，内心又该是怎样的复杂苍凉！词中的"笑"和"游戏"看似飘逸，其实里边并不缺少"此中有鬼"的愤懑和寒意。《金缕曲·山民出示国初诸公寄吴汉槎塞外尺牍，辄题其后》是郭麐笔下最具历史重量的词作——吴兆骞被流放塞北绝域固然是可悲的，但毕竟还有顾贞观、纳兰性德仗义援手，还有徐乾学、明珠等权贵关心营救，更有无数文坛名流的舆论支持，今天还有这样不幸中之万幸的事情吗？

几幅丛残纸。是当年、冰天雪窖，眼穿而至。万里风沙宁古塔，那有塞鸿接翅？更缄寄、《乌丝》《弹指》。一代奇才千秋恨，换故人、和墨三升泪。生还遂，偶然耳。 诸公衮衮京华里，只斯人、投荒绝徼，非生非死。徐邈顾荣皆旧识，难得相门才子。叹不仅、怜才而已。感慨何须生同世，看人间、尚宝瑶华字。只此道，几曾弃。

笔墨淋漓，悲慨劲健，力道直追纳兰同调名作《简梁汾，时方为吴汉槎作归计》，"生还遂，偶然耳"，这六个字真是锋锐之极，刺破了不少强加在"吴兆骞事件"上的暖色。这样的词岂止是可以在当时词坛吹起"一阵爽利的清风"，其实不也吻合了他在十二《词品》"感慨"一条中所标举的"铅华迸泪，鹍鸡裂弦。如有万古，入其肺肝"了吗？

因为"性灵"观念占主导地位，郭麐与他前辈的性灵词人纳兰性德也是有着诸多渊源的。严先生说郭麐词"鲜活轻捷，自然圆转而又委曲传神，绝无涂饰雕琢习气。初读时似觉不经意脱口而出，细加体味，其结撰章句别有慧心，并非简率信笔摇来"[1]，这几乎也可以一字不差

---

[1] 《清词史》，第 422 页。

地转移到纳兰头上。我和学生合作《纳兰词全注详评》，"附读"部分就选了郭麔十首词左右，足以能看出郭麔在纳兰影响史上的地位。其中这两首《卖花声》灵慧之极，我认为是最切近纳兰手笔的：

> 十二玉阑干，六曲屏山。留春不住送春还。昨夜梨花今夜雨，多分阑珊。　　春梦太无端，到好先残。夹衣初换又添绵。只是别来珍重意，不为春寒。

> 秋水淡盈盈，秋雨初晴。月华洗出太分明。照见旧时人立处，曲曲围屏。　　风露浩无声，衣薄凉生。与谁人说此时情？帘幕几重窗几扇，说也零星。

由郭麔学纳兰我们又可以顺便说到太仓王时翔、王策叔侄为主的小山词社。他们不属于浙西范围，力倡温、李、晏、秦之学，很明显，这也是"纳兰一派"。

王时翔（1675—1744），字抱翼，号小山，历任福建晋江知县，卒于成都知府任上，著有《小山全稿》二十卷，其中词五卷，总称《小山诗余》。王策，字汉舒，诸生，享年不永，著有《香雪词抄》二卷。

王氏叔侄当然有自己擅长的笔调，但学纳兰则是他们共同的标签。比如纳兰有《临江仙》："长记碧纱窗外语，秋风吹送归鸦。片帆从此寄天涯。一灯新睡觉，思梦月初斜。　　便是欲归归未得，不如燕子还家。春云春水带轻霞。画船人似月，细雨落杨花。"王时翔有《浣溪沙》："一剪轻风一片霞，玉钩新月画帘斜。柳条纤软不胜鸦。　　暖褪锦衾微见雪，香霏绡幔欲笼花。可怜春梦落天涯。"纳兰有《采桑子》："桃花羞作无情死，感激东风，吹落娇红，飞入闲窗伴懊侬。　　谁怜辛苦东阳瘦，也为春慵，不及芙蓉，一片幽情冷处浓。"王策也有同调词："梨花羞作多情态，粉月帘栊，一色濛濛，费尽东风染不红。　　个人恰与花相似，笑里鬟中，阁后屏东，一片真情冷处浓。"稍微细读，即不难发现其中的相似印记。这样的例子还有很多。我们在前文提到了纳兰影响史的问题，这里因为郭麔，再延伸略补一点。

不管从哪个角度说，郭麐都是清中叶向近代过渡时期的词坛大家。现在对他的研究已经比以前深入得多，但是还有巨大的上升空间，特别是对他的文学成就进行综合性研究，并由此而挖掘这一时期的底层文人生态与文化底蕴的论著，目前似乎还没有见到，我以为很值得有心人努力为之。

郭氏弟子杨夔生

继郭麐后作《续词品》十二则的杨夔生也值得简单谈几句。

杨夔生，字伯夔，金匮（今无锡）人，其父杨芳灿、叔杨揆、杨英灿皆能词，杨芳灿的成就最高，而且路数较宽，对阳羡、浙西、纳兰都有赞肯与继承，这在很大程度上影响了杨夔生的创作倾向。严先生说乾嘉之末，一派由密趋疏、由堆砌变白描的词风渐见兴起，郭麐是代表人物，杨夔生为响应者之一，又说相比之下，杨夔生更加标新立异，气势恢宏狂怪，[①]确实如此。杨夔生的"怪"是他的一大特点，尤其是山水、行役、述怀几类创作，大都生新独造，不与人同，但也有过于生硬粗涩的毛病。《临江仙·夜宿郎当驿，歌此词以自警》能看出这一点：

> 襆被饥驱风雪里，薄游滋味如僧。路长何事怕还憎。虎衔樵客履，鼠隐纺人灯。　自是玄晖闻道浅，平生悔学鸾吟。略经林壑倦攀寻。隙飙声尽鬼，孤叶影疑禽。

"虎衔""隙飙"这两联都写得非常险怪，放在五言律诗中也是生新的好句子，但其他句子则显得"粗"了一些。他的《满江红·追和陈迦陵怅怅词》五首也是如此，很有特点，但遣词造句，时可商榷。杨夔生词集中最有意思的是《题罗两峰山人聘鬼趣图横卷》八首组词。

---

① 《清词史》，第406页。